賢者の失敗 1

小声 奏

Sou Kogoe

RB

レジーナ文庫

登場人物紹介
イサーク・グランフェルト
シルヴァンティエ国王太子。サカキのことを気に入っている。
ユハ・サリオラ
近衛兵。爽やかな笑顔と優しい態度で女性にモテる。
サカキ（榊 恵子）
絶賛求職活動中の元OL。実年齢は25歳だが、異世界では13歳と偽っている。モットーは「平穏無事」。
エイノ・ギルデン
神官長。感情が表情に表れず、何を考えているのか分からない。

サカキ付きの侍女
マリヤッタ▲
▲トゥーリ
▲アイラ
▲ルードヴィーグ
伝説の大賢者。
サカキを異世界へ送った人物。
▲レーヴィ・カヤン
イサークの家庭教師。
地味な容貌・性格で、
目立たないタイプ。

目次

賢者の失敗1

プロローグ

「嘘でしょう……」

通い慣れた勤務先のビル。いつもならとっくに開いている防犯用の柵《さく》に貼られた紙を、食い入るように見つめる。何度読み返しても、行儀良く並ぶ文字は、倒産という厳しい現実を示していた。

告示書

本物件は破産手続き開始決定に基づき、当職が占有管理するものである。

当職の許可なく何人の立ち入りもこれを許されない。

許可なく本物件に立ち入り、あるいは動産の搬出等をした場合には、刑法により処罰されることがある旨を警告する。

破産管財人弁護士　吉野海

張り紙の前に集まっていた人々から、悲鳴や怒声が上がった。けれどその声が、やけに遠くに聞こえる。代わりに耳元では、潮騒《しおさい》のような血の気《け》の引く音が響いていた。肩にかけた鞄《かばん》がずるりと落ちる。

その日――――私は失業した。

＊＊＊

疲れた。オフィス街の一角にある自販機で、少し迷ってブラックコーヒーを買う。がこんっと重い音がしたのを聞いてから、取り出し口に手を伸ばした。

口に含んだコーヒーは、今の私を取り巻く状況を表したかのように、冷たくほろ苦い。思わず大きなため息が漏れる。

勤め先の倒産から、はや半年。落ち込む間もなく、職探しに励んできたが、求職者の溢れる昨今、そう簡単に就職先が見つかるはずもない。何度も職安に足を運び、求人票のチェックも怠《おこた》らず、面接を受けたが、空振《からぶ》りばかり。今も、一社落ちてきたところだ。

『ごめんねえ。今日の午前中に決まっちゃったんだ。急にびびっときてねえ』

人事担当者の顔を思い出して、空になった缶を屑篭《くずかご》目掛けて投げつける。何がびびびっだ。季節外れの静電気にでもやられたんじゃないのか。

『自宅に電話したんだけど、繋がらなくてね』

面接を受けるために出た後だったのか。運が悪かったとあきらめかけたら……

『いや、本当にごめんね。ちょうど君に電話しようとしたら部下の娘達《こ》に昼食に誘われて、電話したのは、つい二十分前なんだけど』

やっぱり、こいつが悪かった。

『いいえ、いろいろと、ありがとうございました』

潰れてしまえ。ともすれば口から出そうになる暴言を呑み込んで、私はその会社を後にしたのだった。

勢いよく投げすぎた空き缶は、屑篭《くずかご》から飛び出して、アスファルトに転がった。

うんざりした気持ちで空き缶を拾おうと屈《かが》んだ視界に、編み上げのブーツが入り込む。

顔を上げると、目深《まぶか》に帽子をかぶり、マスクをした男が、チラシを差し出してきた。

「やるよ」

「え？」

小柄な男だった。体を起こすと、目線が同じ位置にくる。

「やるって言ってんだよ」

マスク越しのくぐもった声が、つっけんどんに告げる。

「いりません」

「てめえ、やるって言ってんだから、ありがたく受け取りやがれ！」

首を振る私に、男は強引にチラシを手渡そうとする。ちらりと視線を落として見れば、それはファストフード店の割引クーポン。そんなに私は飢えて見えるのだろうか。飢えているのは食にではなく、職になんだけど。眉根を寄せてチラシを見ていると、男は私の鞄《かばん》の中に強引にそれをねじ込んだ。

「ちょっと！」

「いいから、読めよ！　絶対だぞ！」

抗議の声を上げる私をよそに、男は苛立った口調で告げると、足早に去っていく。

「なに、あれ」

遠ざかる男の帽子からはみ出た栗色の髪を、私はしばし呆然と眺めた。それから空き缶を拾い、男に押し付けられたチラシと共に屑篭に捨てた。

「あ、もしもし、株式会社ＦＯＲでしょうか？　私、榊恵子《さかきけいこ》と申します。御社の求人広告を拝見しまして、ご連絡させていただきました」

数分後、私は携帯を片手に、屑篭《くずかご》から拾い上げたチラシに目を落としていた。チラシの隅に、求人情報が載せられているのを見つけたのだ。医療関係、主に、血液等の検査を請け負う会社の事務員の募集だった。医療に興味はなかったが、立地その他の条件の良さに引かれた。

「面接のご希望ですか？」

電話に出たのは、穏やかな声の若い男だった。

「はい。以前より、御社の業務に大変関心がありまして」

「それは良かった。実は急いでおりますので、できれば今から面接に来ていただきたいのですが」

「今から……ですか？」

元々、面接を受ける予定だったので、服装も鞄《かばん》の中身も問題はない。しかし、あまりに急な話に二の足を踏む。

「ええ、事業拡大を考えておりまして、すぐにでも人員を補充したいのですよ」

が、怯《ひる》んでいる余裕はすでにない。通帳を開くたびに、不安は強くなっていく。近頃では軽く戦慄《せんりつ》を覚えるほどだ。

「ぜひ、ぜひ。お願いします！　あと三十分ほどで行けますが、よろしいですか？」

迷っている間に、また、びびびっとこられては困る。

「もちろんですとも。では、お待ちしております」

電話を切ると、私は駅を目指して歩き出した。

掲載されていた住所を頼りに辿《たど》り着いたのは、六階建てのまだ新しいビルだった。一フロアごとに一社から二社がテナントとして入っている。その最上階を借り切っているのが、目的地であるＦＯＲ社だ。

エレベーターを降りると、短い廊下の先に「㈱ＦＯＲ」のプレートがはめ込まれた、至って簡素な作りのドアがあった。

私は小さく深呼吸するとドアをノックし、緊張を押し殺して「失礼します」と告げる。

ドアを開けると目に飛び込んできたのは、一面の緑と一人の男だった。

――え？

「ようこそシルヴァンティエへ！」

満面の笑みを浮かべた男が赤い紐を引く。すると、頭上の木に結ばれた極彩色のくす玉が割れ、色とりどりの紙切れが降り注《そそ》いだ。小さな泉の前に立つ男の背後で、地を震わせる轟音《ごうおん》が響き、花火が上がる。

私はあんぐりと口を開け、ドアノブを握った姿勢のまま、固まってしまった。

ここ、ビルの中だよね？

花火が火の粉となって地に落ちる頃になり、ようやく私は体を動かす事に成功した。

「すみません。部屋を間違えました」

簡潔に、感情を込めずそう言うと、踵《きびす》を返して退出しようとする。しかし、背後から伸びた男の手に肩を掴まれ、阻《はば》まれた。

「間違いじゃありませんよ。お待ちしていました。恵子さん」

聞き覚えのある声。男はさっき話した電話の相手であろう。残念な事に間違いではなかったらしい。振り返り、男の顔を凝視する。

にこやかな笑みを崩さぬ男の髪は金色で、腰まであろうかというそれをゆるく編んで背にたらしている。またその瞳は明るく澄んだ青。顔立ちも日本人とは違う。何より異質なのはその衣服。肩から足首までをすっぽりと覆《おお》う一枚布は、両肩の少し下にスリットが入っていて、どうやらそこから腕を出し入れするらしい。二十一世紀の日本では、ちょっとお目にかかれないデザインだ。

手には黒光りする杖が握られている。重そうなその杖を軽々と扱う様《さま》を見て、線は細いのに意外と細マッチョなのかもしれないと思った。

コスプレ好きで、斬新なインテリアが好きな外国人。そう、オフィス街のビルの一室に森を造ってしまうような。そうだ、そうに違いない。というかそういう事にしておこう。我ながら苦しい解釈で無理矢理自分を納得させると、「ソーリー。アイドント スピークイングリッシュ」と、素晴らしいジャパニーズイングリッシュで告げ、逃亡を試みる。君子《くんし》危うきに近寄らずだ。

「僕、日本語で喋《しゃべ》ってますよね?」

「ソーリー。ソーリー。アイ……」

「日本語、喋ってますよね?」

振り向きもせずに答えた声は、途中で遮《さえぎ》られた。肩に置かれた男の手には、さして力が入っているようでもないのに体が動かない。すぐ側に立つ男に、恐怖心が湧く。

「やだなー。大丈夫ですよ。別に取って食おうって訳じゃないんですから」

私の怯《おび》えを敏感に察したのか、男は和《なご》やかな声で言う。

「さぁ、とりあえずお入り下さい。業務内容について説明させていただきます」

こうして私はなす術《すべ》もなく、部屋の中へと引きずり込まれた。


どこまでも高い青い空。白い雲が、緩やかに流れていく。地面には下草がびっしりと生え、靴越しにその柔らかさを感じる。木々に囲まれたその空間は、森の中以外の何も

のでもない。

ビルの中にいるはずなのに……わけが分からない。私の頭はフリーズ寸前だ。無事に帰れるのかな。そう考えてハッとする。そういえばドアはどうなっているのだろう。慌てて振り返ると、閉まったドアがそこにあった。ドアだけが森の中にポツンと佇《たたず》んでいるのだ。それを支える壁も柱もない。そのおかしな光景に脱力した。

視線を前方に向けると、男の前には小さなテーブルと椅子が置かれていた。テーブルの上には、菓子の載った皿とティーカップが二客あり、湯気をたてている。

「お茶が入りましたので、どうぞこちらにお座りください」

いつテーブルを用意したのかとか、どこでお湯を沸かしたのかとか、もう考えるのが面倒になってきた。ドアはあるんだし、あそこから帰れるのだろう。差し当たって危害を加えられる事もなさそうだ。私はため息を吐くと、椅子に腰掛けた。

その様子を見て男は目を細め、向かいの席に座る。

「はじめまして。僕の名はルードヴィーグ。大賢者をしています。趣味は諸国漫遊。特技は異界渡りです」

わぁ、突っ込みどころ満載で突っ込む気も失せるわ。

「そうですか」

「ああ、そんなサラッと流さないでくださいよぅ。大賢者を名乗れるのは僕ぐらいなんですよ。異界渡りの術だって、僕にしかできないですし。もっと驚いて欲しかったんですけど」

「へぇ、それはすごいですね。ビックリしました」

「棒読みで言われても信憑性《しんぴょうせい》ないです」

どうしろっていうんだ、この男は。演技臭く拗《す》ねられ、私はこめかみを指で押さえた。

「どうぞ召し上がってください。ミリラで採れた茶葉で淹《い》れました。癖がなくてまろやかで、僕のお薦めのお茶です」

こちらの事などお構いなしに、男はころころと表情を変える。なんだか遊ばれている気がする。

「さぁ」

「いただきます」

怪しい人間に勧められる飲食物ほど、口に入れたくない物はない。しかし、男に笑顔で強要され、渋々口に含んだ。

お茶は確かに美味しかった。琥珀色《こはくいろ》の液体は、渋みの少ない紅茶のような味がする。が、いくら美味であろうとも飲みたくないものは飲みたくない。眉間に皺《しわ》を寄せてちびちびと舐めるようにお茶をすすっていると、ルードヴィーグはくすりと笑みを零した。

「どうです？　美味しいでしょう？　さあ、こちらの菓子もどうぞ」

「……いえ、ダイエット中ですので遠慮しておきます……」

適当な理由をつけて断ると、私はカップに両手を添えて俯《うつむ》いた。誰が食べるか。

また、強引に勧められるのではないかと思ったが、男は「そうですか？　残念ですねえ。美味しいのに」と意外なほどあっさりと菓子を引っ込める。

それから、しばしのティータイムとなった。ルードヴィーグは何を考えているのか分からない笑顔で焼き菓子を頬張り、私はこの場から逃げ出す方法をひたすら考えてお茶をすする。そうしてあらかたお茶を飲み終えた頃、彼は静かに口を開いた。

「恵子さんは、自分が暮らす世界とは違う世界が存在すると考えた事はありますか？」

男はにこにこと朗《ほが》らかな笑みを浮かべて私の顔を見つめた。質問の意味も意図もさっぱり分からない。業務内容を説明するんじゃなかったのか……

非難を込めた視線を送るが、男は静かに私の答えを待つばかり。仕方なく私は頭を捻《ひね》り、答えを搾《しぼ》り出した。

「天国や地獄という概念でしたら持ち合わせていますが」

「うーん、惜しい。少し違います」

ルードヴィーグは笑顔のまま眉を寄せた。ティースプーンでカップの底に残っていたお茶を一匙《ひとさじ》すくうと、ぽたりとテーブルの上に垂らす。

「無の中から一つの世界が産声《うぶごえ》をあげた時、同時に幾つもの世界が誕生したのです。一つ、二つ、三つ、四つ、五つ……」

ポタリ、ポタリと茶を垂らすと、テーブルの上には幾つもの水玉ができた。

「数十、数百、数千。正確な数は僕にも分かりません。星の数ほどあるそれらの世界は、今日《こんにち》まで互いに交わる事無く、独自の時を歩んできました」

私は眉をひそめて黙り込む。あまりに突拍子もない話に、どう対応すればいいのか分からない。

「僕は、平行して存在する別の世界から来たのです」

「はぁ」

「信じていませんね？」

信じるも何も、さっぱり理解できない。

「今、僕達がいるここもその別世界の一つ。貴女が元いらした場所とは別の世界なのですよ」

悪戯《いたずら》っぽい笑みを浮かべて言われ、思わず腰を浮かした。ビルの中に森があっただけ

で充分許容範囲を超えているというのに、別世界⁉

「今すぐ帰してください！」

思わず声を荒らげて立ち上がる。

「まぁまぁ、そう慌てずに。危害を加えたりしませんし。ただ、一つ仕事を頼みたいだけなのです」

「お受けできません」

「にべもないですねぇ」

当たり前だ！　私は未知の世界に対する好奇心も探究心も持ち合わせちゃいない。天下太平、平穏無事がモットーなんだ。

「なんと言われても、仕事を引き受けるつもりはありませんので。では失礼します」

冷たく言い捨てた私に、ルードヴィーグは軽薄な笑みを浮かべた。

「そう言われましても、もう色々としちゃいましたし」

「はい？」

軽い口調で不気味な事を言ってくれる。

「色々って、何をしたんですか？」

『僕の言葉が分かりますか？　恵子さん』

今のは、一体なに？　ルードヴィーグの口が紡《つむ》いだのは、耳に馴染《なじ》みのない言葉。英語でない事は分かったが、どこの国の言葉かも分からない。なのに——

「分かります。——どうして……」

「ふふ、お茶に少しばかり細工させていただきました」

「細工？」

「僕の血を媒介に術を組み、僕の知識と経験を基《もと》にノルティアで使われている幾つかの言語知識を貴女に与えました。あ、ノルティアっていうのは別世界にある一番大きな大陸の名称です。シルヴァンティエという大国を擁《よう》する所なんですよ」

仰《おっしゃ》っている意味が分かりませんが？　怒りも忘れ、呆然とする私に賢者は続ける。

『同じ言葉で喋《しゃべ》れますか？』

問われ、頭の中に複数の言語が浮かび上がった。なにこれ。私の知らない言葉ばかり。なのにすべて分かる。浮かんでは消える言葉達。その内の一つが先ほど賢者が喋っていたものと同じだと理解して、言葉を返した。

『喋れ…ます……こう……ですか？』

聞き取りには苦労しなかったが、発声は難しい。知識はあっても口が思うように動かないのだ。

『そう、お上手ですよ。慣れるまで少しかかるかもしれませんが、すぐに上達するでしょう。どうです？　便利でしょう？　僕のオリジナルの術なんです。いやぁ、これを開発するのは少々骨が折れたんですよ』

何故か照れたように言う賢者に、私はもはや、返す言葉がなかった。

「では、本題に戻ります。恵子さん、貴女にはこの世界で探しモノをして来てほしいのです」

「探す？　何を？」

「探しモノが何かを見つけるのも貴女の仕事です」

「そんな、不合理な」

無茶苦茶だ。対象も分からないのに探し出せるはずがない。

「そうですねえ。では一つ、ヒントをさしあげましょう」

賢者は人差し指を立てた。

「いえ、いりません」

探す気はないから。

「探しモノはあたたかい。そう、とても、あたたかいものです」

呆れ顔で拒否する私などおかまいなしだった。しかも、あたたかいってなに。食べ物とか？　それだと、見つけ出す頃には腐っているんじゃないのか。

「ご自分で探されてはいかがですか」

そのほうがきっと早い。何せ自称「大賢者」なのだから。

「いえ、僕には無理なのです」

ルードヴィーグは切なげにため息を吐いた。

「ちょっとした行き違いから、傷を負っておりまして……。実は今こうして貴女とお茶を飲んでいるだけで、傷が疼《うず》くんですよ。ああ、また傷口が開いてきてしまった」

ううう っ、とわざとらしく胸を押さえて呻《うめ》く男を、阿呆らしいと半眼で見つめていると、なんと、本当に胸元に赤いものが滲《にじ》み始めた。

「インクですか？」

「ひどいなあ」と軽口を叩くルードヴィーグの側に寄ると、ぷんと鉄臭いような生臭いような匂いが漂《ただよ》う。

「本当に怪我を？」

眉をひそめて問う私に、ルードヴィーグは力なく微笑んだ。

「ええ。話を戻しますが、どちらにしろ、僕には探せない。僕だけじゃない。恵子さん、貴女以外、他の誰にも探せないモノなのですよ。せめて手助けをしたかったのですが、この体では、それも叶いそうにありません」

ルードヴィーグは血のついた指で、私の手を握り込んだ。

「どうか、お願いします。貴女にしか頼めない。とても大切なモノなのです」

その言葉は、今際《いまわ》の際《きわ》に盟友に託す遺言のようだった。

「いや、無理なものは無理です」

怪我は気の毒だが、だからといって自分にできない事をほいほい引き受けられない。

「ああっ！」

途端にルードヴィーグは声を上げる。驚いて身を引きかけた私の手を掴んだまま、男は申し訳なさそうに眉を下げた。

「すみません。どうやら時間切れのようです。それでは健闘を祈っています」

「は？　ちょっ……」

唐突なルードヴィーグの言葉と同時に、視界が霞《かす》んだ。突如として濃霧《のうむ》が発生したように、辺りが白くなる。完全に視界が閉ざされる寸前に、「あっ……しまった……」という賢者の声と、何か重たいものが倒れるような音が聞こえた。そして、気が付いた時には、私はなんとも豪奢《ごうしゃ》な庭に一人で佇《たたず》んでいた。

第一章

キラキラと輝きながら柔らかな線を描く噴水のしぶき。寸分の狂いなく剪定《せんてい》された植え込み。その先に見える彫像は、あまりに繊細な表情で、吐息に触れられるのではと錯覚しそうになる。加えて、夜の帷《とばり》が降りてなお、芳《かぐわ》しい香を放つ色とりどりの花々。優しい月の光に包まれた庭園は、文句なしに美しい。こんな時でなければ、カメラ片手にゆっくり散策したいものだ。そう、こんな時でさえなければ……

私は追われていた。鈍く銀の光を放つ、西洋風の鎧《よろい》に身を包んだ一団に。

一度発見されたのち、庭園内を闇雲に走り回って逃れ、植木の陰に隠れた。それからただただ身を丸め、息を潜めている。ふと、幼い頃にしたかくれんぼを思い出すが、これはそんな牧歌的なものではない。爽やかな夜風に乗って、怒号と、剣が鎧に当たる重く鋭い音が届く。視界の悪い中、木々の間を走り回ったせいだろう、いつの間にかできていた無数の傷がひりひりと痛んだ。

——まずいよねぇ。

逃げ回る最中に、チラリと見えた白亜の建物は、お城としか形容のしようがないものだった。当然ながら住人はやんごとなき身分の人々だろう。鎧集団は城を守る警備兵といったところか。捕まったら不法侵入で逮捕され初犯だから執行猶予が付いて……なんて展開にならないであろう事は、思考を拒否した頭でも容易に想像がつく。

あの馬鹿賢者。いや、自称賢者の薄情者め！　よりによって、なんて所に放置するんだ！

この事態を引き起こした男に胸中で悪態をついていると、鎧が擦《こす》れる耳障りな音と共に明かりが一つ近づき、私の潜む植え込みの手前で止まった。

「見つかりませんね。一体どこに逃げたんでしょう……」

「さあなあ。まだ、そう遠くへは行っていないはずだが」

すぐ側で声が聞こえる。

あぁ、神様、仏様、ご先祖様、雷様。この際、誰でもいいからお助けください。

少しでも動けば衣擦れの音で気付かれるだろう。兵士達が去るよう祈ってはみたものの、信心のない願いが届くはずもない。兵士達は一向に立ち去る気配を見せないばかりか、悠長に立ち話を始めた。

「それにしても、ついていませんね。当直の夜に侵入者とは」

「まったくだよ。この分じゃあ、明日の休暇もどうなるか」

松明《たいまつ》を掲げた兵士の言葉に、長い赤銅色《しゃくどういろ》の髪を結び、馬の尻尾のように垂らした兵士は、首を回しながら、かったるそうにつぶやいた。

「口を慎《つつし》め。神官長の耳に入ったらどうする」

そう諫《いさ》めるのは、立派な口髭《くちひげ》を蓄えた二人よりも年嵩《としかさ》の兵士だ。

「神官長って……ギルデン様がおいでなのですか!?」

松明を持った兵士が声を上げた。

「結界を破って侵入した者がいるんだ。当然だろう。殿下の件もある。上はさぞかしぴりぴりしているだろうよ。ねえ、ランデル隊長」

ランデル隊長、と尻尾の兵士に呼びかけられた口髭のおじさん兵士は、渋い顔で「うむ」と唸《うな》り、答えを濁す。

「殿下の件？」

松明の兵士が首を傾《かし》げる。

「お前、知らないのか」と尻尾の兵士は何故か嬉しそうにつぶやく。それから松明の兵士へと顔を寄せ、声を潜めて話し始めた。

「殿下の身の回りで、近頃不審な事件が相次いでいるらしい」

「本当ですか!?」

「しっ。声がでかい。殿下とツィメンの姫君との、ご婚約の話が出ているのは知っているな？　ちょうど、その頃からなんだよ。殿下の周辺が俄《にわ》かにきな臭くなってきたのはな。一度など、学院に紛れ込んだ奇妙な男を、殿下が返り討ちにされたらしい。しかも、その後も不審な出来事は続いているそうだ」

松明の兵士がごくりと唾を呑んだ。

「もしや、反ツィメン派が？」

「そう考えるのが自然だろうな。だが、お偉方の間では、神罰ではないかって見方もあるらしいぜ。歴代の王が守ってきたシルヴァンティエの血統に、他国の血を入れ汚《けが》そうとしている殿下に、神がお怒りになられたのではないか、ってな」

「まさか」

松明の兵士の声には困惑が含まれていた。

「俺も、まさか……と思うよ」

私も、まさか……と思います。神罰だなんて不確かなものより、糸を引く人間がいると考えるのが自然だろう。

それにしても――。冷たい汗が背中を流れ落ちる。なんて最悪なタイミングだろう。「殿下」と呼ばれる立場の人物が狙われている状況に、ぽっと現れた不審な女。誰が見ても怪しい。もしかしなくとも、犯人に間違えられるに違いない。私は頭を抱えた。このままでは拷問《ごうもん》コースは免《まぬが》れない。

「そんな事が起こっていたなんて、まったく知りませんでした。よくご存知ですね。ロニ先輩」

私の苦悩などお構いなしに、兵士達は雑談を続けていた。

「おー。侍女達に聞いたのよ」

「え？　侍女……ですか？」

尻尾男――ロニ先輩は、にやりと笑った。

「侍女達の情報網は馬鹿にならないんだよ。先日のベルイマン卿失脚も、元はといえば侍女達の噂話がきっかけだそうだ」

松明《たいまつ》の兵士は呆然とつぶやいた。

「……敵に回したくない相手ですね」

「違いない」

情報源が侍女って……。女の噂話を鵜呑《うの》みにするなよ。頭をかきむしりたくなる衝動に耐えつつ耳を澄ましていると、新たに下草を踏みしめる音がした。

「見つからぬようだな」

恐ろしく艶《つや》やかに響く、低い声だった。新たに現れた男は、流れるような足取りで兵士達に近づく。

「ここはもう良い。他の捜索に当たれ」

なんて良い声だろう。状況も忘れて思わず聞き入っていたその時、背後から伸びてきた腕に胸倉を掴まれた。かと思うと、あっという間に俯《うつぶ》せに引きずり倒される。心の準備をする間もなく、したたかに体を地面に打ち付ける。呼吸が止まり、瞼《まぶた》の裏に星が飛んだ。左肩を手で地に縫いつけられ、背中は恐らく膝で押さえつけられているのだろう。まったくもって身動きできない。その上、ご丁寧にも首に冷たい物が押し当てられている。

「動くなよ」

私の背に跨《また》がる人物は、ぞっとするような冷たい声で告げた。

いやいや、動きたくても動けませんってば。容赦《ようしゃ》なく押し付けてくる背中の重みのお陰で、息をするのもままならない。乱れた髪が顔を覆《おお》い目配せも不可だ。反抗の意思無しって、どうやって伝えりゃいいの？　地面を叩けばレフェリーストップでも入るのか？

息苦しさに喘いでいると、首のうしろに何かが触れ、わずかな痛みを感じた。同時に上から「くっ」という押し殺した呻《うめ》き声が聞こえる。

「……少し弛《ゆる》めろ」

美声の主が言うと、背中にかかる力がわずかに緩んだ。

待ち焦がれた酸素を胸いっぱいに吸い込むと、喉が掠《かす》れた音で鳴った。何度か苦しい呼吸を繰り返し、落ち着いたところで、私はそっと顔を上げた。目に飛び込んできたのは、金に近い薄茶色の長い髪。月光を紡《つむ》いだようなその髪が彩るのは——中性的な美貌の男だった。目が合った瞬間、美声の主である男の顔に驚きと当惑が広がる。

「子供ではないか……ユハ、離してやれ」

子供？　誰が？

眉根を寄せた美声の主を見つめていると、首筋に当てられていた刃物が引かれ、次いで、背後の人間——恐らくユハと呼ばれた人物だろう——の手が、肩から腰、さらにはスカートに包まれた足を、軽く叩くように移動していく。どうやらボディチェックらしいと気が付いた時には、一通り調べ終えられていた。大きな掌が脇に差し入れられ、強引に抱き起こされる。反射的に振り向こうとしたけれど、体にまったく力が入らない。空気の抜けたバルーン人形のように、くたくたと崩れ落ちそうになる。

「参ったな」

肩を抱いて、背後から覗き込んできたのは、はっとするほど鮮やかな一対の緑の瞳だった。

「大丈夫かい？　お嬢ちゃん」

こちらの様子を問う声は、私に刃物を押しつけていたとは到底思えない、温かく気さくなものだ。

先ほどまで噂話に興《きょう》じていた兵士が、松明《たいまつ》を掲げた手を私の顔付近に寄せてくる。すると私の背後にいる緑眼《りょくがん》の男の顔も炎に照らされる。精悍《せいかん》な顔立ちをしたその男の右頬には、斜めに走る刀傷と思しき跡があった。せっかく男前なのに非常に惜しい。しかし、当の本人は微塵《みじん》も気にしていないのだろう。赤みがかった茶色の髪は短く、隠そうともしていない。

「なんと、本当にまだ子供ですね」

「十三、四といったところでしょうか？　何故このような所に……」

息を整えつつ辺りに視線を走らせる私を見て、兵士達が次々に口を開く。

私は唖然として男達を見つめた。私を取り囲んで眉をひそめる彼らの顔は、彫りが深く、明らかに日本人のそれとは違う。人種の違いの成せる業《わざ》なのだろうか。それにしても、もう二十五の歴《れっき》とした成人の私が、まさか一回り近くも年下に間違われるなんて。

私は拳を握り締めた。二、三歳若く見られるなら誉《ほま》れだが、一回り差は屈辱《くつじょく》に近い。顔以外にも判断材料はあるはずなのに、体を起こしてもボディチェックを受けても、認識が覆《くつがえ》らないとは……

だが、これはチャンスかもしれない。子供ならば、このピンチを切り抜けられるのではないだろうか。

あのルードヴィーグという男が、こいつらの関係者ならいいが、私にはあのヘボ賢者が、この場にいる人間と繋がりがあるとは思えなかった。白い煙に包まれて、ここへ来る間際に聞いた「……しまった……」というつぶやきが、ずっと耳に残っていたから。賢者は恐らく失敗したのだ。――私を送り込む先に。そう考えると、とてもしっくりくる。

まさか、探しモノをして欲しいと依頼した相手を、腰に物騒なものをぶら下げた男達が闊歩《かっぽ》する場所に放り込むつもりはなかっただろう。

彼らはエセ賢者とは無関係と考えた方がよさそうだ。そもそも、ドアを開けたら別世界でした、などという奇妙奇天烈な話を誰が信じる。異なる世界の存在が公に知れ渡っていて、行き来が比較的自由にできるのであれば、世界間交流が盛んに行われているはずだ。だが、そんな話はもちろん、聞いた事もない。あの賢者を名乗る男も、「異界渡りは僕にしかできない」と口にしていたし……

とはいえ、賢者が送り込みたかった世界には来ているようだ。先ほどの兵士達が言っていた「シルヴァンティエ」という単語には聞き覚えがあるし、何より言葉がわかる。

よし、ここは一つ子供のふりをして、探りを入れつつ現状把握に励もう。私はなかば自棄《やけ》っぱちな前向き思考で己を奮い立たせ、怯《おび》えた目で彼らを見回した。

「おじさん達だれ？」

「お前、歳は？」

こちらの質問を無視して、美声の主が尋ねる。いささか面食らったものの、逆らう気などさらさらない。長いものには巻かれる主義だ。

「十四歳」と答えようとして開いた口から、するりと出たのは「十三」という数字だった。刑事罰の適用年齢が頭に浮かんだのだ。日本の法律など、ここでは無意味だ。分かっているが、世界が変わったからと、これまでの常識をあっさり捨てる事などできない。

「十三か。名は？」

「……榊、恵子」

「サカキ・ケーコ？　聞かぬ名だな。何故このような場所にいる？」

何故って、こっちが聞きたいぐらいだよ。

子供と思っているにしては随分と容赦《ようしゃ》がないと感じるのは、文化の違いのせいなのか、それとも職務に対する熱意なのか、今ある知識だけではいかんとも判じ難い。どうか後者でありますようにと祈りながら、私はくしゃりと顔を歪めてみせた。そして素早く目元を両手で覆《おお》う。いざ、「泣く子には勝てぬ作戦」だ。

「お母さん、どこ？　怖いよ。助けて、お母さん」

大根役者も真っ青なクサい演技は、しかしながら及第点《きゅうだいてん》であったらしい。周囲の困惑はみるみる深まり、背後の緑眼男《りょくがんおとこ》があやすように私の背中を叩きだす。今が夜で良かった。とんとんと背中を打つリズムが心地よい。彼の厚意に身をゆだねながら、私はさらに激しく泣いた。泣き続けた。結果――

「泣くな」

低く落とされた声には、戸惑いとため息が混じっていた。「うわーん、お母さん」と駄々をこね、延々と泣き伏す（二十五歳の）女に、さすがにイラッときたらしい。その気持ちは良く分かる。

「まずは傷の手当てを。ユハ、この者を医務室へ。落ち着いてから話を聞くとしよう。他の者は持ち場へ戻れ」

それだけ言うと、美声の男はさっさと踵《きびす》を返して歩き出してしまう。男の命《めい》に対し

「はっ」と短く答えた兵士達が、こちらを気にしつつも散っていく。その姿を指の隙間から捉えて、ほくそ笑んだ。――勝った。

だが油断は禁物だ。敵はまだ残っている。

「立てるかい？」

背中を軽く叩きながら気遣わしげに尋ねる、一人残ったユハという青年に、黙って頷《うなず》き立とうとして……立てなかった。これが俗に言う、腰が抜けるという現象なのだろうか。

私の異変に気付いたらしいユハが「ちょっと失礼するよ」とつぶやく。どうする気なのだろうと目を瞬《またた》いた時には、体がふわりと宙に浮き上がっていた。

抱き上げられたのだと分かった次の瞬間、私の胸を占めたのは、人生初のお姫様だっこだとか、その相手が二枚目だとか、何だかいい匂いがするとか、そんな感慨ではなく……。ただ、涙の跡がないのをどうやって隠蔽《いんぺい》するか。そんな色気もへったくれもない切実な問題についてだった。

翌日の昼下がり、私は穏やかな一時《ひととき》を、ベッドの上で過ごしていた。

昨晩、ユハという男に医務室に連れて行かれ、傷の手当てをしてもらった後、「今日は時間も遅い事だし、話は明日にでも」と客間らしいこの部屋に通された。桶《おけ》に張られた湯で顔を洗い、タオルを絞って体の汚れを落とすと、肌触りのいいワンピースのような寝間着を渡された。こんな状況で眠れるか！　と思っていたのに、ベッドに横になった途端熟睡していたらしい。小鳥の鳴き声に目を覚ましてみれば、空はすっかり白んでいた。

尋問をされるでもなし、ただぼんやりとベッドにいるだけで無為に時間が過ぎていく。息を吐いて天井を仰ぎ見た。

何もする事がないと、心の隙をつくように、家族の顔を思い出す。大学入学と同時に親元を離れ、滅多に里帰りもしなかった。それでも寂しいと思った事はなかったのに、世界を跨《また》いで離れて、初めて里心がつくなんて……

――頑張れるところまで、頑張れ。だがそれでも駄目な時は、いつでも帰ってこい。

失業直後、旅行がてらに寄っただけだと言ってアパートを訪れた父母の頭には、いつの間にか白い髪が増えていた。これ以上心配はかけられない。

失踪したことに気付かれる前に、日本に帰らなくては。

幸いというか不幸にしてというか、今は失業中の身だ。家賃や光熱費も向こう二ヶ月分は口座に入れてあるし、そういったところから足がつく事はないだろう。大丈夫、時間はある。

打倒！　自称賢者！

といきたいところだが、世界を渡れるという彼を倒してしまっては元も子もない。さっさと探しモノとやらを見つけ出して、帰ろう。


そんな決意とは裏腹に、爽やかな陽気に、寝心地のいいベッドとくれば、当然のように睡魔がやってくる。英気を養う事も必要であると自分にいい訳して、ベッドの上で舟を漕ぎ始めた時、部屋の扉をノックする音が響いた。

――トントン。

戸惑う間に再度、ドアが叩かれる。恐る恐る「どうぞ」と、声をかけると、扉が開かれた。

姿を現したのは二人の男だった。一人はよく覚えている。派手な緑の瞳の持ち主――ユハだ。

「やあ。具合はどうだい？　ああ、そのままでいいよ」

ベッドから降りようとした私を、ユハは人好きのする笑顔で押し止める。中々の好青年ぶりだ。

ユハの隣に立つのは、純白の衣服に長身を包んだ、長い金茶の髪に濃い茶色の瞳を持つ男だった。地味な色合いなのに、まったくもって地味に見えないのは、その美しい容《よう》貌《ぼう》のせいだろう。ユハが暖かな春の日差しを思わせる人物なら、彼は厳しい冬の朝を思わせる人物だ。

「俺の名はユハ・サリオラ。昨晩は名乗りもせずに失礼したね。ユハ、と呼んでくれるかい？　こちらの方は、エイノ・ギルデン神官長だよ」

ユハの紹介を受け、男が一歩前へ出る。

「話を聞きたい」

体の芯に響くような声に、はっとした。昨夜、庭園で出会った美声の主だ。ゆらゆらと形を変える松明《たいまつ》の明かりで垣間見ただけだが、その美声は聞き違えようがない。

神官長なる地位がどういったものなのか今一つぴんとこないが、「長」と付くからにはそれなりに高位なのだろう。昨日から無駄に偉そうだし。それにしても若い。どう見ても二十代のこの男が長《おさ》だなんて、名ばかりの名誉職なのだろうか……。切実な人材不足や、寿命が極端に短い等の要因も考えられるが、この世界が超のつく実力主義という可能性もある。ここは褌《ふんどし》を締めてかからなければ。私は深呼吸し、ぺこりと頭を下げた。

「はい。よろしくお願いします」

怯《おび》えて見えるように、無力であると分かるようにと、か細く出した声を震わせた。

「まずは今一度、名を確認したい」

「榊恵子です」

「歳は？」

「十三歳」

「生まれは？」

「日本です」

矢継ぎ早に繰り出される質問に、おっかなびっくり答える。不慣れなこの国の言語の発音は難しい。しかも頭の中で変換しなければならず、はっきり言って面倒臭い。

「国名を聞いている」

人の苦労を露知《つゆし》らず、冷たい声が降ってきた。辺境の村の名だとでも思ったのだろうか。

「国の名前、です。とても……小さな、島国だから」

あんたが知らないだけよと言外に滲《にじ》ませると、「ほう。それは失礼した」と、居丈高《いたけだか》な神官長様はすうっと瞼《まぶた》を下げ、皮肉げに口元を歪めた。誰がどう見ても非礼を詫びているようには見えない。どうやら、お綺麗なのは顔だけらしい。

実のところ、私は迷っていた。どこまで真実を話し、どこからでたらめにすべきかを。あまりに嘘八百を並べ立てては後々矛盾が生じるかもしれず、十三にもなってあれもこれも分からないではおかしい。いっそのこと、記憶喪失のふりをしようかとも思ったが、怪しさが増すだけのような気がしてやめた。

「何故、昨晩城の中庭にいた？」

ギルデン神官長は早々に核心をつく質問を投げかける。

「侵入方法は？」

続けざまに質《ただ》され、私は目を伏せた。室内を重い沈黙が満たす。私は小さく息を吸い込むと、とつとつと話し始めた。

「分からないんです。どうして、あんな所にいたのか。ここがどこなのか。私、何も分からないんです」

上掛けを手繰り寄せて、きつく握りしめる。深く俯《うつむ》き、大急ぎで最後に目にした通帳の残高を思い出す。今日の夕食はもやし、明日ももやし。明後日も、もちろんもやしの予定だった。食卓を彩る白一食の膳がまざまざと目に浮かぶ。出てこい涙。目頭が熱くなり瞳が潤みはじめる。よし、今だ！　私はそっと顔を上げると、男を見つめた。

「ここはどこなんですか？　家に帰りたい」

頭の中で流れる物悲しいＢＧＭ。頬を伝う涙。決まった。

「解《げ》せぬな」

しかし不遜《ふそん》な神官長様は、表情一つ変えず冷たく吐き捨てる。目の前の男が一瞬にして白衣の悪魔にしか見えなくなった。子供が涙ながらに訴えているというのに、お前に人の心はないのか！　緑色の血でも流れているんじゃないのか？

「本当なんです！　いつも通り過ごしていただけなのに。私だって何が何だか分からない！」

　実際そうだ。面接に訪れただけだというのに、何故こんな目に遭わねばならないのか。上手い言い逃れは思いつかないし、泣き落としは効かないし、すっぴんだし。もう散々だ。苦心して流した涙は止まる事を知らず、後から後から溢れて頬を濡らす。ヒステリックに喚《わめ》きたてて号泣する様《さま》に怯《ひる》んだのか、尊大な神官長様は、額を押さえてため息をついた。

「埒《らち》があかぬ。ニホンといったか。地図を持ってこさせよう。ニホンとやらがどこか示せ」

　私はしゃくり上げながら頷《うなず》いた。精密な世界地図を持ってこられたらどうしよう。

　扉の外に何やら指示を出しに――恐らく地図の手配だろう――行っていたユハは戻るなり、泣き濡れる私に、ハンカチを差し出した。

「どうぞ」

　なんて爽《さわ》やか。なんて紳士。爪の垢《あか》を煎《せん》じて隣の冷血漢に飲ませてやりたい。

「ありがとうございます」

受け取ると、優しく頭を撫でられた。

「心配しないで。エイノはこう見えて、とても優しいからね。彼に任せれば大丈夫だよ」

説得力のない慰めをありがとうございます。その優しい神官長様に、心底嫌そうな顔で睨まれていますよ。

忌々《いまいま》しげにユハを見ていた高慢ちきな神官長様は、私に視線を戻し問いかける。

「ここがどこか分からんと言ったな。では何故この国の言語を解する」

もっともな疑問だ。

「この言葉は、この国でしか使われていないのですか？」

「この国及び、周辺の二国で公用語に定められている。本当はここがどこかなど、おおよその見当はついているのであろう？」

「……分かりません」

「何故？」

「この言葉は父に習いました。父は言語学者で異国の言葉を研究しては気紛れに私に教えてくれたのです」

苦しい言い訳だが仕方がない。明らかに顔立ちも名の響きも違う、ましてやここはどこ状態の私が、言葉を話せる理由が他に思い浮かばなかった。

「奇特な学者もいたものだ。ここはノルティア大陸。シルヴァンティエ国の王都キノスの王城だ」

信じているのか、いないのか。恐らく信じていないのだろうけれど、幸い突っ込まれる事もなく、こちらの情報を仕入れる事ができた。

「この意味が分かるか？　お前は王のおわす、城の庭園に忽然《こつぜん》と現れた」

大問題だよね。そっち側にしてみれば、警備に穴があるって事になるんだもんな。

「そんな事……言われても、私、分かりません」

顔を歪ませ、今にも泣き出しそうな私と、そんな私になおも厳しい視線を送る横柄な神官長様。その間にユハが入る。

「まぁまぁ、エイノ。怯《おび》えさせちゃ駄目だろう。すまないね。エイノは城の警備統括者だから気が立ってしまっていてね」

ナイスフォローだユハ。

ユハの言葉に傲慢《ごうまん》な神官長様がまた嫌そうな顔をした時、扉がノックされ、地図を持った男が顔を出した。

「ああ、地図がきたみたいだね」

受け取ったユハの手によって広げられた地図には、見た事もない大陸やら島国やらが描かれている。しかし幸いなことにかなり大雑把な代物《しろもの》だった。正確な世界地図などないのだろうと容易に想像がつく。良かった。これなら誤魔化しがききそうだ。

地図に描かれているのは一つの大陸と小さな島々で、蔓草《つるくさ》が絡まり合ったような文字が書き込まれている。もちろん知らぬ文字のはずだったが、不思議と読み取る事ができた。どうやら賢者の言う翻訳能力には文字読解も含まれているらしい。大陸の中央をでかでかと陣取っているのがこの国で、周りには大小様々な国々がひしめき合っている。自国を誇張して描いているのだろうか？　そうでなければ大変な大国という事になる。

「分かるか？」

「私の知っている地図とは大分違うので、間違えているかもしれませんが、多分、この辺りかな？」

適当に地図の東の端に位置する群島を指し示し、「いや、やっぱりこっちかなあ」と今度は少し南にある島を指差した。

「ごめんなさい。知っている地図と違うので、本当に分からないんです」

「地図は地方によって随分と違うみたいだからね」

要領を得ない私を庇《かば》ってか、ユハが頷《うなず》いた。

「まあ良い、しばらくは監視下で生活してもらう。衣食住は保証する。体の回復に専念しろ。また話を聞く」

一方的に告げると気位の高そうな神官長様は足早に去っていった。随分とお忙しいようだ。

「まだ傷も痛むだろうに済まなかったね。何も心配せずに、今はゆっくり休んで。大丈夫、悪いようにはしないよ」

「はい。ありがとうございます」

温かいユハの言葉に、礼を言う私の声は震えてはいなかっただろうか。見知らぬ地図を見て、改めて世界が違うのだと思い知らされた。急速に不安が胸に広がる。ユハは優しく私の背中をなでると、そっと部屋を出て行った。


一人になると一層の不安が胸をしめた。知っている人が誰もいない世界。何も分からない。こんな所でこれからどうしたらいいのだろう。心細さから、夕食は碌《ろく》に喉を通らなかった。日が落ちると、孤独が押し寄せ、私は夜通しめそめそと泣き伏した。泣いて泣いてとことん泣くと、朝日が部屋の中へ差し込む頃には、妙にすっきりとしていた。もう一生分自分を哀れんだ気分だ。言葉は通じる。当面の衣食住は確保済み。探しモノを見つければ、あの馬鹿賢者に帰してもらえるはずだ。なんとかなると思う。いや、思おう。

気分はすっきりしたけれど、泣き通したおかげで瞼《まぶた》が腫《は》れて、鏡を見ずとも酷い人相になっているのが分かる。朝食を運んできた栗色の髪の侍女さんが、お化けでも見たかのように、「ぎゃっ」と叫んで、大慌てで氷嚢《ひょうのう》を持ってきてくれた。微妙に傷付く反応だ。

瞼がましになったところで、栗色の髪の侍女さんと入れ替わりに、金髪の侍女さん二人が着替えを持ってやってきた。長袖のシャツと、ふんだんに布が使われたボリュームのある膝丈のキュロットスカート。スカートと同じ丈のチュニックを羽織り、胸のすぐ下で幅広の布でしめる。全体的に淡い色合いでまとめられた服は、なかなかに可愛い。というか可愛らしすぎる。私はちらりと侍女さん達の服を盗み見た。てろりとした布で仕立てられたワンピースは、落ち着いた色合いで、足首までを覆《おお》っている。袖は長く、襟元も詰まっており、全体的に肌を見せない造りになっていた。己の膝からにょっきりと出ている生足を見て、頬が引きつる。これは子供服だ。明らかに子供服だ。そういえば庭園で見つかった時は、膝丈のタイトスカートのスーツを着ていた。どうやら、就活姿が子供と思わせるのに一役買ったらしい。

鏡の前で引きつった笑いを浮かべる私をよそに、金髪の侍女さん二人は「まぁ、可愛らしい」だの「お似合いですわ」だのとご満悦だ。本当か!?　その賛辞は本心なのか!?　と、膝を突き合わせてとことん問《と》い質《ただ》したい。

この格好では誰にも会いたくないし、部屋からも出たくなかった。けれど今日はお高くとまった神官長様の部屋で協議という名の尋問が予定されていた。なんたる精神攻撃。

身支度を終えると、侍女さんに促されて部屋を出る。外には屈強な二人の兵士が扉を挟むように立っており、彼らに先導されて神官長様のもとへと向かうことになった。

明るい日の光の中、改めて目にした城は隅々まで手入れが行き届き、正に豪華絢爛《ごうかけんらん》。国民の税金で、なんて贅沢な。けしからん。なんて思ってしまうのは世知辛い日本で暮らしていた人間の性《さが》かもしれない。

日差しは柔らかく、暖かで眠気を誘う。日本でいえば春といった陽気だが、ここに四季があるのかどうか。回廊の窓から覗く花。角と羽を持つ馬のレリーフ。前を行く兵士が身に着けている素材の分からない鎧《よろい》。何もかもが物珍しく、忙《せわ》しなく辺りを見回してしまう。もっと眺めていたかったが、ほどなく目的地についてしまった。またあの唯我独尊男と会話をしなければならないと思うと気が重い。

先導していた兵士が入室の許可を取り、私は部屋の中へと足を踏み入れた。兵士達は扉の外で待っているらしい。扉を閉められ、部屋の中は、私と神官長様の二人だけとなった。神官長様は、大きな執務机に向かい書類にペンを走らせている最中だった。

「そこへ座れ」

こちらを見もせずに神官長様は告げる。私は部屋の中央に置かれたソファに腰掛け、そっと室内を見回した。美しく整えられた部屋は白を基調としており、恐ろしく殺風景で主《あるじ》の性格をよく表している。つい、緑眼《りょくがん》の好青年、ユハの姿を探してしまい、いないと分かるとため息が出た。

待つこと十数分。神官長様はいまだ書類の処理中だ。静かな室内にペンを走らせる音だけが響いている。横目で様子を窺《うかが》い見ると、神官長様は人形のような無表情で黙々と書類を片付けていた。薄い茶の髪に、窓から差し込んだ日が当たり、きらきらと輝いている。まるで彼自体が光を放っているようで、神々しくすら感じる。黙ってさえいてくれれば、これ以上ない目の保養だ。

眼福に与《あずか》るのにもそろそろ飽き始めた頃、ノックの音が聞こえた。高飛車な神官長様が顔も上げずに入室を促すと、侍女さんが二人、ワゴンを押して入ってくる。恭《うやうや》しく頭を下げ、次から次へと目の前のテーブルに菓子……らしき物を並べ始める。テーブルの上を埋め尽くすと、侍女さん達はまた一礼して出て行った。

ショッキングピンクだったり、黄緑だったりと、おかしな色をしているが、テーブルの上に所狭しと置かれた皿からは、鼻孔をくすぐる甘い香りが漂《ただよ》っていた。着色料を大量投入したような菓子の数々に、つい見入っていると低く笑う声が聞こえた。見れば神官長様が執務机から立ち上がりやって来る。

「好きなだけ食べるがいい」

笑いをかみ殺しながらそう言うと、彼は私の向かいに座った。これが「ふん、この程度の菓子に食いつきおってこの田舎者《いなか》めが。くっくっくっ」という笑いならしっくりくる。しかしなぜか今の彼の表情は、子供の悪戯《いたずら》を見つけた親が浮かべるような好意を含んだものだから気味が悪い。

「はあ、ありがとうございます」

一晩で軟化した態度に薄ら寒いものを感じながら、手近にあったカエル色のケーキに手を伸ばす。味はモンブランだった。一つで充分ではあったが、大量の菓子にプレッシャーを感じて、二個目のケーキに取り掛かった時、麗《うるわ》しの神官長様は静かに口を開いた。

「人や物の瞬時の移動。これは過去に例がないわけではない。文献によるとおよそ千年前、かの大賢者ルードヴィーグは自在にこれを行い、あらゆる場所に姿を現した、とある」

――ルードヴィーグ？

思いがけない名前に驚いた拍子に、ケーキが喉に詰まり咽《む》せた。ゴホゴホと苦しい咳をする私に、神官長様は無言で袂《たもと》からハンカチを取り出す。

「落ち着いて食べよ」

呆れを含んだ視線が痛い。真っ白なハンカチを受け取り、私は呆然とつぶやいた。

「ルードヴィーグ……さんですか？」

「そうだ。ルードヴィーグを知らぬのか」

知っている。つい先日会ったばかりだ。でも、千年前だって？

「名前を聞いた事はあるような気がします」

曖昧に頷《うなず》くと、神官長様は眉間に皺《しわ》を寄せた。

「今より、およそ千年前、ノルティアの各地に現れ、奇跡の技を以《も》って人々を救ったと言われる偉大な賢者の名だ。ノルティアのおおよその国には何かしらの伝承が残っておるが……ニホンとやらにはないのか」

神官長様はお茶の入ったカップを置き、何やら考え込む素振りを見せた。

「あの、父は娘の私が言うのもなんですが言語馬鹿で、私も父の影響で言語以外の事は不勉強でしたから……」

出身を疑われているのではと思った私は、慌てて言い訳を口にした。

するとと琥珀を思わせる透明感のある茶色い瞳が向けられる。

「地図が違ったように、歴史もまた違うのだろう。お前の話を疑っているわけではない」

私はほっと胸を撫で下ろした。そんな様子を見て何を思ったのか、神官長様は自身の前に置かれていた皿を手に取り、空《から》になった私の皿と取り替えた。これをどうしろと？

黄金色に輝くドーム状のケーキを前に頬が引きつる。

「食べよ」

いらないです。とは言えなかった。この男なりの子供（私）への気遣いなのだろう。しかし、食べ切る事ができるだろうか。フォークを持つ手が微《かす》かに震える。十三歳の頃ならケーキをホールで出されても食べ切る自信があった。けれど二十歳を越えた頃から、甘味の摂取許容量は大幅に減少してきている。

私ははっとして顔を上げた。向かいの席に座るエイノは、静かを通り越して冷たくも見える目で私を見つめている。私はケーキに目を落としてごくりと唾を呑み込んだ。ひょっとしたら、試されているのかもしれない。子供なら甘いものに目がないはずだと。

「いただきます」

決意表明し、私はフォークを握り締めた……

「ルードヴィーグが行使した数々の技は、その大半が謎とされている。組成、制約から効果の仔細《しさい》まで、解明されているものは一つもないと言っても過言ではない。術者ならば誰しも、謎を解き明かし、失われし技を甦《よみがえ》らさんと願うだろう。私も例外ではない」

三つ目のケーキを胃に収めた私の前に、非情にも四枚目の皿を置くと、慈愛に溢れる神官長様は語り始めた。

日本出身の私にはまったく馴染《なじ》みのない話で、聞いているだけで頭が痛くなる。技とか術とか、それって何なの。

「お前が、ルードヴィーグのように空間を渡りこの城に現れたのならば、何か要因があったはずだ。心当たりはないか？」

ありますよ。ありますけど。文献に記されてしまうような大昔に存在した大賢者に連れて来られたなんて、信じてもらえるとは思えない。ここを日本に置き換えるなら安倍晴明《あべのせいめい》に異世界から連れて来られましたと言うようなものではないだろうか。

「すみません、分かりません。何も変わった事はなかったと思うけど、よく、覚えてなくて」

私をこの世界に連れてきた、あの馬鹿は一体何者なのだろう。神官長様の言うルードヴィーグと同一人物なのか。分からない事だらけだ。質問したいが、不用意な発言で不信感を与えるのが何より恐ろしい。あやふやな私の返答に「そうか」と言ったきり彼は黙り込んでしまった。私が飛ばされてきた原因について思索に耽《ふけ》っているようだった。

静まりかえった部屋の中で、私が四皿目のケーキを食べ終えた時、思考の海から浮上したらしい神官長様がやっとこちらを見た。何の嫌がらせか五皿目を目の前に置かれ、それからは質問攻めだった。身分や親兄弟の事から、日本についてまで事細かく聞かれる。嫌な汗をかきつつ、ノラリクラリと適当に答えた。言っていいか、判別のつかないものについては子供なので分からないとかわす。解放された時には疲労困憊《ひろうこんぱい》していた上に、胸焼けして吐きそうだった。当分ケーキは見たくない。

ギルデン神官長様の菓子攻めから十日が過ぎた。予想していた厳しい取り調べもなければ、神官長様のお召しもなく、私はぬるま湯に浸《つ》かるような毎日を送っていた。毎朝診察を受け、二日に一度土産《みやげ》を持って訪ねてくるユハの相手をし、昼食後は中庭を散歩。三時のおやつを食べながら侍女さん達と世間話をする。というのが、この十日ばかりの日課だ。探しモノを見つけなければと焦りはするものの、部屋の扉の前には見張りらしき兵士が二人。彼らは常時待機しており、外に出ようとすると、やんわり目で制される。今、私にできるのは、ユハや侍女さん達への聞き取りぐらいだった。

「サカキ様、本日の朝食は外でお召し上がりになりませんか？　とても良い天気ですよ」

顔を洗うための水桶《みずおけ》を持ってきてくれた侍女のアイラが、カーテンを開けながら振り返る。後頭部でお団子に結わえた髪は濃い金色で、すっきりとした髪型から受ける印象の通り、理知的で落ち着いた女性だ。

「あら、いいですね。ね、そうなさいましょうよ。サカキ様」

華やいだ声で賛同するのは、マリヤッタ。一日で男を虜《とりこ》にできそうな綿菓子のような金の髪と、めりはりのきいたナイスバディの持ち主である。

「素敵ですね。是非お願いします」

二つ返事で申し出を受けると、アイラはてきぱきと準備に取り掛かった。

「まだ肌寒いかもしれませんわ。サカキ様、こちらをお羽織り下さいませ」

桜色の上着を持ってきてくれたのは、トゥーリという名のまだ若い侍女さんだ。自分で着ようとした私の手を遮《さえぎ》り、かいがいしく上着を羽織らせ、帯を締めてくれる。艶《つや》やかな栗色の髪を内巻きにした外見はお嬢様然《ぜん》としており、初々しい。

「……トゥーリさん、この合わせ、逆では？」

が、天然なのが玉に瑕《きず》である。上着の襟元を指差すと、トゥーリははっとした顔をして、慌てて帯を解いた。カシュクールのような上着は、シルヴァンティエでは男女問わず着られるものだが、男性が右前、女性が左前と決められているらしい。着物とは形が違うので抵抗はないが、死に装束のようだと思ったのは記憶に新しい。

「申し訳ありません。すぐにお直しいたしますわ」

しょんぼりと肩を落とすトゥーリに、アイラとマリヤッタは「仕方のない子ね」といった視線を投げかけていた。ペチコートをスカートと間違えて用意したり、保湿用の香油を芳香剤と勘違いして振《ふ》り撒《ま》いたり……彼女の失敗には皆、慣れっこだ。

専属の侍女さんが三人も付くと知った時はげんなりしたが、いざ生活を始めると彼女達の存在はとてもありがたかった。日用品等の細々とした違いに戸惑う私に、嫌な顔一つせず親身に教えてくれるし、何より彼女達の話はとても役に立つ。女性とは古今東西お喋《しゃべ》り好きなようだ。一を聞けば十答えが返ってくるのだから、どんな些細《ささい》な事でも知りたい私には好都合だ。

侍女さん達曰《いわ》く、ここ、シルヴァンティエはあの地図通りというほどではないものの、大陸で一、二を争う大国らしい。それ以外にも、現王は賢君の誉《ほま》れ高く、武芸に秀でた世継ぎの王子がいる事。その王子が一粒種である事。ギルデン神官長は異例の若さでその地位についた事。神官長に言い寄った、美貌で名高いさる貴族のご令嬢がこっぴどく振られた事。神官長が女嫌いである事。ユハは将来有望な近衛《このえ》兵である事。ユハには不特定多数の女性の影がある事。ユハは……と、かなりどうでもいい情報が多いのはご愛《あい》嬌《きょう》。妙齢の女性が集まれば、嫌でも話題はそうなる。とりあえず二人が女性に人気があるのはよく分かった。

すっかり準備が整うと、アイラは私を庭園へと案内した。もれなく兵士も付いて来る。胸と腰のみを覆《おお》う機動性を重視した鎧《よろい》を着けているのは、ここへ来た夜に出会った口髭《くちひげ》のランデル隊長と、尻尾へアのロニ先輩だ。二人とも、一切言葉を発する事はなかったが、ロニ先輩は目が合うと片目を瞑《つむ》って見せたり、口ぱくで「おはよう」などと語り掛けてきたりする。面倒そうな人だった。

朝の風は澄んだ空気を運ぶ。目に鮮やかな花々と濃い緑の葉のコントラスト。天然石を巧みに組み合わせて造られた泉水は澄んだ水で満たされ、美しい金色の翼を持つ小鳥が水辺で羽を休めている。

白いクロスが掛かった小さなテーブルに、料理は並べられていた。表面がぱりっと硬いパンは、ちぎれば中はふわふわで、噛む度に香ばしさが口に広がる。さいの目に切られた色とりどりの野菜が入ったスープは塩分控えめで体に優しい。卵料理にはとろりと濃厚なソースがかかり、鶏によく似た味わいの肉料理は香草の香りが食欲をかき立てる。朝から豪勢な食事だ。だが、質素でいいからお米が食べたい。秋刀魚《さんま》と味噌汁も。

「この国の料理は口に合わない？」

「え？」

私はスプーンを持つ手を止めて顔を上げた。若葉のような緑の目が私を見下ろしていた。

「おはよう。今日もいい天気だね。座っても？」

ユハだ。腕には、夜中になると髪の毛が伸びそうな西洋風人形を携えている。

「どうぞ」

私に拒否権はない。それにしても……と私はスープに視線を落とした。何故、気付かれたのだろうか。食事に不満を漏らした事などないし、今だって、別段嫌な顔などしていなかったはずなのに。

「何となくね。そんな気がしたんだ」

向かいの椅子に腰掛けながら、ユハは微笑む。

頭の奥が瞬時に冷えた。毒のない優男のようななりをして、よく見ている。

「時々、母の味が恋しくなってしまって。でも、ここの料理もとても美味しいです」

「そう。故郷に帰してあげられるといいんだが、ニホンについての情報がまったく出てこなくてね」

「この国とは違って、とても小さな国ですから」

「サカキちゃんは本当にここの言葉が上手だ。お父さんは余程優秀な学者なんだろうね。

他にも言葉を？」

「ええ、いくつか……あの、その人形は……」

このままでは話がどんどん嫌な方向に流れていきそうで、私は慌てて話題を変えた。

心臓がばくばくと音をたてている。

「ああ、今日はこれを渡しにきたんだよ。サカキちゃんと同じ美しい黒髪が気に入ってね。つい買ってしまったんだ」

十三歳の子供に言う世辞《せじ》じゃないよ。どれだけ守備範囲が広いんだ、この人。お茶を持ってきてくれたマリヤッタが、羨望《せんぼう》の眼差しを私と人形に向ける。その視線に妬《ねた》みが見えないのは、子供と思っているからだろう。

「わぁ、かわいい。ありがとう」

私は笑顔で人形を受け取った。でも本当は苦手だ。この手の人形は捨てたら呪われそうで処分に困る。

「気に入ってもらえてよかった」

ユハが訪ねて来る時間はまちまちで、厳しい訓練と近衛《このえ》の激務の合間を縫って来てくれているとマリヤッタはうっとりとした目で語っていたが、違うと思う。何せ来る度に、種類の違う甘い香りを漂《ただよ》わせているのだ。今日も朝から、随分と甘ったるい匂いをまとっている。

ユハは話題の豊富な男だ。いつも様々な話を披露して楽しませてくれる。しかし、今は食事の邪魔をしまいとしているのか、ただ穏やかに私を見つめていた。その視線が何とも心臓に悪い。自然と食事のペースは速くなり、いつもの半分の時間で皿は空《から》になった。

「あの、一つ、お聞きしたいのですが、私、これからどうなるんでしょう？」

食後のお茶を飲みながら、私は前々から聞きたくて聞けなかった疑問を口にした。探しモノ探索の前に身の安全を確保しようと静観していたが、一向に動きが無い。宙ぶらりんな今の状況が長引いては困る。

ユハはティーカップから目線だけを上げて私を見た。先を促すようなその視線に、私はふたたび口を開いた。

「このままいつまでも、ここでご厄介になる訳にはいきませんし、街に出て、働いて生活できたらいいなって思うんです。働きながら、故郷の情報を集めようかと……。父から教えられて、幾つか言語が分かりますから、通訳みたいな仕事に就きたいと考えているのですが、どこか働く場所を紹介していただけませんか？」

賢者の探しモノがなんであれ、自由に動ける環境と、食べていくだけのお金は必要不可欠だ。数多くの言語を話せるという点を利用して、さっさと、この監視つきの城生活とおさらばしたかった。

「そんな事を考えていたのか。部屋を訪れるたびに、通貨や物価、社会情勢に交易に特産品について……なんて質問されるものだから、何か考えているんだろうとは思っていたが」

ユハはカップをソーサーに置くと、「さて、少しきつい事を言うよ」と前置きして言葉を続ける。

「君の言うとおり、君は語学には堪能かもしれない。だが、この国の人間とは少々容姿が違う。毛色の変わった者、ましてや成人もしていない少女が独りでやっていけるほど、世間は甘くないんだよ。君の年で働いている者もいるが、本来ならば、まだ学業に努めている時期だしね」

「でも、私はここには親もいなければ、お金もないし、この先どうしたらいいのか」

「孤児の集まる施設が幾つかあってね。本来ならば、そこに入る事になるのだけども、お世辞にも環境が良いとは言えない。サカキちゃんのような子には少々きつい所だ。君のような目立つ容姿の子が行けば、金にものを言わせて無体を働く愚か者が出るだろう。そうと分かっていて入れるわけにはいかないしね」

私は哀れっぽく己を抱きしめ、慎重にユハの表情を探った。一見、親切心から出た言葉に聞こえるが、ひょっとしたら、私をここに止め置くための方便かもしれない。そう思って見るからか、聖職者のような文句のつけようがない笑顔が、どこかいんちき臭く感じられた。

ユハが席を立つ。テーブルの横を回り、私の側に来て顔を覗き込むように屈《かが》んだ。緑の瞳が真っ直ぐに見上げてくる。

「心配は要《い》らない。君が成人して独りでもやっていけるようになるまで、神官長も俺も責任を持つつもりだ。その代わりといってはなんだか、時々話を聞かせてもらいたい。サカキちゃんは非常に貴重な出来事の生き証人なんだよ」

「……はい。ご迷惑をかけてすみません。よろしくお願いします」

君の待遇が決まるまで、もう少し待っていてほしい、そう言ってユハは硬い大きな手で優しく頭を撫でた。それからじっと私の目を見つめ、肩を竦《すく》めて笑う。

「君がもう少し大きければ俺の家においで、と言えるんだけどね。残念だな」

女の敵だと思った。

部屋に戻る途中、ふと振り返ると、頬を紅潮させたトゥーリがユハを呼び止める姿が見えた。そのまま連れ立ってどこかへ行ってしまう。トゥーリよ、お前もか。マリヤッタが食器を下げに行っている隙を狙うとは、天然のわりにちゃっかりしている。

ランデル隊長に案内されて部屋に戻ると、ため息が零れた。先ほどのユハの言葉に「よろしくお願いします」と頭を下げたものの、ぼろが出る前にお暇《いとま》したい。せめて殿下を狙う不審者が捕まってくれればいいのに。

まだ朝だというのに疲れた。私は壁際に置かれた長いすに向かおうとして、ぎょっとする。部屋の中央に置かれたテーブルの上に一枚の紙片が載せられているのに気付いたのだ。無造作に置かれたその紙にはただ一言。『まちへいけ』と書かれていた。

――日本語で。

日本語。日本語だ。書き慣れていない人物の手によるものだと分かる、角ばった平仮名だが、間違いなく日本語だ。ひょっとしたら、いや、ひょっとしなくても、これは賢者からのメッセージではないだろうか。いつまでたっても探しモノに近づけない私に焦《じ》れて、二つ目のヒントを与えたのかもしれない。探しモノはきっと街にある。やはり私は異界渡りをして、着地に『失敗』したのだ。

私は紙をビリビリと破り始めた。

なんて、阿呆らしい。こんな伝言ゲームのようなまだるっこしい事をしている暇があるなら、自分で探せ、馬鹿賢者。

日本語などという、彼らにとっては未知の言語で書かれたメモが、もしも誰か他の人間、例えばユハに見られでもしたら、どうなるか――

私はシュレッダーになった気分で、延々と紙を細切れにし、トイレの扉をあけた。ひらひらと紙を落とし、水を流す。城のトイレは、意外なことに水洗だ。城郭の外に作られた、浄化槽に繋がっているらしい。渦に呑まれる紙切れを見送りながら、私は街へ行くための算段を始めた。

第二章

「街へ行ってみたいのですが……」

丑三《うしみ》つ時《どき》になると目が光りそうな人形をもらい、日本語のメモを見つけた日から三日が過ぎていた。

賢者の指示通り、街へ出ようと策を練ってみたものの、実現可能な案は一向に浮かばなかった。部屋の前にはランデル隊長とロニ。城の周りは高い塀に囲まれていて、兵士がうようよいる上に、ギルデン大先生率いる神官達による結界なるトラップがあるという。アルセーヌ・ルパンでもない限り出られるわけがない。素直にユハに頼み込むのが一番現実的だったのだ。

だから朝の散歩の後、部屋を訪れたユハに、私は思い切って申し出てみた。

「お城の中は静か過ぎて、故郷の事を思い出してしまうんです」

冷蔵庫に入れっぱなしのもやしスープの残りとか、帰ってから干そうとセットしてきた洗濯機の中身とかを。

「それに、こんなことを言うと怒られるかもしれませんが、ちょっと退屈で」

日本に帰るためなら、ぶりっこだって演じてやる。十三歳の可愛いおねだりを思い描き、私は胸の前で指を絡めた。上目遣いで、緑の瞳を見つめる。

ユハはそんな私をじっと見下ろしていた。

彼の独断では無理だろうし、すぐに色よい返事がもらえるとは思っていない。

「あの、駄目……ですよね。ごめんなさい。ワガママを言って」

悲しげに眼を伏せる。これを数日繰り返そう。段々と弱々しく、気が滅入って見えるように。

「いいよ」

は？

「え？　いいんですか？」

あっさり下りた許可に、私は間抜けな顔で問い返した。ユハは爽やかに微笑む。

「サカキちゃんを外に出してあげて欲しいと、侍女の娘《こ》達に言われていたところでね。親元を離れて一人で頑張っているのに、ずっと城の中に閉じ込めっぱなしなんてあんまりだって」

アイラ、マリヤッタ、トゥーリ、ありがとう！

「実は、このあと、街へ出てみないかと誘いに来たところだったんだよ。それから、この間俺が言った事は心配いらないよ。今日は強力な護衛が二人つくからね」

ユハは茶目っ気たっぷりに片目をつむって見せる。

「そうだったんですか……。あの、ありがとうございます」

タイミングが良すぎるような気はするが、何はともあれ、街へ出られる。やっとスタートラインに立てる……のかもしれない。

生まれて初めて馬車に乗った。子供の頃『シンデレラ』を読んで憧れていた時期もあっただけにちょっと嬉しい。道が舗装されていればもっと嬉しかったけれど。

私は酔わないように小さな窓の外に意識を集中させていた。流れる景色は緑ばかりで目に優しい。城のすぐ外に街があると思っていたのだが、兵士や神官、一部貴族の宿舎や屋敷があるという区域を抜けてから十数分、馬車はずっと森の中を走っていた。

「サカキちゃん、熱心に眺めているところを悪いね。もう少しで街に出るから、そろそろ窓掛けを引いてくれるかな」

その声に視線を馬車の中に戻せば、仏頂面の神官長様と、愉《たの》しげなユハの姿。ユハの言う強力な護衛とは彼らの事だったのだ。何故、お前らなのか。仮にも神官長と近衛《このえ》だろうに。何故来る。暇なのか？　そうなのか？

ギルデン神官長が、出過ぎた麦茶のような茶色い目で私を見据える。

「お前は目立つ。街中《まちなか》では外套《がいとう》の頭巾をかぶってもらうから、そのつもりでいろ」

本日初めての有難いお言葉だった。ケーキ責めの時に見たあの笑みは幻覚だったのかもしれないと思えるほど、その声音は硬く冷たい。今日の神官長様はいつにもましてご機嫌が麗《うるわ》しくない。そのうえ、むっつりと黙り込んでいるかと思えば、時折妙な視線で私を見る。その時の表情はなんとも表現し難いもので、ひどく居心地が悪くなった。

「いらぬ厄介事に、進んで巻き込まれるような真似はしてくれるな」

嘲《あざけ》るような口調がいっそ清々《すがすが》しい。そんなに嫌なら来なければいいのに。小娘の監視ぐらい、いつもの兵士に任せておけばいいものを。

——あれ？　そんなことを考えながら、機嫌と違って見目麗しいご尊顔を拝し、違和感を覚えた。どこがおかしいかと言われると、明確には答えられないけれど、眉を寄せた時にできる眉間の皺《しわ》が一本多いような。そんな些細《ささい》な違和感だった。

「あの、ギルデン神官長、具合が悪いんですか？　顔色が少し良くないような……。馬車を停めたほうがいいのでは？」

いつもより皺が多いですよ、とは言えず、言葉を変えて問うた。すると神官長様は眉を寄せて不愉快そうな顔をし、ユハは面白がるように口元に笑みを浮かべる。

「いらぬ世話だ」

「気にしないで、サカキちゃん。エイノは少し仕事が立て込んでいて疲れているだけだから。それにしてもギルデン神官長だなんて、堅苦しい呼び名だね。エイノ、でいいんだよ」

「なあ、エイノ」とユハが振り向くと、神官長は窓の外に視線を向けた。本人がこんな態度なのに、エイノだなんて呼べるわけがない。

私の困惑が伝わったのか、彼は小さく息を吐く。

「エイノでよい。街中で神官長などと呼ばれては、この格好の意味がないのでな」

そう言うギルデン神官長……もといエイノはいつもの白い神官服ではなく、動きやすそうな簡素な服を身につけていた。服装が地味な分、その美貌が余計に際立って悪目立ちしそうだが、変装のつもりらしい。隣のユハはと言えば、これまた紺色の近衛《このえ》の制服を脱ぎ、丈の長いゆったりとしたシャツの上に袖のない上着を羽織り、細身のズボンを着ていた。鍛えられた肉体は隠せていないが、エイノに比べれば格段に着慣れて見える。もちろん、私もいつものぴらぴら服ではない。ボリュームの少ないスカートに、全体的に地味な色合いでまとめられた服に着替えている。やはり膝丈だが、いつもの服より数段ましだ。

馬車が一度、大きく揺れたかと思うと、その後は格段に乗り心地が良くなった。どうやら舗装された道に入ったようだ。ほどなくして馬車が停まる。

「着いたようだ。サカキちゃん、頭巾をかぶってくれ」

ユハに言われ、私は薄茶色の外套《がいとう》のフードを目深《まぶか》にかぶった。この外套も膝丈である。子供服は膝丈に限る、という法律でもあるのだろうか。

「どうぞ」

先に降りたユハが手を差しだす。子供相手でも手を抜かない男だ。少し怯《ひる》んだものの断るのも大人気ないかと思い手を重ねたが、慣れない行為はどうにもむず痒《がゆ》い。

馬車を降りると、そこにはレンガ造りの建物が並んでいた。異国情緒たっぷりな街並みに思わず見惚《みと》れる。しかしよく見ると、建物は古びており、人気《ひとけ》はなく閑散としている。まるでヨーロッパの田舎《いなか》を写した絵はがきのような光景だ。これはこれで趣《おもむき》があって良いものだが、洗練された城の様子から、規模の大きい活気溢れる街並みを想像していたのに……意外に貧乏国家なのだろうか。

「寂《さび》れていてがっかりした？」

「いえ、そういうわけじゃないですけど」

顔に出してはいなかったはずなのに、またしても目敏《めざと》く心情を見抜かれ、私は慌てて言い募った。

「ここは街の外れでね。この馬車では少々目立つから、預けて行くんだよ。大通り沿いにいい店があるから、そこで食事をとろう。少し距離があるけど、ここからは徒歩になるよ」

馬車は黒塗りで家紋も何もなく地味に設《しつら》えてあるものの、使われている素材はすべて一級品。その上質さは隠しようがない。これじゃあ、金持ちの貴族が乗っていますよと宣伝しているようなものだ。ユハの言う通り嫌でも人目を引くだろう。

「大通り周辺は、それは賑やかだからね。はぐれないように気を付けて」

へいへい、子供扱いだな、と思ってから苦笑する。子供と思っているのだから当然か。

「行くぞ」

常に私を気遣うユハとは対照的に、エイノは言うなりさっさと歩き出す。もちろん歩調は自分本位だ。二人を足して割ったら、さぞやバランスのとれた人間ができ上がるに違いない。

日本人女性の平均くらいの身長の私だが、エイノとは基準となるコンパスがまったく違う。小走りとまではいかないものの、いつもの五割増し速く歩かねばついて行けない。まるで競歩だ。

「エイノ、女性に合わせるべきだろう？」

するとすかさずフォローが入る。エイノはチラリとユハを睨むように見た後、わずかに歩調を緩めた。

歩き始めて結構な時間が経っていたが目的地はまだ先らしい。本当に遠い。以前から運動不足だったが、軟禁生活でさらになまっていた私には結構な距離だった。少し前から商店なども見かけるようになり、気がまぎれるのが救いだ。瑞々《みずみず》しい果物や、不思議なデザインの衣服。用途の分からない小物を並べた雑貨屋のような店もある。どれも日本では見た事のないものばかりで、興味を引かれた。

一軒一軒ゆっくりと見て回りたかったがエイノの体調を考えると、お願いしづらい。肉を焼いている屋台の前を通ると、ぷんと良い匂いが漂《ただよ》い、思わずお腹を押さえた。急な予定変更のおかげで昼食の時間はいつもより遅れており、お腹がすいて仕方がなかった。

「疲れたかい？　もう少しだからね」

横を歩くユハが私の顔を覗き込んだその時。甲高い嘶《いなな》きが聞こえた。続いて何かが猛烈な勢いで石畳に叩きつけられる音がする。何事かと辺りを見回すが、音の正体は分からない。慌てふためく私や周囲の人々とは対照的に、エイノとユハは冷静だった。

エイノが道の先を見つめてゆったりと手をかざし、ユハが素早く私を背に庇《かば》った。二人が見つめる先から葦毛《あしげ》の馬が姿を現す。馬は何かに取り憑《つ》かれたように暴れ狂い、逃げ惑う人々を混乱に陥《おとしい》れていた。まさか平成も間近に生まれて、街中《まちなか》を走る暴れ馬にお目にかかる事になるとは思わなかった。まるで時代劇を見ているようだ。

馬の血走った目がこちらに向けられた。次の瞬間、馬は私達を目掛けて、一目散に駆け出した。逃げなければと思う間もないほど、恐ろしいスピードで迫り来る。

「エイノ！」

危ない！　そう叫ぼうとして信じられない光景を目にする。エイノが掲げた指の先、何もない空間に馬がぶつかって倒れたのだ。まるでそこに頑丈な壁が存在するかのように、派手な音を立てて横倒しになる馬。すかさずユハが駆け寄り、なおも起き上がって暴れようとする馬の手綱《たづな》を引く。

慣れた手つきで馬を御するユハに胸をなで下ろした時、唐突に体が宙に浮き視界が反転した。何が起こったのか分からず呆然としていると、後方へ向かって猛スピードで体を持って行かれる。

「うっ」

腹に食い込む堅い感触に呻《うめ》き声がもれる。体勢を立て直そうともがくが、腰に回された何かに自由を奪われ、一定のリズムで腹に当たる衝撃に、顔を上げる事もままならない。激しく揺れ動く視界に目が回る。誰かの肩に担ぎ上げられているのだと、ようやく理解した時、私の体が大きく揺れた。角を曲がったのだ。視界の端に、こちらを見て膝をつき苦しげに眉を寄せているエイノと、いまだ興奮状態にある馬の手綱を握り締めるユハの姿が映った。

そして、二人は私の視界から消えた。

私を担いだ人は、男なのだろうが細身で上背もなく、決して恵まれた体格ではないに

もかかわらず、疲れも見せず街中《まちなか》を走り続けていた。どのくらいの時間がたったのだろうか。ほんの数分のようにも、数十分のようにも感じる。揺さぶられ続けた頭は激しく痛みを訴え、男が歩を進めるたびに肩が容赦《ようしゃ》なく腹に食い込み、今にも吐きそうだ。空腹時で心底良かったと思う。目には生理的な涙が溜まり、気が遠くなってきた。いっその事気絶したい。

ふいに周囲の人々のどよめきが大きくなった。人通りの多い道に出たようだ。「誰か、助けて」と叫んだはずの声は、力が入らず蚊の泣くような小さなものになってしまう。

「お前！　何をしている」

男と分かる低い怒声が耳に届いたのは、そんな時だった。私を担いでいた人物が急に立ち止まり、私は弾みで頭をその背中に強《したた》かに打ちつける。痛い。

「昼日中《ひるひなか》から誘拐とは、いい度胸だな」

威勢のいい声が響いた。担がれたままの私には声の主の姿は確認できないが、おそらく誘拐犯の進行方向に立ちふさがっているのであろう。

「たたききら……くそっ」

何かを言いかけた男は、忌々《いまいま》しげに舌打ちすると叫んだ。

「誰か！　警備兵を呼んでくれ。早く！」

男の声に、人々の中から呼応する声が上がった。良かった助かりそうだ。

「歯を食いしばれ」

――はい？

楽観視しかけたその時、間近でぼそりとつぶやく声がした。距離からして私を担いでいる人物以外には考えられない。何故？　と思ったのも一瞬の事で……

「ぎゃ～～～」

放り投げられた。砲丸投げの玉のごとく。無理無理、受け身なんてとれないし！

事故に遭うとスローモーションのようにすべてがゆっくり見えるという話をよく耳にするが、本当だった。石畳に舞う土ぼこり、口に手を当て目を見開いている女性、守るように子供を抱きかかえた母親、店の窓から顔を出した店主、銀色の仮面を付けた男。視界は目まぐるしく変わっているはずなのに、その一瞬一瞬がはっきりと目に映った。そして、青い空を舞う小鳥が見えた時、一気に時間の流れが元に戻る。背に走る衝撃に息が詰まった。地面に落下したのだと思ったが、その割には痛くない。硬いと言えば硬いが石畳のそれではなかった。

「つぅ……」

頭の直ぐ上で男の呻《うめ》き声がする。見上げれば、まだ年若い男の顔があった。

「あっ、待て」

痛みを堪えるように眉を寄せていた男が、何かに気付いたように顔をあげた。つられて見れば、銀色の仮面をつけた男が身を翻《ひるがえ》して走り去るところだった。一つにまとめられた栗色の髪が肩の上で靡《なび》いたかと思うと、あっという間に男の姿は雑踏《ざっとう》の中へ消えていく。

「おい、大丈夫か？」

呆然と男のうしろ姿を見送っていた私に、頭上から声が掛けられる。男が訝《いぶか》しげな表情で私の顔を覗き込んでいた。

「怪我はないか？」

男の声には聞き覚えがある。ついさっき誘拐犯を呼び止めた人物だ。

「はい、何とか。あの、有り難うございます」

目尻に溜まった涙を拭《ぬぐ》い、お礼を言うと男はわずかに口を開ける。薄く開いた唇から、ほうと息が漏れ、次いで、こくりと喉が鳴る音が聞こえた。至近距離で無遠慮に見つめられ、私ははっとして、頭に手をやった。フードがない。投げられた拍子に外れてしまったらしい。慌てて俯《うつむ》き、フードをかぶろうとするが、男に腕を掴まれ阻《はば》まれた。

「待て」

鋭い声にびくりと肩が揺れた。そっと視線を上げると、男は厳しい顔で私を見下ろしていた。目立つとは言われていたが、この顔立ちは、そんなに駄目なのか……と凹みかけて、男の視線が、私の顔ではなく、首筋に落とされている事に気付いた。

「首のうしろを見せろ」

返事をする前に男の手が耳の付け根に伸び、首を傾けさせられる。

「お前、嫌なものをつけているな」

苦々しげな声が聞こえた次の瞬間、うなじをかさついた指先に撫でられた。

「わわっ」

思わず声がでる。

「これでいい」

男は満足気に頷《うなず》く。いや、あんたは良くても私は良くない。

「一体何なんですか？」

助けられたとはいえ、いささかむっとして見上げると、男は視線を外してぶっきらぼうにつぶやいた。

「とりあえず、どいてくれ」

どくって、何から？　自身の体を見下ろして、青くなる。私は往来の真ん中で座り込んだ男の膝の上に乗っていたのだ。どうりで痛くないはずだ。

「うわっ、すみません！」

慌てて謝り、体をずらす。よく見れば男の耳朶《じだ》は、ほんのりと赤く染まっていた。私の視線が自分の横顔に注《そそ》がれていることに気付いたのか、男は誤魔化すように腕で頬を擦《こす》る。その拗ねたような表情を見て、おや？　と思った。思ったよりも若そうだ。先ほどのお面男に比べると、格段に立派な体躯だが、ユハのように完成していない。張りのある瑞々《みずみず》しい肌に、澄んだ瞳。何より若々しい表情に、いまだ少年と言える年頃だと気が付いた。十七、八ぐらいだろうか？

「いや……じきに警備兵が来る。面倒だから俺はもう行くが、お前、どうする？」

少年は立ち上がり、腰の砂を払った。

「あ、私も行きます」

警備兵とやらの役割が警察と同じなら、事情を聞かれるかもしれない。だとしたら面倒だ。

担がれていた時にお面男の肩が当たっていたせいで腹が痛い。腹をさすりながら立ち上がり、歩こうと踏み出したが、膝からかくんと折れた。ダメージが足腰に来ていたらしい。かくんかくんとロボットのようにぎこちなく進む私を見かねたのか、先に歩き出していた少年が私の側まで戻ってくる。と、手を差し出した。私は手と少年の顔を見比べた。手を引いてくれるという事だろうか？　意味を図りかねて動けない私の手を、少年は雑な仕草で取ると歩き出した。不器用な優しさが眩《まぶ》しい。「ありがとう」と声をかけて、前を行く少年を見れば、耳の辺りが仄《ほの》かに色づいていた。

　通りを離れる途中で、濃い緑色の揃いの衣服を身につけた男達の集団とすれ違う。さっきの騒ぎのために呼ばれた警備兵ではないかとヒヤリとしたが、人々を掻き分けて急ぎ進んでいた彼らが、私達に気付くことはなかった。少年は男達とすれ違ってすぐに角を曲がり細い路地へ入る。怪訝《けげん》な顔で背後を振り返り「早いな」とつぶやいた。しかし、すぐに前を向き、歩くスピードを速めた。

　曲がりくねった路地を抜けると、ふたたび大路《おおじ》に出た。道を挟んで左手には露店が立ち並び、右手には整備された水路が通っている。水路に浮かぶ小船の上には多種多様な品々が積まれ、係留された船から男達が忙しく荷揚げしている。

　しばらく船や露店に目を奪われていたが、ふと、先ほどの出来事を思い出して、首に手を当てた。

「あの、私の首に何があったんですか」

「あー、まぁ。気にするな」

少年は言いづらそうに言葉を濁す。「そう言われると余計に気になるわ！」とは突っ込めない。なにせ恩人なのだから。

「お前、宿はどこだ？　送ってやる」

話題を変えるように少年に言われ、言葉に詰まった。正直に城と言ってしまっていいものだろうか？　黙って少年を見上げていると、彼はあたふたと繋いでいた手を放した。

「う……あ、いや、別に、俺は何も邪《よこしま》な気持ちで、お前の宿を知ろうとしているわけじゃないぞ」

沈黙を斜め方向に勘違いしたらしい。少年の顔は真っ赤になっていた。

「いいえ、別に、そんな心配なんてしていませんよ」

少年は狼狽《ろうばい》ぶりを誤魔化すように目をそらして、咳払いする。

「その、俺はだな、さっきの奴の事が気になるんだ。あんなに人目がある所でかどわかしとは……」

その言葉を聞いて、ユハの顔を思い出した。「君のような目立つ容姿の子がいけば、金にものを言わせて無体を働く愚か者が出るだろう」——あれは、本当だったのか。どこかでフードの下の素顔を見られたのかもしれない。ぞくりと寒気が襲った。エイノ達から引き離されたのを幸いに、少しでも探しモノに近づくべく、街を探索してみようかと思ったけれど、街がここまで危険だなんて、想定外だ。

「宿はまだ決まっていないんです。攫《さら》われたせいではぐれてしまいましたが、連れがいますので、探してみます」

人攫いにまんまとしてやられた、自称強力な護衛を。

少年は腕を組んで頷《うなず》いた。

「そうか。なら俺も探してやる」

「えっ、でも……」

人攫い対策としては有難いが、このまま同行して大丈夫だろうか？　真っ直ぐな人間のように見えるが、親切過ぎる気もする。逡巡《しゅんじゅん》していると「ぐるるる」と、盛大にお腹が鳴った。しんと沈黙が降りる。そろそろと窺《うかが》うように視線を上げると、少年は肩を震わせ明後日《あさって》の方向を見ていた。だが、またもや腹から音が響く。二度目の空腹の主張に、とうとう少年は笑い出した。

「くっ、ははははっ……」

そんなに笑わなくても……。じとっと睨んでいる私に気付くと、少年は笑いを抑え込もうとして、無理矢理唇を引き結んだ。

「悪い。くくっ」

「いえ、気にしていませんから」

「怒るなよ。まずは何か食うか。食いたいものはあるか？」

「いえ、別になんでも……あっ！　あの、やっぱり食事はいいです。連れを探さないと」

お腹は空いているし、食べたいのはやまやまだが重大なことを忘れていた。

「お前な、腹が鳴るほど空腹のくせに、何を言っているんだ。時間が惜しいなら、歩きながら食べられるものを食え。倒れたいのか」

「そうではなくて、その、お金を持っていないんです」

そう、私はまったくの一文無しだった。街へ来るにあたって、何かあるかもしれないとは思ったが、空腹状態ではぐれる事になろうとは。

「なんだ、そんな事を気にしていたのか。俺が奢《おご》るぞ。ほら来いよ」

正直に白状すると少年は拍子抜けした声を出した。手を掴んでさっさと歩き出そうとする少年を押し留める。

「いえ、結構です。返すあてもないし、年少者に奢ってもらわなければならないほど困っているわけではありませんから」

今が食うや食わずの生命の危機に瀕《ひん》している状態ならご相伴《しょうばん》にあずかるが、エイノとユハに会えさえすれば、食べ物にありつける。最悪城まで歩けばよいのだ。未成年の少年にたかるのは社会人としての矜持《きょうじ》が許さなかった。

「年少者って……、お前、俺を何歳だと思っているんだ？　そう変わらんだろうが」

少年は気分を害したようだった。眉を寄せて睨まれ、私は己の失言に口を押さえた。

「いや、その、今のは言葉のあやというかなんというか」

しどろもどろにいい訳を口にする私に、少年は胸を張って告げた。「俺はもう、十五だ」と。

十五!?　この体格で？　十七、八だろうという見当は見事はずれていた。十五歳といえば、まだ思春期真っ盛りの中学生ではないか。道理で、私が子供に間違われるはずだ。

「お前は？」

束の間、言葉に詰まった。本来の年齢を告げてしまえば、エイノ達と合流した時にいざこざが生じるかもしれない。

「十三歳です」

渋々、偽りの歳を告げる。少年は眉を上げた。

「十三？　もう少し上かと思ったが……。だが、なら問題ないだろう。俺が奢るって言っているんだ。素直に奢られておけ」

「はい」

もう頷《うなず》くしかない。

「行くぞ。そういや名前を聞いていなかったな。俺はイサークだ」

「榊です」

「サカキ……サカキ……」と、少年――イサークは口の中で名前を繰り返した。耳慣れない発音に戸惑っているらしい。ややして顔を上げたイサークは白い歯を見せて満足そうに笑った。

「よろしくな、サカキ！」

私には、眩《まぶ》しすぎる笑顔だった。


露店で売られているのは大抵が歩きながら食べられるもののようだ。煮込んだ肉や野菜をパンに挟んだものや、串にさして焼いた肉、揚げた野菜に調味料をまぶしたものなどなど、そのどれもが食欲をそそる匂いを競うように発している。

「ケルはもう食べたか？」

「いえ」

空腹を刺激する煙が漂《ただよ》う通りを歩き、「キノスに来たならケルは食わなきゃな」と言うイサークの案内で連れて来られたのは、鳥らしき大きな肉の塊を、炭火で炙《あぶ》っている店の前だった。こんがりと焼けた肉から油が落ちると、ぱちっと火が爆《は》ぜる。ケルを焼く店主が、団扇《うちわ》で風を送るたびに、顔にむわりと熱い空気があたった。

——探しモノはあたたかいもの。

飴色の皮の舌触りに思いをはせ、唾を呑み込みながら、私はヒントその一を思い出していた。

「あの、ルードヴィーグをご存知ですか?」

「知らない奴がいるのか?」

隣で、革袋から小銭を取り出しているイサークを見る。

「ルードヴィーグにまつわる話で、あたたかいものといえば、なんだと思います?」

「なんだそりゃ。謎かけか?」

イサークは銀色の小さなコインと引き換えに、紙に包まれたケルを受け取った。

「みたいなものです」

歩き始めたイサークに差しだされた包みを開くと、骨付き肉が顔を出す。イサークにならってかぶりつくと甘いたれと肉汁が混じって、口の中に広がった。

「あたたかいものなあ……。ルードヴィークといや、まずは医術だが。奇跡と言われる数々の術でもって、数多《あまた》の人間を救ったとか」

「医術ですか」

ふんふんと、もっともらしく頷《うなず》きながら、私は内心で舌打ちしていた。医術が何を示すのかさっぱりわからない。外科的な手術のこと？　それともエイノが見せたような、不思議な力の医療バージョンのことだろうか。

「つまり――」

結構な大きさのケルを、あっという間に平らげたイサークは、指についたたれをぺろりと舐めた。

「人間性があったかい、とか」

それはない。

「どちらかというと、冷たいような……」

でなければ、善良な一市民を、別の世界にほっぽりだしたりできるものか。

「まあ、そんな一面があった。という学者もいるな」

「え？」

ケルを食べる手を止めて、イサークを見つめる。

「ろくな治療も施さずに、疫病《えきびょう》に冒《おか》された村を、村人ごと焼き払ったという話がある。

もっとも、ルードヴィーグの従者が独断でやったって説が主流だがな。村を焼いた従者は処刑され、弟子でもあった従者の非道に心を痛めたルードヴィーグは、その後、数年間、表舞台から姿を消す」

「疫病……」

秘書に責任を押しつける悪徳政治家のような構図だが、真偽がどうあれ、また一つ、ルードヴィーグに関する知識を得た。

「ルードヴィーグは医療に造詣《ぞうけい》が深いんですね」

探しモノはひょっとして薬だろうか。しかし、あたたかいには当てはまらない。私は首を傾《かし》げた。あたたかくて、病の治療に関係しそうなものといえば、温泉ぐらいしか思いつかない。まさか、温泉を掘り当てろというんじゃないだろうな。それなら掘削《くっさく》業者を引っ張ってきたほうが早いだろう。賢者《バカ》の考えが分からない、とふたたびケルに齧《かじ》りついた時、イサークが「ああ」と声を上げた。

「そういや、後期の伝説の中に、ルードヴィーグは茶が好きだったたって話があったな」

血液入りのお茶を思い出して、ケルを吐き出しそうになった。そういえば、お茶にはこだわりがあるようだった。別世界に放り出された理由が、「茶葉を探せ」だったら泣くに泣けない。

参考になったような、ならなかったような。イサークに礼を述べると、私は残りのケルの始末に取り掛かった。

ケルを食べ終わった私達は、水路横の大通りを外れ、人通りのまばらな道を、先ほど買った飲み物を飲みながら歩いていた。とりあえずエイノ達と別れた場所まで行ってみようという事になったのだ。とはいえお面男に担がれての移動だったから、さっぱり道を覚えていないし、辿《たど》り着けるか疑問だ。

植物の葉だという、口の狭い袋状になった容器に、ストローのように中が空洞の茎をさして飲むジュースは、シルヴァンティエではポピュラーなものだそうだ。幾つかある種類の中から、イサークはさっぱりとした味のものを、私は桃のような甘い香りのするものを選んだ。容器に移す際にちらりと見えたジュースの色は、想像を絶するものだったけれど見なかった事にしよう。

「随分と甘い匂いだな。そんな甘ったるいものよく飲めるな」

酸味のあるものが好きだというイサークは、飲んだ事がないらしい。

「匂いほど甘くないですよ。後味はさっぱりしていて飲みやすいです。飲んでみますか?」

イサークに飲み口を向けながら尋ねると、「えっ」と言葉を発して固まった。またしても失言をしてしまったらしい。回し飲みはタブーな文化だったのか。

「えーと、すみません。冗談です」

「いや、……はは、そうだよな」

さっとジュースを戻すと、イサークは気抜けしたような、ホッとしたような、なんとも言えない表情になった。

それ以来、どこか上の空なイサークに街の事などを尋ねながら歩いていると、少し離れた建物の陰にさっきの男達と同じ濃緑の制服を着た人物が数人たむろしているのが見えた。何をしているのだろう？　と思った時……

「いやっ」

短い女性の悲鳴が聞こえた。隙間から茶色い外套《がいとう》を着た人物が見える。私は目を見開いた。その人物の外套が、自分が身にまとうものとそっくりだったのだ。私は焦った。彼らは誘拐事件の件で、私を探しているのかもしれない。

男の一人が乱暴に女性のフードを剥《は》ぎ、頤《おとがい》に手をかけ顔を上向かせる。男は舌打ちを一つすると女性の顔から手を離した。随分と乱暴だ。警備兵を呼んでおきながらばっくれた事にご立腹なのだろうか。

「行くぞ」

他の者達とは違い、濃緑の袖口に赤いラインが入っている服を着た男の号令で、彼らは女性を取り囲むのをやめた。その目がこちらに向けられる前に、イサークが私を近くの建物の壁に押し付ける。私の顔の横に肘をつき、そっと体を寄り添わせた。私が彼らの死角になるように。そしてじっと彼らが通り過ぎるのを待った。早鐘を打つ心臓の音は、私のものか、それともイサークのものか。息を潜めていると、幸いにも男達は一つ手前の角を曲がって行った。

イサークが大きく安堵《あんど》の息を吐く。緩やかなカーブを描く金色の髪が頬をくすぐった。精悍《せいかん》な顔立ちをしているが、間近で見るとわずかに幼さが残っている。十年もすればさぞや男前になるだろう。こんな弟がいたら愉《たの》しいだろうな……。しげしげと見ていると、イサークと目があった。青い瞳が細まり、吐息が零れる。

「やっぱりお前、気持ちいい」

は？　不自然なイサークの言葉に私は眉をひそめた。

見る間にイサークは耳まで赤くなる。

「いや、ち、違う。違うからな」

何が違うのか。

「その、あいつらからお前を隠そうとして……」

そんな事は分かっている。首を傾《かし》げる私を見て、「うっ」と呻《うめ》くと、イサークは顔を背けて歩き出した。私は呆気にとられて、その背を追いかけた。接していたのはお互いの服のみで、おかしな箇所を触られていたわけでもない。一体、何がどう気持ちが良かったのだろうか。

「今の人達は、警備兵……ですか？　ちょっと、というか、かなり偉そうでしたね」

横に並んで話しかけると、イサークは唇を噛んで、視線を地面に落とした。

「袖口に赤い線が入っていた奴がいただろ。あいつは貴族だ。下級だけどな。貴族社会で肩身が狭い思いをしている分、自分より下と思った奴には威張り散らす。嫌な奴らだ」

低い声音だった。

「いや、あいつらだけじゃないな。貴族なんて皆ろくなものじゃない。偉そうにふんぞり返って民から金を巻き上げるのが仕事なのだからな」

急に饒舌《じょうぜつ》になったイサークに戸惑う。貴族に恨みでもあるのだろうか。地面を睨みつけていたイサークがふと思いついたように、顔を上げ私を見た。

「お前、この国の王子を知っているか？　賢君と名高い現王の息子でありながら、凡庸な才しか持たず、ろくな術も使えん腑抜《ふぬ》けだ。そんな奴でも王子ってだけで、いい服を着て上手い飯を食って、毎日贅沢三昧だ。まったく羨《うらや》ましいご身分だぜ」

イサークの目に宿った影に胸をつかれた。さっきまでの快活な彼とは別人のようだ。この世の一切に憎しみを抱いているような暗い目が痛々しい。余程、王侯貴族が嫌いなのだろうか。この先物騒な考えを持たなければいいが……。若気の至りで身を滅ぼしかねない彼の様子に、私は迷った末に口を開いた。

「私は羨《うらや》ましいとは思いませんけど」

イサークが不審な顔で私を見る。

「生まれた時から将来を決められて、お城で堅苦しい生活をしなければならないなんて息が詰まりそうです。そりゃ、庶民に比べれば贅沢はできるかもしれませんが、誰よりも重い責任を負わなければいけない訳ですし。凡庸ならなおさら辛いでしょうね」

優秀な過去の王と比べられ、美辞麗句を並べ立てる家臣は、その腹の内で嘲笑《ちょうしょう》していたりするのではなかろうか。並みの神経ならまず耐えられない針のむしろに違いない。

「そう……か」

食い入るように私の顔を見つめていたイサークは、ぽつりとつぶやいた。私は駄目押しとばかりに畳み掛ける。

「しかも毒殺とか暗殺の危険に日々晒《さら》されて、跡継ぎを成すために、何人もの女性を相手にしなけりゃならなかったり、寵姫《ちょうき》同士の諍《いさか》いに板挟みになったり。しかもしかも革命なんて起こった日にはギロチンで首と体がおさらばですよ！　挙げ句の果てには類希《たぐいまれ》な馬鹿として歴史に名が残って、名前が長かったりしたら、覚えにくいんだよ。バーカって、後世の子供達に恨まれて、さらに没年が語呂合わせしにくければ、せめて切りがいい年に死んどけよ！　なんて言われたりして……」

ああ、想像するだに恐ろしい。

「いや、そこまで酷くないと思うのだが」

顔を引きつらせるイサーク。なんだ、貶《おとし》めたかと思えば庇《かば》うのか。一体どっちの味方だ？　その後「それに名前も長くないし」だのとつぶやいていたイサークだが、少しの沈黙の後、伸びをすると脱力したような笑顔を見せた。

「まさか後世の子供に罵《ののし》られる事まで心配する奴がいるとは思わなかったよ。でも、そうだな。今の評価なんて今だけのものってことだよな。これからいくらでも変わるし……変えられる」

元のイサークだった。私はほっとして、一緒に笑う。子供には笑顔が一番だ。

それにしても、人によってこうも評価が違うのか。侍女さん達は武芸に秀でた王子だと褒めていたが。そういえば、賢いとは聞かなかった。シルヴァンティエの王子は筋肉バカなのだろうか？

他愛ないお喋《しゃべ》りをして、私達はエイノと逸《はぐ》れた場所を探した。似たような角を幾つも曲がっているうちに、一時は途絶えていた人通りがふたたび増え始める。だが先ほど出店の並ぶ通りで見た人々とは少々様子が違う。ふんだんに布を使った衣装に身を包み、一人静かに、或いは恋人と思しき人物と肩を並べて歩いていた。

よくよく見れば、ちらほらと商店があるのだが、どの店も看板も掲げずひっそりと営業しており、商売っ気が見られない。興味をそそられて窓際に飾られた商品を覗き見ると、大粒の宝石をあしらった装飾品が並んでいた。——高そうだ。

富裕層向けの宝石店か。道理で。

「何を見ているんだ?」

一人で納得していると、私の視線の先に気付いたイサークが窓から店の中を覗き込んだ。あぁ、と悪戯《いたずら》っぽい顔を浮かべる。

「好きだよなぁ。女はこういうの」

「そうですねえ」と相槌を打ちながら、店内を眺めていると、琥珀色《こはくいろ》の石がついた首飾りが目にとまった。その色は、尊大な誰かさんの眼を彷彿《ほうふつ》とさせる。

「あれが気に入ったのか?」

「え?」

イサークの視線は私が見ていた首飾りに向けられていた。

「ここで待っていろ」

「は？　あの、ちょっと……」

言うなり、イサークは店に入っていく。引きとめようとして空を掴んだ指先を見つめ、私は呆然とする。まさか、買いにいったんじゃあるまいな。この店は高いぞ。まさか、ね……と思い窓から覗くと、私が見ていた首飾りを、店員らしき女性が持って行くのが見えた。

ほどなくして、店の扉が開く。出てきたイサークの手には包装も何もされていない先ほどの首飾りが握られていた。

「やるよ。今日の礼だ」

お礼をしなくてはいけないのはこっちのほうだ。しかし、問題なのはそこではない。首飾りは十五歳の少年がポンッと買える値段ではなかったはずだ。

金持ちのボンボンなのか？　いや、違う。と直感が告げていた。改めてイサークを眺め回し、その手に目が止まる。質素な服に擦り切れた靴。整えられていないラフな髪型。飾り気のない笑顔。至って普通の街の少年だ。だが、その手の皮膚は硬く膨らんでいる。それと同じものをつけた人物を知っている。最後に見た彼の姿は暴れ狂う馬を押さえ込むところだった。そう、ユハだ。ユハの掌の堅い皮膚。あれは剣胼胝《けんだこ》だろう。近衛兵《このえ》として厳しい訓練を絶やさないユハ。そのユハに負けぬ胼胝を手に持つこの少年は一体、誰だ？

言いようのない気持ち悪さが足元から這《は》い上がってくる。

賢者《バカ》からの指示が書かれたメモ。仮面の誘拐犯。都合よく現れたイサーク。わからない。わからない。この世界に来てから何度となく繰り返した言葉が、頭の中で渦巻いていた。

「つけてやるよ」

イサークの手に導かれてクルリと回転させられる。私は人形のようにそれに従っていた。

首飾りが首に巻かれる。背後に立つ彼が留め具を付けるべく私の髪を左右によけた。首筋に私のものではない髪がかかる。イサークの柔らかな髪の感触。その感触に身震いする。

その時、見知った人影が視界の端に入った。私を見て、安堵《あんど》の表情を浮かべたユハがそこにいた。

――私はどんな顔をしていたのだろうか。この後にユハがとった行動は私のせいだ。

微笑みかけたユハは直ぐに表情を消すと、人間がこれほどの速さで動けるのかと驚嘆《きょうたん》する素早さで走り寄り、私には目もくれずに背後にいたイサークの腕を掴む。私が振り返った時には、ユハはイサークの肩を押さえ付け、腕を捻《ひね》り上げ、地面に倒していた。

ユハが口の端をわずかに上げる。その酷薄な表情に慄《おのの》いた。夜の庭園で私を押さえつけた時もこんな表情を浮かべていたのだろうか。

「ユハさん、待って！」

悲鳴に似た声が喉をつく。音が聞こえた。実際には音などしなかったかもしれないし、したとしても私には届かない小さな音だったかもしれない。しかし私の耳には確かに聞こえたのだ。人体を破壊する禍々《まがまが》しいその音が。

「うあっぁ」

イサークの叫び声が木霊《こだま》した。体を丸めて痛みに耐えるイサーク。その傍らに立つユハの顔には何の感情も見られなかった。呻《うめ》くイサークを眺めた後、ゆっくりとした動作で懐に手を入れ、何かを取り出す。それが短剣だと直ぐに気付いた。止めなければと思うものの、体は動かず、声も出ない。

「さて……」

ユハはイサークを見下ろす。かと思うと耳の横に短剣を突き立て、髪を掴み、顔を上げさせた。そこで初めて何故彼が耳の横に剣を突き立てたのか理解した。イサークがそれを目で認められる場所だったのだ。

「自分の力を計り間違えるなよ」

冷ややかな声で告げるとユハは髪を離し立ち上がる。拘束を解かれたイサークは苦しげに息を吐きながら、肩を押さえて起き上がり、ユハを睨みつけた。

「あの、ユハさん。彼は私を助けてくれた人で……」

ひっかかるところはあるが、助けてもらったのは事実だ。恐怖に縮む喉を叱咤《しった》し、ユハの誤解を解こうと進み出る。が、次に彼のとった行動に唖然とした。

ユハは片膝をつくと、恭《うやうや》しく首を垂れた。イサークに向かって。

「御無礼を致しました。気付かずした事とはいえ許される事ではございません。処分はいかようにもお受けする所存にございます。殿下」

――殿下。

イサークが!?　私は口をあんぐりと開けて二人を見た。

「お前……近衛《このえ》か。よい。何やら事情があるようだな。立て。人目がある」

痛みのためか、眉をひそめ、冷や汗を流すイサークに言われてユハはやっと顔を上げ立ち上がった。

「触れる事をお許し頂けましたら、肩をはめさせて頂きますが」

「……許す」

ユハはイサークのそばに移動すると「失礼いたします」と肩に手をかけた。その間イサークは歯を食いしばり、一言も声を漏らさなかった。代わりに見ていただけの私が呻《うめ》いておいた。

私達はユハに連れられて街中《まちなか》の宿の一室に移動した。宿の中でも上の上ランクだろう。城と違わぬほどの豪華さだった。

ユハはエイノや城の兵に連絡を取るために部屋を出ており、今はイサークと二人きりだ。私は、柔らかいソファに身を沈めてつぶやいた。

「王子様だったんですね」

「悪かったな。黙っていて」

向かいに座ったイサークはばつが悪そうに顔を背け、目を合わせようとしない。白い布で吊られた腕が痛々しかった。整復はしたものの筋を傷《いた》めたらしい。城に戻って治療を受けるそうだ。ふと暗い目をして語るイサークの姿を思い出した。あれは自分の事だったのだ。

「いえ。それより聞いたのと違いますよ」

「何がだ？」

「王子様の事です。全然、凡庸で腑抜《ふぬ》けで後世にわたって語り継がれる筋肉馬鹿ではないじゃないですか」

イサークの目が半眼になる。

「俺はそこまで言っていないぞ」

あれ？　そうだったっけ？

「まぁまぁ、それは置いといて、さっきは、申し訳ありませんでした。私と一緒にいたために怪我をさせて。……ユハさんを、止められなくて」

ずっと気になっていたのだ。ユハに気圧《けお》されて一歩も動けなかった事を。

「気にするな。あいつが女子供に止められる奴に見えるか？　そういや、ユハ・サリオラとはどういう関係なんだ？　何故、近衛《このえ》がお前を探していた？」

「ちょっと、壮大な迷子になりまして、ユハさん達に保護されたというか」

「は？　なんだそりゃ」

「まぁ、色々と事情があるんです」

「ふぅん」

私が強引に話を打ち切ると、イサークは納得がいかないといった顔で頷《うなず》いた。

「ところで、王子様はどうして一人で街にいたんですか?」

「うっ、それは、その。あれだ!　市井の生活を知り見聞を広めるのも王太子としての重要な務めでだな」

しどろもどろに言い募るイサークに、私の視線は冷たくなった。

「家出ですか」

「違うぞ!」

むきになって否定するところが怪しい。じっと見つめていると、イサークはため息を一つ落とし、観念したように話し出した。

「最近、俺の周りで不審な出来事がいくつかあってな。安全確保のためにと、城内から出られなくなった」

ロニが語っていた侍女さん達の噂話は本当だったのか。

「唯一同年代の友人と会える学院にも通えなくなって、鬱憤《うっぷん》がたまっていたんだ。それで、ちょっと、息抜きに忍びで街に出たら、仮面をつけた怪しい奴に担がれているお前に会ったというわけだ」

息抜きねぇ。どうみても常習犯だ。私はイサークの堂に入った町人姿を眺めて目を眇《すが》めた。

しばらく後、ユハがエイノと数人の兵士と共に戻ってきた。兵士達は中に入らず、扉の外で見張りを務めている。

エイノの顔はいまだどこか精彩を欠いていた。仮面男に攫《さら》われた時に見た苦しげな表情を思い出す。やはり体調がよくなかったのだ。そんな中、私を探してくれていたのだと思うと申し訳ない気持ちになった。

イサークの前に来ると二人は跪《ひざまず》いた。

「この度はこの者が御無礼を働き、誠に申し訳ございません」

「良いと言ったはずだ」

エイノの言葉に面倒そうに答えていたイサークだったが、ふいにその目が鋭く細められる。

「街中《まちなか》でフードをかぶった女を取り囲んでいた兵士達を見かけたが、あれはお前の指示か?」

「はい」とエイノが首肯する。

私は「あ」と声を上げていた。彼らはエイノとユハの指示で私を探していたのか。

「サカキに術をかけたのもお前か?」

「はい」

「神官長ともあろう者が何故あのような術をかけた。あれは外術《げじゅつ》ぞ！」

雷鳴が轟《とどろ》くように、空気がびりびりと震える。恫喝《どうかつ》するイサークは、覇気に溢れた王者の風格を漂《ただよ》わせていた。その眼光は対峙《たいじ》する者に畏怖を覚えさせる。質素な服をまとってなお、感じる気品と威厳。

なんだ、本当に自分で言ったのとまったく違う。誰が腑抜《ふぬ》けだって？　イサークの豹変ぶりに、私は驚いていた。とてもまだ十五歳の少年には見えない。人懐っこい犬と思っていたら狼の子供だったようだ。安心した半面、少し寂しい気もする。

「お言葉を返すようですが、必要とあらばどのような術でもかけましょう」

「必要だと？　サカキにサリの術が必要とは思えんな」

「この者は先日、王宮の庭に突如現れた者にございます。たとえどれほど非力な存在であったとしても、疑わしき点がある限り見逃す事はできませぬ。王家の御為、ひいては国の為に、すべての脅威に備える事が私共の務めかと」

恭《うやうや》しくも飄々《ひょうひょう》と返すエイノ。縮み上がりそうな王子の怒気に微塵《みじん》の動揺も見られない。

イサークが怒りを押し留めるように拳を握り締めた。

「あのー、サリの術って何の事ですか？」

こんな場面に割り込むのは勇気がいる。置物よろしく黙って傍観していたかったが、穏やかじゃない話の内容が私に関係するものだと思うと口を挟まずにはいられなかった。

その目から激しい怒りをそぎ落として、イサークは気遣わしげに私を見た。

「サリの術は、対象者の監視を目的としたものだ。対象と離れて監視をする場合に使う。おおよその位置と、行動が分かる。俺は使った事がないので詳しくは分からんが、対象者の動きが地に落ちる影の如くに見えるらしい」

なんだって？

「昔は貴族間で腹の探り合いをするのに使われたようだが、様々な諍《いさか》いを引き起こしたうえに、術の悪質性が強い事から禁じられた。その後使用対象を一部の罪人に限定する事になったのだが、術者と対象が離れては精度が落ちるため一定の距離を保たなければならないのと、術者の負担が大きく、継続して術をかけると、並みの術者では三日と保たなかったので今では廃《すた》れている術だ。エイノでも十日を超えると難しいだろう。……お前の首のうしろに術印があったが、もう解除してある」

思わず首のうしろを押さえた。お面男から助けられた直後にイサークに撫でられた所だ。そして庭園でユハに取り押さえられた時に、わずかな痛みを感じた場所でもある。

あの時に……

体が震える。あれから幾日も経っている。あの時からずっと私を監視していたというのか。それは、なにか？　便秘でトイレに籠もっていた事や、賢者を思い出しては枕をサンドバッグにしていた事や、風呂で振り付きで熱唱していた事や、慣れぬ器具を使ってのムダ毛の処理まで、影とはいえすべて見られていたという事か!?

　私はエイノを見た。お綺麗なその顔にはいささかのうしろめたさも悔恨《かいこん》の情も見られない。

「この、変態、ムッツリ、悪魔、ロリコン、覗き魔、二度と私に顔を見せるな！　ドS神官」と罵《ののし》れたらどんなにすっきりする事か。しかし、それができるほど子供ではない。

「へぇ、そうなんですか、そんなに負担が大きい術を十日以上も……それはそれはお疲れ様です」

　今すぐエイノの前から逃げ出したかった。というかお前が姿を消せ。眩暈《めまい》を起こしそうな憤《いきどお》りを押し殺して私はそれきり口を閉ざした。口を開いたら何を言ってしまうか分からなかったから。

　帰りの馬車の中は重苦しい空気に包まれていた。イサークはユハが手配した兵士に周りをびっしりと囲まれた重装備の馬車で一足先に帰城しており、馬車の中は行きと同じメンバーだ。私はだんまりを決め込み、全身で拒絶を示している。エイノは瞑想《めいそう》に耽《ふけ》り、ユハは笑顔を絶やさない。その笑顔がニコニコではなくニヤニヤに見えるのは私の被害妄想だろうか。

いきなり城の真ん中に現れた私が悪いのは分かる。厚遇してもらっている事も分かっているつもりだ。元より文句を言える立場ではない事も。だからといって、笑って許せるほど広い心の持ち主ではない。子供と思っているとはいえ女に対してとる手段なのか？

エイノは謝罪をするでもなく、悪びれるでもなく、いつも通りの態度を貫き通していた。それがまた腹立たしい。せめて、笑い話にしてくれたら対処のしようがあるものを。

この十日間の行動を思い出す度に、槌《つち》で打たれた杭《くい》のように地面にめり込んでいく気がする。もう、首の下まで土の中だ。さぞかし変な奴と思っただろう。今朝、久方ぶりに会ったエイノの視線の理由が分かった気がした。

せっかく街へ出られたというのに、得たものといえば、ルードヴィーグは医療に造詣《ぞうけい》が深かったという情報と、私にとって街は危険だという事実だけ。反対に、失ったものはたくさんあるような気がする。尊厳……とか……

城につき馬車から降りようとすると、すかさずユハが手を差し出す。どんな時でも紳士に徹する姿勢はいっそ敬服するが、人にはそっとしておいてほしい時もある。私はため息を殺して渋々手を重ね踏み台に足を乗せた。

その手が軽く握られたかと思うと、引き寄せられた。体が傾《かし》ぎユハの胸に額をつく寸前で踏み止まるが、さらに力を込められて、しなだれかかるような体勢になってしまう。

何をする。抗議しようと顔をあげると、思っていたよりずっと近くに緑の瞳があった。驚いて俯《うつむ》くと、耳にユハの唇が微《かす》かに触れ、息を吹き込むようにささやかれる。

「君はエイノに助けられたんだよ」

——助けられた？　私が、エイノに？

動けぬまま考えを巡らせていると、ユハは「大丈夫かい？　気をつけて」と何事もなかったように私の体を起こした。他の人からはバランスを崩した私をユハが支えたように見えただろう。

意味を聞きたい。視線で問うが、ユハは微笑みを返すばかりで語ろうとはしない。爽やかなお兄さん面をして意地の悪い男だ。

馬車の踏み台が軋《きし》む音に振り返ると、後から出てきたエイノと目が合ってしまった。

「あの……」

助けてくれた？　何から？　影の映像でどこまで見ていたの？　庭園で出会った翌朝に優しく接してくれたのは、私が泣いているところを見ていたから？　仕方がなくした事？　少しは疑いが晴れた？　お面男の事を尋ねないの？　体は大丈夫？　聞きたい事は山ほどあったが、思考が空転する。

エイノの感情を読み取ろうと、探るように瞳を覗き込んだ。長い金茶色の睫毛《まつげ》に彩られた瞳は複雑な色を宿している。そういえば宿で再会した時にうっすらと額に汗が浮いていた。体調の悪い中、お面男に攫《さら》われた私を探してくれたのだろうか。顔からも声からも感情を遠ざけているが、本当は優しい人なのかもしれない。そんな気がした。

心配をかけた事を謝ろう。そして、話し合えばいい。私はエイノに一歩、歩み寄る。

エイノが口の端に薄く笑みを浮かべ、真っ直ぐに私を見据えた。美しい真っ直ぐな長い髪が肩から零れ落ちる。エイノの動きに合わせてなめらかに動くその髪に触れてみたいと思った。本当に綺麗な人だ。

視線の先で形のいい艶《つや》やかな唇が優美に動いた。

「詫びる気はない」

それはそれはそれは冷ややかに言い放つと、話は済んだとばかりにエイノはユハと共に城の中へと消えていった。

うおおおおぉー。やっぱりムカつく。話し合えば分かり合えるなんて幻想だ。錯覚だ。綺麗事だ！　冷たく見えて実は優しいだなんて一瞬でも思った自分の馬鹿さ加減に呆れる。血の色が緑のトカゲ男に感情なんてあるものか。

いつの間にか馬車も去り、残されたのは私と、私につけられた監視の兵のみになっていた。

怒りに震える拳にそっと手が添えられる。ぎょっとして顔をあげると、お髭《ひげ》がダンディーなランデル隊長が私の手を取り、両端をねじった小さな包みをのせる。中身はどどめ色の飴玉だった。口に含むと、甘酸っぱいライムのような味がする。ランデル隊長は哀れむような目をして、私の頭を軽く叩いた。どうやら慰めてくれたらしい。ランデル隊長の裏のない優しさを噛み締めるように、私は飴玉を味わった。

部屋に戻りながら包み紙をポケットに仕舞おうとして、ぎくりとする。指先に何かが触れたのだ。そのままさぐると、薄い紙だと分かる。――まさか。

部屋に着くと、私はすぐさま紙を取り出した。

『ぎるでん　と　さりおら　に　きをゆるすな』

ひゅっと喉から空気が漏れた。予感は当たっていた。いつ、スカートにこれを仕込んだ？　着替える前から入っていたのか。それとも街の中ですれ違いざまに滑り込ませたのだろうか。

筆跡は前のメモと似ている。あの賢者《バカ》は何がしたいのだろう。

私は街へ出てからの出来事を思い出した。攫われかけて、イサークに助けられ、ユハの冷酷な本性を垣間見、サリの術を知った。

賢者は、私を街に出すことで、サリの術を露見《ろけん》させ、私の警戒心を煽った上で警告した？　いや、サリの術は偶然イサークに出会ったから知っただけだ。もしも、人攫《ひとさら》いにあわなかったら——楽しげとも思える笑みを浮かべてイサークを押さえつけた、緑の双眸を持つ男の姿を思い出し、ぞくりと背筋に悪寒が走る。

人攫いにあわなくても、きっと私はエイノ達とはぐれていただろう。街へ行くのに二人がついてきた時点でおかしいと思うべきだったのだ。彼らは故意に私を一人にして、泳がせ、サリの術で様子を見ようと目論《もくろ》んでいたのではないだろうか。

賢者は怪しい行動などできようもない私の姿をエイノに見せることで、彼らの疑いの目を晴らし、かつ、彼らに監視されているという事実を私に気付かせようとしたのかもしれない。

私はぐしゃりと紙を握りつぶした。言われなくとも、気を許したりするものか。

第三章

街での騒動から三日が経っていた。相変わらず、扉の前には監視の兵が立っている。侍女さん達に、それとなく、伝説めいたルードヴィーグと、シルヴァンティエの関係性を問うてみたものの、手ごたえはない。結局、私は以前と変わらぬ日々を過ごして……はいなかった。

「サカキー。遊びに来てやったぞ」

元気いっぱいに部屋にやって来たのは、この国シルヴァンティエの王太子こと、イサークだ。街で会った時とは違い、上品で質の良い衣服に身を包んでいる。青を基調とした立襟の服。その腰には宝石の埋め込まれた飾り帯が巻かれている。濃いブラウンの長靴は手入れが行き届いており、もちろん磨り減ってなどいない。腰には飾り帯の他に頑丈そうな革のベルトも巻かれ、見栄えよりも実用性を重視した飾り気のない長剣が吊られていた。これでマントでもはためかせたら絵本に出てくる王子様そのものだ。緩やかなカーブを描く金の髪も、イメージに一役買っている。

イサークに続いて二人の近衛《このえ》も部屋へ入ってくる。私につけられた監視の兵は扉の外に立ち、部屋に立ち入る事はなかったが、この近衛たちは常にイサークの三歩うしろに影のように従っていた。

「土産《みやげ》だ。お前がうるさく注文をつけるから迷った」

「ありがとうございます」

素っ気無い仕草で手のひらサイズの包みを手渡される。ピンク色の柔らかな紙を伝わって、丸く小さな物が中で転がる感触がした。お菓子だろうか？　勧められる前にさっさとソファに座り、自室のように寛《くつろ》ぐイサークに礼を言い、向かいの席へ腰を下ろす。包みをテーブルの上で広げると、中から甘い香りのする小石ほどの茶色い物体が転がり出た。

「これって……」

「最近、城下で流行《はや》っている菓子だそうだ。変な色だが味はいいぞ」

菓子を一粒つまみ顔の前へ持ってくる。この匂い。この色。口の中へ入れて驚いた。

「チョコレートだ」

この国に来て色々な菓子を出された。プリンやモンブラン、チーズケーキやバニラアイスに似た味の菓子はあったが、チョコレートは初めてだ。しかも、色がまともだ。

「ちょこれいと？　お前の国ではそう言うのか？」

「ええ、私の知っているチョコレートという菓子とまったく同じ味がします」

何より色が同じだ。

「これは、カッオという菓子だそうだ」

「へえ」と私は包みの上の茶色い菓子を見た。甘味といえば、目を疑うような色味のものばかりのこの国で、馴染《なじ》みある色合いの菓子に出会えたのは嬉しい。

「懐かしい味です。ありがとうございます。イサーク」

「気に入ったのなら、また持ってこよう」

イサークは笑顔を見せた。街の宿屋でエイノと対峙《たいじ》した時の恐ろしいまでの覇気はどこへやら。あの時は確かに勇猛な狼に見えたのに、こうして見るとワンコだ。

しかし、この二日間イサークのおかげで疲れた。一日目、つまり街で会った翌日にやって来たイサークは、土産にと、一抱えほどの箱を持ってきた。赤色のリボンで飾られたそれを見た時、嫌な予感がした。そして残念な事にそれは大当たりする。箱を開けた時の驚きといったら……。なにせ中には、薄紅色のドレスと、精巧な細工の施された腕輪が収められていたのだ。街でもらった首飾りとは比べ物にならないほどの一品。こんな高価な物は受け取れないと丁重にお断りしようとして、背後に控える近衛に睨まれた。

あまりの眼光の鋭さに折れると、次は王子様ではなくイサークと呼べとのたまう。すると、またまた近衛《このえ》達がものすごい視線を向けてくるのだ。

『ならん。殿下に対してそのような無礼。お前のようなどこの馬の骨とも分からぬ奴が、殿下の御名《みな》をみだりに口にするなどもっての外！』と、近衛たちの目は間違いなくそう語っていた。辞退しなければ命が危うい。私は必死になって固辞したが、イサークは一向に折れなかった。すると、益々近衛の目が険しくなる。

『殿下がこうまでおっしゃっているのを断るとは……。この身のほど知らずが』

翻訳すると、そんな視線だった。押し問答の末に、二人きりの時は、イサーク。それ以外の時は王子様もしくは殿下と呼ぶことになった。近衛達は思いきり不服そうに顔をしかめた。彼らは、一体私にどうしろというのだろう。

帰りがけにどんな土産《みやげ》ならいいのかと問われ、無難に「花なら」と答えたのだが、説明不足だったようで……。次の日、近衛二人にそれぞれ抱えきれないほど大きな花束を持たせてやってきたイサークを見て頭を抱えたくなった。

『何故、我ら近衛がお前などのために花を運ばねばならん！』

近衛達の射るような視線が痛かった。視線で人を殺せたら、私はもうこの世にいないだろう。

そりゃあ、嫌われるよりは好意を持たれるのは喜ばしいが、その示し方が問題だ。さすが純粋培養の王子様。ちょっと感覚がずれている。いや王宮内では当たり前の感覚で、私の方が彼らとずれているのかもしれないが。とにかく私とはかなりずれているのだ。

小ぶりで！　値のはらないものを！　としつこく念押しして、今日のカッオとなった。

やれやれと息をついたのもつかの間で――

「今度俺の部屋に来ないか？」

さらりと爆弾発言をかましてくれる。やめてくれ。私の平穏のためにやめてくれ。近衛達に、『今すぐ断れ。失礼のないようにな！』と目で脅されておずおずと口を開いた。

「いやいや、そんな滅相《めっそう》もない」

「どうしてだ？」

むっとした顔で言い返されて、言葉に窮《きゅう》する。答えは至って簡単、「あなたが王子様で私は厄介事に巻き込まれたくないから」だが、イサークは飽くまで友人として対等に接しようとしてくれているのだ。そしてそれを私にも望んでいる。それが分かっていながら、心無い台詞《セリフ》は言えなかった。

「それはですね、私の国では結婚前の女性が男性の部屋を訪れてはいけないことになっているからです」

「結婚前……って、お前まだ十三だろうが。なら最低でもあと五年は男の部屋に入ってはいかんのか?」

「いえ、私の国では女性は十六歳から婚姻が可能ですから、あと三年ですね」

「ふぅん。なら仕方ないな」

不満気ながらもイサークは了承してくれた。

イサークが返る時間になると、いつものように部屋の外まで彼を見送る。直立不動で敬礼するランデル隊長とロニ先輩に挟まれながら、近衛《このえ》を従えた後姿に手を振った。

王子であるイサークに協力を仰げたら楽だろうな……。だが、話を信じてもらうのは不可能に近いだろう。以前、マリヤッタに尋ねたことがある。ここではない別の世界があると思うかと。マリヤッタは「あら、御伽噺《おとぎばなし》ですか? 楽しそうですね」と笑った。さらに翌日、子供の頃に読んでいたものですけど、と幻想の世界を描いた小説を貸してくれた。かくして私にしてみれば充分にファンタジーなこの世界で、ファンタジー小説を読むはめになった。シルヴァンティエの人々に別世界の概念はない。なのに賢者はどうやって、別世界の存在に気付いたのだろう。私には賢者の存在そのものが不思議でならなかった。怪我を押してまで、別世界の人間に探しモノを頼まなければならない理由はなんだ。あたたかくて、私にしか探せなくて、街にあって、ひょっとしたら医療に関係があるかもしれないもの……。新たに手掛かりらしきものを掴むたびに、余計に分からなくなっていく。一向に進展のない探しモノに焦りを通り越して、いっそ苛立ちを感じる。その上、今は探しモノ以上に、厄介な問題がある――

私はちらりと両隣に立つ人物を見た。尋問も何もないから油断していたけれど、私の立場は想像より危ういようだ。

胸と腰部を覆《おお》う軽装の鎧《よろい》に身を包み、身の丈よりも長い槍《やり》を手に扉の両側に立つ、ランデル隊長とロニ先輩。軽快にウィンクを寄越すロニ先輩は、私が不審な動きを見せれば、きっと躊躇《ちゅうちょ》なく、その槍を振るうのだろう。ウィンクには気付かなかったふりをしてドアを閉めると、檻《おり》の中に閉じ込められた熊のように、苛々と部屋の中を歩き回った。

『君はエイノに助けられたんだよ』。馬車から降りた時、ユハに言われた言葉が脳裏に甦《よみがえ》る。外術《げじゅつ》といわれるサリの術。私を監視するためにかけられた術。イサークによって術を解かれるまで、エイノには人攫《ひとさら》いに担がれた私の姿が見えていた。空白の時間がなかったから、私は生きながらえることができたのかもしれない。十三歳という偽りの年齢だけでは、私の身は安全ではなかったのだ。

かけられた嫌疑の程度を知りたい。それによって、今後の身の振り方を考えなければならないだろう。舞台裏を知るための、取引に応じてくれそうな心当たりは一人しかいなかった。ユハだ。冷酷な一面を見た今となっては少々恐ろしいが、大丈夫、こちらにも切るカードはあるのだ。

その日の夕方、思わぬ朗報がもたらされた。イサークの計らいで、行動できる範囲が広がる事になったのだ。

今までは城の自室とその前の庭だけだったが、兵士や神官の詰め所や宿舎のある地域にも立ち入りが許可された。

部屋で腐っているよりはと、翌日の朝からさっそく足を運ぶ。

そこは、広大な敷地だった。整備された石畳の広場にはいくつもの店舗が並び、城の中とは思えない。トゥーリ曰《いわ》く、街まで距離があることから、生活に必要な品は一通りここで揃えることができるようになっているらしい。城勤めの人々で溢れ、活気に満ちている。

高い壁に守られた城の反対側に目をやると、そちらにも壁がそびえている。城は二重の壁で守られていた。

「ここは第二区域と申しまして、通称二区と呼ばれております。二区の中はお好きに行動していただいて結構です」

先日飴玉をくれた髭《ひげ》のランデル隊長が説明してくれる。そのランデル隊長の死角から手を振ってくるロニ先輩に引きつった笑みを返し、私は散策を始めた。

気の向くままに何軒かの店を覗き、やがて商店が並ぶ一角を過ぎると、白一色の服に銀糸の織り込まれた帯を身につけた人々が目に付くようになる。神官達だ。書類の束や、重そうな本を持ち、忙しなく行き交っている。神官達の居住区らしいそこを過ぎると、垣根と簡単な門があり兵士が立っていた。どうやらここからは兵士達の領域になるようだ。

女性の姿が消え、建物は飾り気の無い無骨なものに代わる。大勢の兵士が汗を流す訓練場がいくつも設けられていた。兵士達は皆一様に屈強な体つきで、平均的日本人男性よりもはるかに大柄だ。彼らにかかれば私など、ひとたまりもないだろう。ランデル隊長やロニ先輩がいるから安心していられるが、それでも足は速くなり、気付けば所々に木々の茂る場所へと出ていた。

私は辺りを見回した。濃淡様々な緑が入り混じった木々は、適度に枝が掃《はら》われており、心地よい木漏れ日が地に落ちている。遠くで兵達の声はするが、気に障《さわ》るほどではない。散歩にはもってこいだった。野花を愛でつつ歩を進めてしばらくすると、微《かす》かに人の声が聞こえる。兵士達の怒号とは違う甘い声と、誘うような女の笑い声……

これは、まずい時に通りかかってしまったかもしれない。引き返したいが、うしろのランデル隊長とロニ先輩が気に掛かった。二人の手前、色事を容易《たやす》く察するのはまずい。気付かぬふりをして通り過ぎるべきか、いや、それとも十三歳だからこそ、敏感に反応して見せるべきかと迷っていると、ささやき合う声に濡れた音が混じり始めた。

どうしよう……本格的によろしくない。

自然に振る舞わなくてはと思うのに忍び足になってしまう。うしろの二人の足音もいつの間にか小さくなっていた。三人揃ってソロソロ歩いていると、木立の向こうに睦み合う男女の姿が見えた。

予想通り、お熱いキスの真っ最中だ。女は豊かな金髪を背にたらし、肉感的な体のラインが分かるタイトなドレスの上にショールを羽織っている。男の顔は葉の陰に隠れ見えないが、服装から兵士なのは間違いないだろう。女の腰に回された男の手が背中を撫で、這《は》い上がる。唇がわずかに離れ、女の口から官能的なため息が漏れた。女は潤んだ瞳でねだるように男を見つめる。しかし、なかなか応えようとしない相手に痺れを切らしたのか、男の頬に手を添えると軽く踵《かかと》を浮かせた。ふたたび唇と唇が触れ合うかと思われたその時——

「ごほんっ」

私はうしろから聞こえた、あからさまな牽制《けんせい》の咳払いに体を小さく揺らした。自分が立ち止まって見入ってしまっていた事に気が付いて赤面する。唇を合わせるだけのキスシーンならば、何度か見た事はあるが、こんな濃厚なキスを生で見たのは初めてだったので、つい。彼氏いない歴×年。なかば渇きかけた私には刺激が強すぎた。

濡れ場を繰り広げていた男がおもむろにこちらへと向き直る。木の陰になっていたその顔が見えた。赤茶の髪に緑の瞳、右頬に走る傷。

——おまえか！　ユハ。

見ず知らずの人のキスシーンならいざ知らず、知り合いのそれは生々しい。ユハはさりげなく女から体を離すと、何事も無かったかのように涼しげな笑顔を見せた。

「やあ、サカキちゃん。珍しい所で会ったね」

「こんにちは。ユハさん。お邪魔しちゃったみたいで、ごめんなさい」

うろたえも照れもしないユハの態度に負けぬようにと、努めて無邪気な声を出した。

「いや、いいんだよ。ちょうど君と話したいと思っていた所だ。昨日は殿下がいらっしゃっていて会えなかったからね。クリスタ、今日はこれで。会えて嬉しかったよ」

あっさりと別れの挨拶を告げるユハに、女は一瞬拍子抜けした顔をするが、直ぐに艶《つや》やかに微笑んだ。

「私もよ。連絡待っているわ」

軽く手を振ると私達が来た方向へ歩き出す。あの兵士達の中をその格好で、一人で帰るのか。クリスタの度胸に感心した時、一陣の風が吹き、彼女の肩に掛かるショールがフワリと舞った。体にフィットしたドレスは、大きく胸元が開いており、瞬間肌が顕《あらわ》になる。胸の血管が青く透けて見えて、私は首を傾《かし》げた。色気たっぷりな雰囲気を裏切らない豊満な胸だが、どこかひっかかる。

「随分と、遠くまで来たんだね。兵士達は怖くなかった？」

悩ましげに尻をくねらせ歩き去るクリスタを見送っていた私の横に立ち、ユハが尋ねた。私はちらりと隣を見上げた。

「綺麗な方ですね。彼女ですか？」

「昔のね」

昔？　今現在の彼女は別にいるってことか？　剣呑な私の雰囲気に、ユハは肩をすくめておどけてみせる。

「そんな顔をしないでくれないかな？　今は恋人はいないよ。クリスタは以前王宮に勤めていたんだが、しばらく王都を離れていてね。先日戻って来たばかりなんだよ。その挨拶をしに来てくれただけさ」

帰郷の挨拶があのキスか。マリヤッタとトゥーリには早く目を覚まして欲しい。こんな軽佻浮薄《けいちょうふはく》な男、付き合ったら苦労するのが目に見えている。

「それはそうと、サカキちゃん。随分と殿下に気に入られたようだね」

「はぁ。まあ、そうなんですかね」

気に入られたというか、懐かれたというか、遊び相手にロックオンされたというか。

「女性にはさして興味のない御方だったのに、三日も続けて通われるとは随分な入れ込みようだ。諸侯のご令嬢方はさぞかし羨《うらや》んでいる事だろうね」

軽く笑って言われるが、私にとっては笑い事ではない。次期国王である王太子殿下に近づく身元不明の女なんて、権力争いをしている者達には邪魔なだけの存在だろう。うしろ盾も何もない私がそんな連中に睨まれて無事でいられるだろうか。私の胸中を知ってか知らずかユハは爽やかな笑みを浮かべている。その笑顔に裏があると感じるようになったのはいつからだったか。

見たくもないラブシーンを見せられたが、イサークの訪問が今後も続くとなると、ここでユハに会えたのは幸運だった。これからするユハとの会話は間違ってもイサークには聞かせられないものだから。

「ユハさん、ちょっと、ご相談したいことがあって」

私はユハを見上げて、微笑んだ。自分が置かれている立場をユハを通じて探るというかねてからの考えを実行に移すため……

「できれば二人だけで話がしたいのですが……」

ランデル隊長とロニ先輩を気にする素振りを見せるとユハは片眉を上げて笑みを深めた。

「おや、内緒話かい？　いいね。向こうに打って付けの所があるからそこで話そうか。君達はここで待っていてくれ。大丈夫だ。俺が責任をもってお守りするよ」

責任をもって監視する、の間違いだろ。

「ついておいで」

「すみません、すぐに戻りますから」

無言のまま心配そうな表情で私を見つめるランデル隊長と、ユハに胡乱《うろん》な目を向けるロニ先輩に言いおくと、私は二人を置いて歩き出した。

前を行くユハの背中は広い。訓練を抜け出してきたのか、近衛《このえ》の服ではなく、訓練場にいた兵士達が着ていたものと同じ細身のシャツとズボンを身につけていた。鍛え上げられた肉体が服の上からでも見て取れる。

うしろにいるのを良い事に無遠慮に体を観察しているとユハが振り返った。

「なんだか熱い視線を感じるね。可愛い娘《こ》に見つめられるのは嫌いじゃないが。残念な事に目的地についてしまったよ」

連れられてきたそこは、東屋《あずまや》というのもおこがましい小さな休憩所だった。周囲に木々はなく、わずかな下草が生えているのみ。身を潜められるような物陰が無いため、人に聞かれたくない話をするには持ってこいだ。

「どうぞ、お姫さま」

「はは。ありがとうございます」

ユハは恭《うやうや》しく私の手を取り、石のベンチに誘《いざな》った。思わず引きつった笑いが漏れてしまう。

「さて、どんな秘密の話をしてくれるのかな?」

まるで子供のような好奇心を含んだ、それはもう楽しげな目を向けられた。

「街へ出た日、帰りの馬車を降りる時に言われた言葉を自分なりに考えてみました。私の考えを聞いてもらいたいんです」

「いいよ。聞こう」

長い足をゆっくりと組み、ユハは笑みを浮かべたまま私を見つめる。

「私はエイノさんに助けられた。それはサリの術によって助けられた。そういう事ですよね？」

「そうだね」

「宿で殿下は言っていました。サリの術の使用は一部の罪人に対してのみ限られていたと。一部の罪人とは単独犯ではなく複数犯……例えば組織立った強盗団などの罪人ではないかと思ったんです」

「続けて」

「ずっと不思議だったんです。城という侵入者があってはならない場所に侵入した私を、何故牢に入れないのかと。私が子供だから温情をかけたというのもあるかもしれませんが、一番の理由は私を泳がせて仲間を見つけ出す事にあったんじゃないですか？　サリの術とは、見つけ出した罪人を囮《おとり》に、背後に控える者達を一網打尽にするために使われていた術。違いますか？」

「さぁ、どうだろうね。仮にそうだとして、どうしてそれが君を助けたことに繋がると思うんだい？」

ユハの目も唇もずっと弧を描いている。だが、まとう雰囲気からは徐々に甘さが殺《そ》がれつつあった。

「街で、仮面の男に攫《さら》われた時に、一時私はあなた方の目の届かない所にいた。実際は違ったけど、私はそう思っていた。その時の行動をエイノさんが術を使って見ていたから、私は助かった」

「なるほど、筋は通っているね。すべて君の仮説が正しかったとしよう。それで君はどうしてその話を俺にしたのかな。俺に何を望んでいる？」

「教えて欲しいんです。私が今現在、何をどの程度疑われているのか。これから、どういう扱いを受ける可能性があるのか」

何がおかしいのかユハは小さく声を上げて笑った。

「俺に内幕をばらせというわけか」

「お願いです。教えてください！」

大げさでなく命がかかっているかもしれない。必死に言い募る私にユハは残酷な笑みを見せた。

「君に内情を話して、俺にどんな利益があるっていうのかな？」

初めて見た頃と変わらぬユハの笑顔が、今はまったく違って見える。

――この腹黒。無いと思っているのだろう。自分のメリットなど。取引できる材料も持たない小娘と侮《あなど》りやがって。

「黙っています」

「何を？」

挑むように睨みつけると、ユハは面白そうに聞き返した。

「あの時、ユハさんがイサークの肩を外した時。気付いていましたよね？　王太子殿下だと」

ユハが私を見つけた時には、イサークは私の背に立ち、首飾りの留め具をつけるために屈《かが》んでいた。だからユハからイサークの顔は見えなかっただろう。しかし腕を取り、地面に押さえつける前には確認できたはずだ。咄嗟《とっさ》の事で必死だったから、気付かなかった、なんて言い訳は聞く気はない。肩を外す前に見せたユハのあのゾッとする笑顔には少しの苛立ちと嘲《あざけ》り、隠しようの無い好奇が見えた。それに「自分の力を計り間違えるな」という台詞《セリフ》。あれはユハとイサークの力の差を示し、抵抗しても無駄だという意味と、自分の身を守りきれなかったイサークに、一人で街に出る資格は無いという皮肉が込められていたのではないか。

「……くっくっ……あっはははははっ」

静かに話を聞いていたユハは堪え切れないといった体《てい》で大声を上げて笑い出した。

「君は頭の良い子だね。それに勘もいい。俺の負けだ。殿下の心を掴んでいる君と、一介の近衛《このえ》に過ぎない俺とじゃ、俺に勝ち目はないだろうね」

あっさりと認められて、私は拍子抜けした。知らぬ存ぜぬで通すか、上手く言い逃れようとすると思っていたのに。余裕たっぷりのユハの様子に、自分は早まってしまったのではないかと思い始めていた。相手を間違えたかもしれない、と。

「さて、君に掛かっている嫌疑だが。殿下から何か聞いていないかな？」

ユハは膝に置いていた手を持ち上げ、背もたれに肘をついて姿勢を崩した。

「イサークの身の回りで不審な事件がいくつかあった、と聞いた事があります」

ユハは頷《うなず》いた。

「そう。サカキちゃんに掛けられている嫌疑はそれだよ。殿下の御身を狙う輩《やから》がいて、君はその一人ではないかと疑われている。時期が時期だったからね。不審な事件が相次ぎ、ほどなくして君が城の庭園に突如として現れた。それまで神罰だなんだとくだらない噂を信じていた連中も、懸念《けねん》を抱かずにはいられなかったのだろうね。牢に入れて拷《ごう》問《もん》に掛けよと言う者もいたようだ」

物騒な単語に、顔から血の気がひいていく。

「もちろん、君のような少女にそんな大それた事ができるはずがない、と言う者も多くいてね。その筆頭がエイノさ」

唐突に出された名前に息が詰まった。彼の顔がまざまざと瞼《まぶた》の裏に浮かびあがる。エイノは私を疑っていなかったと？　では何故サリの術をかけたというのだろう。

「もっともエイノの場合は少々見解が違うんだけどね」

え？

「以前に術式面での警備統括者だという話をしただろう？　城の周囲には常時十六名の術士が外敵を防ぐ術を張っている。君を見つけた当初は、エイノも君が悪意ある侵入者の可能性を考慮してサリの術をかけたようだ。でも後で城に張られた術を見直してもどこにも侵入の痕跡が認められなかった。術に綻《ほころ》びも出さずに、人為的に突破できるような人間が、いとも簡単に警備兵に見つかるはずがないとエイノは主張しているんだよ」

私を信じているのではなく、自分を信じているのか……。神官長の人柄を思うと、確かにその方が得心がいく。知らず知らず零れたため息に気付いて、私は唇を引き結んだ。

「この説明には説得力があり、ほとんどの者がエイノに賛同した。しかし、強力な仲間がいるに違いないと譲らない者もいて、サリの術の継続を条件に君に一定の自由を与えよう、という事になったんだよ」

「ユハさんは？　私がイサークを狙っていると思いますか？」

エイノの立ち位置は分かった。ユハの考えが知りたくて、私は注意深く彼に視線を向けた。言葉の端に乗せられる心情を見逃さぬよう。

「個人的な感情としてはそうであって欲しくないと思っているよ。君のような可愛い娘《こ》に剣を向けるのは御免こうむりたいからね」

思わず視線が腰にずれる。ベルトに吊るされた剣は見るからに使い込まれており、イサークの腰にあるものより二回りは大振りだ。身が竦《すく》む思いで剣を見ていると、ふっと、鼻から息を漏らす音が聞こえて顔を上げた。

「サカキちゃんの今後の扱いだが、今のところ心配はいらない。君に手出しをするのは殿下がお許しにならないだろう。心強い味方を得たものだ。これがすべて計算の上でなら……手強《てごわ》い相手だと思うよ」

ユハはお得意の爽やかな笑みを浮かべるが、瞳は笑っていなかった。不穏な緑の瞳に射竦《いすく》められて言葉に詰まる。全身から嫌な汗が染み出てくるようだった。

「さて、そろそろ戻ろうか。あまり遅くなるとあらぬ疑いをかけられかねないしね」

蛇に睨まれた蛙の如く身動きできない私の手を取って、ユハは帰るよう促す。無言で下草を踏み分けて歩き、ランデル隊長達の姿が遠くに見えた頃、私はふと、さっき見たクリスタの胸元を思い出した。彼女の空気を入れすぎた風船のように、柔らかさに欠けた胸を。

「クリスタさんは止めたほうがいいですよ」

どうしてこんなことを口走ってしまったのだろう。口をついて出た言葉に、頭を抱えたくなった。たぶん、気を呑まれたままだと思われたくなかったのだ。

「おや、どうしてだい？」

意外な内容だったのかユハは興味を引かれたように私を見る。しまったと思ってみても、出てしまった言葉をなかったことにはできない。私は素知らぬ顔で言葉を継いだ。

「彼女、夫がいるんじゃないですか？」

「ああ、いるかもしれないな」

あっさり返された。この男に、恋愛に関するモラルは存在しないのか。

「子供もいますよ。それも赤ん坊が」

その言葉にユハは虚を突かれたように、ゆっくりと瞬《まばた》きをして私を見た。初めて見る、素の驚きの顔だ。私は心中で快哉《かいさい》を叫ぶ。こんなに負けず嫌いな性格ではなかったはずなのにと思いながら。

「――それは、いただけないね」

ユハの低い声を聞いた時、こちらに気付いたランデル隊長達が駆け寄ってきた。私の顔を見て、ほっと息をつく彼の横で、ロニ先輩の目が何かを確認するように素早く私の首元や帯へ流れる。あらぬ疑いって……そっちか……

　翌日、残り少なくなったカッオを口の中で転がしていると、爽やかな笑顔を引っ提げてユハがやって来た。

「少し時間をもらえるかな」というユハの誘いに二人で庭へ出る。昨日のやり取りなど無かったかのように、ユハの態度は変わらず紳士的だ。歩調に気を配り、穏やかな笑みを絶やさず、段差があれば手を差し出す。――狸《たぬき》め。

「殿下は君のことを大切に思っていらっしゃるのだね」

　赤い花をつけた生垣の前に来ると、ユハは足を止めて、私を見た。

「サカキちゃんは殿下の事をどう思っているのかな？」

「いい王子様じゃないですか？　純粋で思慮深いし覇気もある。ただ……少し自己評価が低いというか、自分という存在を軽んじているように感じます」

　父王へのコンプレックスからか。一人で街に出るといった無茶は、若さ故の無謀ばかりが理由ではないと思えた。何より身元の不確かな私に、このように情をかけるべきではないのだ。

　くっ、とユハが笑う。人が真面目に質問に答えているというのに何がおかしい。

「ああ、ごめん。本当に君は面白いね。そういう意味での質問じゃなかったのだけど」

　じゃあ、どういう意味だよ。

「十代の少女とは思えぬほど鋭い事を言うかと思えば、呆れるほどに鈍くもある。サカキちゃんを見ていると退屈しないよ」

　何気なく言ったであろう台詞《セリフ》に私は肝《きも》を冷やした。年齢詐称がばれれば、私はかなりまずい立場に追い込まれてしまう。

「ああそうだ。君の言ったとおりだったよ」

　ユハは、思い出したよう突然話題を変えた。

「赤子がいた」

　クリスタの事か。

「どうして分かったんだい？」

「勘です」

　嘘だ。クリスタの胸元を見た時に気が付いた。友人の出産後、お祝いに行ったら、散々ぼやかれたのだ。胸が張って大変だと。赤ちゃんにお乳をあげる時に見た胸元は左右の大きさが違い血管が青く透けて見えていた。クリスタの胸は、その時に見た友人の胸と同じだったのだ。

「勘、ね。女性の勘は恐ろしいね。彼女には振られてきたよ」

さすがに仕事が速い。……って振られた？

「振ったんじゃなくて、ですか？」

「俺は女性を振った事は一度もないよ。いつも振られるのさ」

私は思わず、ユハを睨みつけていた。

「最低ですね。別れる時ぐらい悪役になったらどうなんですか？」

言うべきではない言葉だと思ったが、言わずにはおれなかった。中には、本気でユハを慕っていた女性もいただろう。冷たくなじってやったというのに、ユハの唇は愉《たの》しげな笑みを形作る。

「そうだね」

穏やかなその声に、はっとする。色恋など、外野がどうこう言うべき問題ではない。

「すみません。余計な口出しを」

「いいんだよ」

言って、ユハは艶《つや》やかに笑った。

「あと数年経てば、悪役になってもいいと思える女性が、いるかもしれないな」

緑の瞳が私を見据える。翡翠《ひすい》の如き瞳に絡め捕られ、目が離せなくなる。ユハが私の髪を、まるで愛しいものに触れるように優しく手に取った。払いのけるでも、身を引くでもなく、私は硬直して突っ立っていた。緑の瞳で私の目を捕らえて離さぬまま、ユハは手の中の髪にそっと口付ける。

勘弁してほしい。心の中で白旗をあげる私に、ユハは極上の笑みを浮かべて見せた。

何と言うか、勝てる気がしない。

疲弊《ひへい》して部屋に逃げ戻ると、複雑な表情をしたトゥーリに出迎えられる。首を傾《かし》げる私を見て、トゥーリは言いにくそうに視線を逸らして口を開いた。

「先ほど殿下が見えられたのですが……」

が？

「窓からサカキ様とユハ様の姿を御覧になりまして、その、お帰りになりました」

「……………………うっ」

言葉の意味を理解するのにたっぷり十秒はかかった。あのこっぱずかしいシーンを見られた？

その後、私はいもしない弟にラブシーンを見られたような居たたまれなさに、一日中苛《さいな》まれることになるのだった。

第四章

イサークはパッタリと訪ねて来なくなった。イサークの使いという者が、毎日菓子や花を届けにくるが本人は顔を出さない。しかも、イサークばかりかユハまで来なくなったのだ。来られては面倒だが来ないとちと寂しい。女心は複雑だ。

しかし、ゆっくりと考える時間ができたのは幸いだったかもしれない。ここへ来てからの私は、立て続けに起こる出来事に流されてばかりだった。だから、ユハの思わせぶりな態度に翻弄されたりしたのだ。冷静になって考えてみると、あの行為は犯罪すれすれだ。第三者の視点から見て、大の大人が、十三歳の少女に対して、あんな行動をとったらどう思う？　ドン引きだ。日本でやれば確実に人生が終わると思う。

ユハのことはさておき、静かになったのを機に、賢者の探しモノ探索をどうやって進めるか、じっくりと考えよう。あたたかいとか、街へ行けだとか、賢者のヒントに惑わされそうになったけれど、一番の手掛かりは、わざわざ日本から連れて来られたという点にあるはずだ。日本の文化に関係があるか、もしくは日本人でなければ持ち得ない知識が、探しモノ探索に欠かせないのではないだろうか。

できるならば街へ出て、日本と関わりがありそうなものを端からピックアップしていきたい。しかし、出ることは叶わないから、ルードヴィーグに関する書物を片っ端から読《よ》み漁《あさ》るのはどうだろう。頼むとすれば、エイノだが、果たして簡単に書物を貸してくれるだろうか。

彼については、正直、分からない。冷淡だと思えば、分かり辛い優しさを示されたり、かと思えばサリの術で監視していたり……。彼にとって私は結界を越えた珍妙な研究対象に過ぎないのかもしれない。そう思う度に胸の奥に鉛《なまり》の塊が鎮座しているような、重く息苦しい気持ちになった。

――ドS冷酷神官のために、何故、私が嫌な思いをしなければならないのか、考えれば考えるほど腹立たしい。やめた。エイノに頼むのはなしだ。

賢者の警告どおり、二人には気を許すべきではない。それには近寄らないのが一番だろう。

となればあとは、イサークしかいないが……。彼が普通の少年なら良かったのに。歳の離れた友人として力になってもらえれば嬉しかった。でも違う。彼は王となるべく生まれた人間だ。やはり彼に頼るわけにもいかない。

四面楚歌《しめんそか》とまではいかないが、孤立無援の今の私に、探しモノは難しい。無理に街へ出て、また人攫《ひとさら》いにあったり、賢者のことを探ろうとして、これ以上あらぬ疑いをかけられてはたまらない。「失踪に気付かれる前に、攻めていこうぜ！」から、「無理せずいこうぜ！」に方針変更だ。

もどかしいがイサークを狙う真犯人が割れるまでは自粛しよう。大事なのは一に保身、二に保身、三、四がなくて、五に保身だ。

身の潔白が証明されるまで自粛すると決めたものの、部屋の中に閉じこもりっぱなしでは、鬱憤《うっぷん》が溜まる。そんな私に二区の散策は良い気晴らしになった。今日も今日とて、二区に足を運んだ私を、ランデル隊長とロニ先輩は少し離れた場所で見ていた。自分達が側に居ては窮屈だろうと気を利かせてくれたのだろう。エイノやユハとは無理でも、二人となら、時をかければそれなりの信頼関係を築けるような気がする。

一通り店を巡った後、少し迷って、まだ足を踏み入れた事のないエリア――貴族達が住まう屋敷がある場所へ向かうことにした。

数分後、私は感嘆のため息をもらしていた。広い庭と贅沢な造りの屋敷がゆったりとした間隔をあけて並び、美しく整備された通りには街路樹が植えられている。超高級別荘地のようだが、実際これは別宅になるらしい。領地を持つ貴族達が数年に一度、王都での職務につく際に使用するのだとトゥーリに教えてもらった。参勤交代みたいなものだろうか。

人通りは極めて少なく、兵士を二人も引き連れた異色の容貌《ようぼう》の私は目立った。怪訝《けげん》な顔をしたり、中にはあからさまに距離をとる者もいる。ランデル隊長は居心地が悪そうに小さくなり、ロニ先輩は……あくびをしていた。

もう帰ろうかな。まだ来て間もなかったが、どうやら歓迎されぬ場所に足を踏み入れてしまったようだ。

「ごきげんよう。お嬢さん」

踵《きびす》を返そうとしていた私は、呼び止められて振り返った。上質の服を身にまとった、気品ある佇《たたず》まいの男が立っていた。歳は三十代なかばだろうか。どうやら、ここに住む貴族のようだ。

「こんにちは」

「名前を伺っても？」

「……サカキと申します」

先に名乗るのが礼儀だろう。なんて台詞《セリフ》、一度言ってみたいが現実では言えない。

男は口元に皺《しわ》を作って笑った。

「やはり。お前が殿下を誑《たぶら》かす黒髪の小悪魔か。どんな美女かと楽しみにしていたのに興ざめだ」

背後で砂利を踏みしめる男がする。義憤《ぎふん》にかられたランデル隊長か、それとも若い分、気の短いロニ先輩か。気色ばむ背後の気配とは逆に、私は「はあ」と間の抜けた声を上げていた。

「ご期待に添えなくて、残念です。では、失礼します」

どこにでも相容れない人間はいるものだ。理解しあえないのなら、接触しなければいい。会釈をして立ち去ろうとする私を、男は慌てて引き止めた。

「ちょっと待て」

興ざめした人間に何故しつこく絡もうとする。

「お前、知っているのか？　お前に関わったせいで殿下が何と言われているか」

相手にする気などなかったのに、憎々しげに言われ、足を止めた。ただでさえ王の器たるかと苦悩している節があるというのに、この上煩《わずら》わしい事を増やしたかと思うと胸が痛む。

「なんと言われているのですか？」

聞き返すと男は満足気に笑みを深めた。

「近衛《このえ》と正体不明の女を取り合っているそう言われているのだぞ」

は？　私は眉を寄せて、男の顔を凝視した。ここシルヴァンティエでは一番よく目にする青い瞳が、ぎろりと私を見下ろしている。冗談を言っているようには見えなかった。

後方で「ぷっ」と噴き出す音がする。確かめなくとも分かる。ロニ先輩だろう。男は私のうしろへと視線を向けた。

「何がおかしい」

男の声には不快感が滲《にじ》み出ていた。

「いえ、何も」

久しぶりに聞くロニ先輩の声は震えていた。貴族の怒りを買った恐怖からではなく、笑いを堪えているらしい。気持ちは分かるが、笑っちゃ駄目だろう。

「あの、誤解されているようですが、殿下は見知らぬ土地に単身で放り出された私を哀れんでくださっているだけであって、憂慮されているような事は決してありません」

「私とて殿下がお前のような卑《いや》しき者にうつつを抜かされるなど信じられなかったが、この目で確かめてきたのだ」

目で確かめた？　二人が決闘でもしているというのだろうか？　ないない。イサークはともかく狸《たぬき》なユハに限ってそれはない。首を捻《ひね》る私に、男は馬鹿にしたような目線を向ける。

「誤解しているのはお前のほうだろう。……ついて来い」

できれば、これ以上この男に関わりたくないし、ユハからは全力逃亡と決めたばかりだが、恩人であるイサークに迷惑をかけて知らん顔はできなかった。私は返事も聞かずに歩き出した男の後を追いかけた。

「ついたぞ」

そう言って男が振り返ったのは、以前、側を通りかかった兵士達の訓練所だった。土埃《ほこり》の舞う中、各々《おのおの》手に槍《やり》や剣を持ち訓練に励んでいる。手の中の武器を交わす度に硬質な音が鳴り響く。汗で濡れた髪。低い掛声。鍛えられた肉体。ああ、なんて――むさ苦しい。筋肉質な体を眺めるのは好きだが、これだけ大量にいると、その一言に尽きる。

「あそこだ」

男が指差した方を見やれば、訓練所の片隅に人の輪ができていた。兵士達の間を縫って近づくが、輪の中は筋肉の壁に阻《はば》まれて見えない。

「どけ」

苛立った男の声に、前に立っていた兵士が泣く子も黙る形相《ぎょうそう》で振り返る。しかし、男を認めるなり頭を下げて慌てて脇に避けた。私は避けてくれた兵士に目礼すると、輪の中を覗いて、目にした光景に愕然とする。

輪の中にはイサークとユハがいた。それぞれ重量感のある剣を構え向き合っている。肩で息をする苦しげな顔のイサークに対しユハは余裕の表情だ。まさか本当に決闘を？と思ったが、よく見れば剣の刃は潰されているし、二人とも簡単な鎧《よろい》を身につけている。決闘というより訓練といったほうがしっくりくる。

「十日ほど前、殿下が突如として、剣の稽古《けいこ》の相手にあの近衛《このえ》を指名されたのだ。以来毎日、殿下はあの近衛と剣を交えておられる」

十日ほど前といえばちょうどイサークとユハが来なくなった頃だ。

「あやつは稽古の相手には適さん。剣の型が変則すぎるのだ。たとえ刃を潰した剣でも、まともに入れば無事では済まないとわかっていながら、殿下はあの者に固執しておられる」

確かに、ユハは丁寧に剣を教えるようなタイプには見えない。しかしだからと言って、それが私の取り合いにどう繋がる。飛躍しすぎだ。

「あの近衛、お前のもとに足繁《あししげ》く通っていたらしいな。その時間を潰すために殿下は兵士の訓練場に自ら足を運ばれ、あやつを指名しているのではないのかと噂されている」

――え？　息を呑んで隣に立つ男の顔を見上げた時、周りの兵士が一斉に歓声をあげた。どちらを応援しているともつかない声に視線を輪の中に戻すと、手にした剣を振り上げ、ユハに斬りかかるイサークが見えた。両腕の力を込めて振り下ろされた剣を、ユハは体を捻《ひね》って難なく避ける。勢い余って体勢を崩したイサークの背に、剣の柄《つか》が打ち付けられた。どっと重たい音を立てて、イサークの体が地に沈む。首筋に剣の切っ先を突きつけられる寸前、イサークは埃《ほこり》の舞う地面の上を転がり距離を取る。そして体のバネを最大限に利用して起き上がった。ふたたび剣を構え、荒い呼吸を繰り返してユハを睨み据えるイサーク。その瞳に映る感情は何だろう？　焦り？　憎しみ？　それとも――嫉妬？

なんて事だ。やはりイサークはあの場面を見ていたのだ。髪に口付けるユハを。それを拒まぬ私を。

「見ろ、誇り高きシルヴァンティエの王となる方が、あのように土にまみれて」

冷や水を浴びせられた気分だった。まずい。まずいまずい。先日のユハの行為をドン引きだなんて言えない。

そうと知って記憶を巻き戻せば、思い当たる節はたくさんあった。向けられた眼差しに潜む熱、声に隠された甘い響き、色づいた頬……。何故今まで見落としていたのだろう。いや、違う。見落としていたのではない、ありえないと思っていたのだ。十五歳の少年にとって二十五歳の女などおばさんだと、恋情の相手になるわけがないと、思い込んでいた。イサークにとって私は十三歳の少女だったというのに。最低だ。

「お前のような身元も不確かな下賤の輩《やから》が気を掛けていただける存在ではないのだぞ。間違っても殿下との未来など夢見ぬ事だな。おい、聞いているのか？」

男は耳元で喚《わめ》き続けている。その声がひどく煩《わずら》わしい。ああ、もううるさいな。人が考え事をしているというのに、耳元でぶちぶちと。お前は夏の夜の蚊か？

とりあえず、この場はイサークに気付かれぬうちに撤退したほうがいいだろう。打ち負かされている姿を見られたと気付かれたら、傷つけてしまうかもしれない。私はそっと輪から離れた。

気分は最悪だった。まさか自分が少年を惑わす悪女になろうとは。この世界に来てからというもの、想定外の事だらけで思考がついていかない。

どうする？　私は自問した。嫌われるのは簡単だろう。思いっきり嫌な女を演じてやれば良いのだ。しかしその結果、イサークの庇護《ひご》を失っては……

今はまだ駄目だ。自分の狡《ずる》さに、ああ、やっぱり最低だと、どっぷりと自己嫌悪に陥る。隣では男が何やら喚いているが、雑音にしか聞こえなかった。

「お前、わかっているのか！」

歩きながらおざなりに相槌をうっていたが、腕を掴まれ、一際大きく怒声を上げられて、仕方なく男に向き直った。

「存分に身にしみました。ご助言痛み入ります」

嫌味なほどに恭《うやうや》しく頭を下げれば、男の顔が屈辱《くつじょく》に歪んだ。平素ならばこんな対応はしなかったろうが、今の私には無理だった。売られた喧嘩なら、いくらでも買ってやりたい気分だ。

「私を愚弄《ぐろう》するかっ」

あ、殴られる。振り上げられた手に、これから来るであろう衝撃を予測して顔をしかめた。ところが歪めた視界が突如として真っ白になり、ムスクに似た甘い香りに包まれた。柔らかな感触が頬をくすぐる。

「この者が何か？　ご無礼を働いたのであれば、後見を務める私の非にございます。お叱りは、私が承《うけたまわ》りましょう」

耳のすぐ側で聞こえた声は低い。朗々と紡《つむ》がれる、艶《つや》やかな声――エイノだ。ということは視界を覆《おお》うこの白い物体は、彼の神官服の袖か。頭の上から膝下辺りまでをすっぽりと包み込んでいて、この長い袖でトイレの時はどうするのだと、場違いな疑問が湧いた。

「ギルデンか」

男は苦々しい口調でエイノの名を口にした。

「どけ、この無礼者を、私が代わりに躾《しつ》けてやろう」

「おやおや、穏やかではありませんね。フロステル伯」

そう言って男を止めたのは、エイノではなかった。

「これはっ……セルミレ公」

フロステル伯と呼ばれた男が明らかにうろたえている。

「申し訳ありません。御見苦しいところを。つい頭に血が上ってしまいました。所用がありますので、失礼致します」

ないだろう、所用なんて。と突っ込みたくなるわざとらしい言い訳の後、フロステル伯爵が足早に立ち去る気配がした。しかしエイノが腕を下げる様子はない。いつまで私はこの中なのだろう。

「どうした。あのような態度、お前にはそぐわないのではないか?」

耳元で諭すような声がした。温かい息と美声に、ぞくりとする。

その声で耳元で喋《しゃべ》るな！　なんでこのタイミングで優しくするんだ。いつものように高慢に接してほしい。

「気を静めよ」

口を近づけるな。頭を動かすな。首筋に髪があたる。

「……すみません」

身じろぎもできずそうつぶやくと、ようやく目の前が開けた。振り向いてエイノの顔を見るのが恐ろしい。あの茶色い瞳に温かな感情が浮かんでいたりしたら、胸の奥の鉛《なまり》は重さを増すだろう。

「サカキ」

背を向けたまま動かない私に、柔らかく声がかけられる。ええい、儘《まま》よっ。私は意を決して振り返った。

――っ!? ハイ、大丈夫。いつもの冷え切った目でした。無駄に疲れたわ。

「庇《かば》っていただいて、ありがとうございました」

抑えた声で礼を言い、頭を下げる。その頭上に、くすくすと控えめな笑い声が落とされた。エイノでは九分九厘《りん》あり得ない、楽しげな笑声《しょうせい》に顔を上げると、白髪混じりの髪をうしろに撫で付けた初老の男と目が合った。

「これは失礼。世にも珍しいギルデン神官長を見たものですから、つい」

渋みのある声は年齢を重ねた人間にしか備わらないものだ。

「貴女が噂のサカキ嬢ですかな？」

噂というのは、フロステル伯爵が話していた、あの噂だろうか。頷《うなず》けば噂を肯定するようで、私は曖昧に首を傾《かし》げたが、セルミレ公には充分だったようだ。

「なるほど可愛らしい」

彼は歳に似合わぬ、茶目っ気のある笑みを浮かべた。

「あとうん十年若ければ、私も張り合いに混ぜて頂きたかった。いやいや、若人《わこうど》が羨《うらや》ましい」

ユハ辺りが口にすれば間違いなく全身が痒《かゆ》くなる社交辞令が、何故か涼やかに聞こえる。

セルミレ公は隣に立つエイノを意味深な目でちらりと見やった。

「ギルデン神官長は、まだ範疇《はんちゅう》ですかねえ……少し、厳しいような気もしますが」

「御戯《おたわむ》れを」

無表情できっぱりと言い放ったエイノを見て、セルミレ公はまたくすくすと笑う。

「いや、愉快です。ですが、これ以上神官長に睨まれる前に退散いたしましょうかね。ギルデン神官長、大祭の件はまた後日、殿下を交えて進めさせていただきましょう。ではお嬢さん、以後、身辺にお気をつけなさい」

セルミレ公は爽やかに微笑むと、門の方へと歩き出した。最後に言われた言葉に息が詰まる。セルミレ公の背中を見送る私の側に、すっと白い影が並んだ。

「お前の存在は今や特異なものとなりつつある。気をつけるのだな」

噂はフロステル伯やセルミレ公のみならず、エイノも耳にしているらしい。

「……はい。ところで、エイノさんはどうしてこちらに？」

まさかエイノまでユハとイサークの様子を見に来たのだろうか？

「資料を取りに屋敷に戻ったのだが」

何故そんな事を尋ねるのかといった顔で返される。辺りを見回せば、マッチョな兵士の姿は消え周りを行くのは白い服を着た神官ばかりだった。いつの間にやら神官達のテリトリーに足を踏み入れていたようだ。エイノが持っている紙の束に視線を落としていた私は、彼を見上げて尋ねた。

「あの、さっきの後見ってどういう意味ですか？」

言ってたよね。後見を務める私の非がどうとか。

「私がお前の後見人となっただけだ」

だけって、そんな話は初耳だ。

「いつまでもお前をただ城に住まわせておく訳にもいかぬのでな。後見を立て、保護・指導する事になった。その後見人に選ばれたのが私だ」

なんて人選ミスだ。いきなりの事に私は二の句が継げなかった。

「二、三日後には私の屋敷に越してもらう。そのつもりでいろ」

エイノは用件を言い終えると、いつものようにさっさと去っていく。貴族達の手前、十歩ほど離れた場所で頭を下げたランデル隊長が、遠くから気遣わしげに私を見つめていた。

今日からお世話になるエイノ宅は、予想に反して寂《さび》れていた。数多《あまた》いる神官達の長《おさ》の屋敷なのだから、もう少し瀟洒《しょうしゃ》なものだと思っていたのに。石造りの建物は全体的に白っぽく、無機質で冷たい印象をうける。木々に覆《おお》われた立地は外界から隔絶された空間のようで、この屋敷だけが違う時の流れの中にあるようだった。苔《こけ》むしたベンチと可憐に揺れる野の花のみが訪れる者を出迎え、時折聞こえる鳥のさえずりがわずかばかりの慰めをもたらす。

なんというか、浮いている。少し先には神官達が行き交う宿舎があるというのに、この周囲だけ人っ子一人いないってどういうことだ。

恐る恐る扉の前に立つと、ノッカーを叩き家人を待つ。が——誰も出て来なかった。指定された時間に来たというのにこの扱い。本当に気を配らない男だ。

どうしたものかとランデル隊長を振り返るが、困惑した顔で微笑まれるばかりで埒《らち》があかない。試しにドアの取っ手に手をかけてみると、盛大に軋《きし》む音がして扉が開いた。油ぐらいさせ。私はこれからの生活に大きな不安を抱かずにはいられなかった。

屋敷の中に足を踏み入れ、少しほっとする。外観から受ける印象より、屋内は小綺麗に片付いていた。よくよく見れば、飾り棚の上の花瓶に挿されているべき花がなかったり、通路に敷かれた絨毯《じゅうたん》が変色していたりするが、掃除はされている。私は壁際に置かれた長椅子に目を留めると、ランデル隊長に中で待つ旨を伝えて、扉を閉めた。屋敷にはエイノの許可の無い人間の立ち入りは禁止されている。ランデル隊長やロニ先輩は扉の前で警備にあたる手はずだった。

古めかしい細工の施された木の椅子に腰掛ける。硬く冷たい椅子から、背筋を伝って這《は》い登ってくる冷えに、私はぶるりと体を震わせた。屋敷の中は静けさに包まれていた。

——働きたいなぁ。ため息が零れる。帰って働いて地に足をつけて安定した生活を送りたい。身分とか陰謀なんてものとは無縁の日本で……。私はもう一度ため息を吐いてから、頭を振った。駄目だ。弱気になっている。イサークの気持ちを知ったあの日から心がブレていけない。

長椅子の上に体を倒し、私は目を閉じた。罪悪感からか、近頃眠りが浅い。手にしていた荷物に顔を押し付け、あくびをかみ殺すと涙が滲《にじ》んだ。

不意に甘い香りの風が頬を撫で、わずかな衣擦れの音がした。耳にかかった髪を繊細な指先がかき上げる。ぞわりと粟立《あわだ》つ背筋に顔をしかめながら、荷物を抱いていた腕を下ろすと、間近に迫った美貌に、思わず仰《の》け反《ぞ》った。いつの間に。お前は忍者か。

「泣いておるのか？」

エイノが床に膝をついて、顔を覗き込んでいる。あくびのせいです、とは間抜けすぎて言えなかった。

「遅くなった。すまぬな」

白く滑らかな手が、目尻に溜まった涙を優しく拭《ぬぐ》う。微《かす》かな、本当に微かな安心させるような笑みにぎょっとした。白昼夢だろうか？　もしくはエイノの皮をかぶった何かとか。それとも宇宙人に攫《さら》われて改造でもされたのか？　ぼうっと、惚《ほう》けたようにエイノの顔を見つめていると、茶色い瞳が陰った。目元に置かれたままだった指先が、まるで火に触れているのを今思い出したとでもいうように、さっと引かれる。その手で己の口元を覆《おお》うと、エイノは視線を床へと落とした。

「ついてこい。屋敷を案内しよう」

そう言って顔を上げたエイノは、いつもの冷めた表情に戻っていた。良かった。エイノだ。冷たい顔に安堵《あんど》するのも妙な話だが、エイノにはその顔でいてもらいたい。私は荷物を手に立ち上がった。

屋敷は十二分に広かった。広いのに、必要最低限の通いの使用人しかいないために、使われていないと思しき場所は埃《ほこり》が積もっている。侍女三人衆が交代で雑事をしに来てくれることになっているらしいが、きれい好きなアイラなどは悲鳴をあげて雑巾掛けを始めるだろう。

エイノの部屋と私の部屋は近かった。屋敷に入り、向かって右の最奥が私の部屋で、エイノの部屋はその三つ手前にある。食堂や風呂など生活に不可欠な場がすべて屋敷左手にあるため、何をするにもエイノの部屋の前を通る事になってしまう。夜遅くに徘徊《はいかい》したら苦情を言われそうだ。

荷物はあらかじめ運び込まれており、引っ越しといっても私は特にすることがない。窓からの眺めが、手入れされた庭園から生えるに任せた緑に変わり、扉の前に兵が立たなくなった事ぐらいしか違いはない。引っ越したという実感は湧かなかった。

私を部屋に案内すると、エイノは仕事に戻っていった。少しの間だけ体を休めようと横になったつもりだったのに、すっかり寝入ってしまっていたらしい。ノックの音に重い瞼《まぶた》をあげれば、部屋の中は西に傾いた日に赤く染められていた。

「サカキ様。食事の仕度ができております」

扉の外からの呼びかけに応えて室外に出ると、一人の男性が、恭《うやうや》しく頭を下げていた。いかにも執事然《ぜん》とした佇《たたず》まいに、迷わず「セバスチャン」と勝手にあだ名を付ける。

「明日からは城から侍女が参りますが、本日は私がお世話を務めさせて頂きます。リクハルド・レイマスと申します。リクハルド、とお呼び下さい」

「どうも、お世話になります」

お互いに軽く頭を下げ挨拶を交わすと、食堂に案内された。大きなテーブルには誰も着席していない。てっきりエイノがいると思っていたのだが、違ったようだ。聞けばエイノはここのところ帰りが遅く、しばらくは一人での食事になるらしい。話を聞いてほっとしてから、そんな自分の気持ちに気付いて苦笑した。恐らく、そう短くはない期間、共に暮らさなければならないというのに、今からこれでは先が思いやられる。

リクハルドは寡黙《かもく》な人物だった。食堂に案内し、私が食事を終えて部屋に戻るまで、こちらからの要望や質問に答える以外は一切口を開かない。アイラ達のかしましさが妙に恋しかった。

その夜、何十回目かの寝返りを打った私は、とうとう睡眠を放棄した。昼間あれだけ寝たのだから当然だ。十代の頃はいくらでも眠れたのに、こんなところでも歳を実感する。

喉の渇きを覚えてベッドから降りると、月明かりを頼りにランタンに火を灯し、そっと廊下に出た。炊事場に行けばお茶ぐらい沸かせるかもしれない。

部屋よりも幾分気温の低い廊下を手探りで進んでいると、前方の部屋から明かりが漏れているのに気が付いた。エイノの部屋だ。まだ起きているのだろうか？　足音を殺してそっと部屋の前を通り過ぎようとした時、軽い軋《きし》み音をたてて扉が開いた。

「どこへ行く」

寝巻きの上にローブを羽織ったエイノが顔を出す。……私が通れば分かるようにセンサーでも仕掛けているんじゃないだろうな。

「ちょっと眠れなくて、お茶でも飲もうかと」

「部屋へ入れ。私が用意しよう」

……何故か部屋へ通された、エイノの。

「いえいえ、そんな結構です」と断ったのだが、エイノはこちらの話を聞かずさっさとキッチンへ向かってしまった。仕方なく私は部屋のソファに腰掛けて待つことに……。彼が戻ったら、即行でお茶を飲み干して退散しよう。

部屋は本に支配されていた。壁一面を書棚が占め、テーブルや執務机、ベッドのサイドテーブルといったありとあらゆる場所に本や書類が置かれている。不思議なのは部屋を照らす明かりだ。揺らぎのないその光は、城の廊下で見たものと同じで明らかに火ではない。これは魔法なのだろうか。部屋の中を観察していると、カップを二つ盆に載せたエイノが帰ってきた。盆をテーブルに置いて私の横に腰を下ろす。向かいのソファは本に占領されていたから横に座る事になったようだが、微妙な距離に身を固くした。エイノは子供だと思って気にも留めていないのだろうが、こちらとしては深夜に男性の部屋で二人きりという状況は身構える。

「サルミにパロを入れたものだ。気を安らげよう」

サルミは乳製品っぽい飲み物で何度か飲んだ事があるが、パロとは何だろう？　勧められたカップを手にとり匂いを嗅げば、微《かす》かに甘い香りがした。

「いただきます」

口に含むとパロが何なのか気付いた。酒だ。シルヴァンティエでは酒に年齢規制がないのだろうか。私はカップの中身に目を落とした。困った。下戸《げこ》なのだが、滅多にない厚意を無下にするのも気が引ける。迷った末、同居人との良好な関係の維持に重きを置き、私はカップに口をつけた。アルコール度が高くないことを祈ろう。

静かな部屋に、茶を飲み息を吐く音だけが響く。早く飲み終えてしまいたいが、熱々のサルミは、飲むのに時間がかかる。苦戦しつつも半分ほど飲み終えたところで、ふとテーブルの端に置かれた書類に目が留まる。

——奇妙な違和感があった。その正体を探ろうと私は書類を読みあげた。

「国境線における植物の分布　レオニード・ルカノフ中将？」

何かのレポートらしい。植物と思しき固有名詞が並び、それぞれの特徴が図解付きで記されている。興味を惹かれた私は、カップをテーブルに置いてエイノを振り返った。

「読んでもいいですか？」

「好きにするがいい」

エイノは鷹揚《おうよう》に頷《うなず》いて、自身も近くの書類に手をかける。いちいち尊大なエイノの態度に、内心で「けっ」と悪態をつきつつ、私は書類を捲《めく》った。繊細な筆遣いで描かれた植物の絵はどれも味がある。ぺらぺらと捲って最後のページまで辿《たど》り着いた時、それまでの几帳面な筆跡とは違う一文を見つけた。走り書きされた文を読んで眉をひそめる。

「山岳地域の少女達は肌の色が白く、またきめ細かい。寒さに色づいた頬は特筆すべき清楚な色香がある。肢体はほぼすべての少女が細く儚《はかな》げだ。これはわが国の少女達と共通すべき点である。わずか数年で要《い》らぬ脂肪を蓄え始めると思うと、哀切《あいせつ》の念を禁じえない……」

私はからくり人形のようにぎこちなく、隣に座る男の顔を見上げた。書類を片手に、こちらを向いて怪訝《けげん》な顔をしているエイノと目が合う。

「大事な書類をメモ帳代わりに使うのはどうかと思いますが」

変態だ。こいつ変態だ。やっぱり変態だったんだ。じりじりとソファの端に後ずさると、エイノは小さくため息を落とした。

「私ではない」

じゃあ、誰が書いたというんだ。

「報告書の筆者が書いたのであろう」

「筆跡が違いますが」

じと目で問うと、エイノは眉を上げた。

「使用されている言語が違うのだ。当然ではないか」

え？　首を捻《ひね》る私を見て、エイノは向かいのソファに手を伸ばすと、一番下に埋もれていた紙の束を抜き出して、膝の上に置く。

「読んでみよ」

私は訳も分からず、書類に目を走らせた。

「シールエン石採掘量の推移」

「こちらは」

「生物毒の比較」

「これは」

「人口静態統計について」

次々に差し出される紙を読み上げると、エイノは息を吐いて、ソファに背を預けた。

「すべて異なる言語が使われているのだが、気付いておらぬのか。お前の父親はどのような教育を施した」

――しまった。私は臍《ほぞ》を噛む。違和感の正体はそれだったのか。生活の糧《かて》を得る手段として、賢者からもらった知識を活かしたいとは考えていたが、「何でも読めましてよ。なにせ賢者に与えられた知識がありますもの。崇《あが》め奉《たてまつ》りなさい。オーッホッホッ」などと踏ん反《ぞ》り返る気はない。せいぜい二、三ヶ国の言葉を、何とか読めるふりをするに留めておこうと思っていたのに。

「日常生活でも、言語がちゃんぽんで使われていましたから……気付きませんでした」

言語の違いに気付けないなんて、訳者として仕事をこなすには致命的な欠点ではないだろうか。

「違いが分からぬのは困るが、その知識を遊ばせておくのは惜しいな」

エイノは顎に手を当てて、私を見た。

「その能力、私の下で生かしてみぬか。ユハに働きたいと言っておったそうだな。お前の知識があれば可能だが、異質を嫌う者もおるし、過ぎる好奇を持つ者もおろう。無論、報酬は払う」

提示された金額は、シルヴァンティエの通貨価値に疎《うと》い私から見ても破格だと分かるものだった。私は一も二もなく頷《うなず》いた。エイノの下でというのが引っ掛かるが、何をするにも先立つものは要《い》る。エイノの懐《ふところ》事情は知らないが、悪くはないだろう。がっぽり稼がせて頂こう。そう心に決めた。

……はずだったのに、私は、ものの数時間後には首を縦に振った事を後悔していた。

次から次へと持って来られる、紙の束、束、束。エイノは集中すると時間を忘れるタイプらしい。

「今日はこの辺で～」、「あの、そろそろ時間が……」、「ちょっと休憩しませんか」と、度々声を上げてみるが、その度に、「待て」、「これが終わればな」、「要《い》らぬ」と流される。

お前がいらなくても、私はいるんだよ！
　頭を使わない翻訳作業は面倒で退屈な作業だ。パロの影響もあってか、自然と瞼《まぶた》が下がる。体が重く書類を持つ手に力が入らない。眠りへと引きずり込まれる意識の中で、体が宙に浮くのを感じた。頬にあたる温かな感触と、耳の側で刻まれる心地よいリズムにひどく安心して、私は闇色の繭《まゆ》の中へ沈んでいった。

　眩《まぶ》しい。顔に当たる光に固く目を閉じた。手探りで、胸の上に重なっていた上掛けを引き上げて頭を覆《おお》う。もう朝か。昨日は大変な目に遭った。報酬に釣られて、エイノの手伝いなど請け負うのではなかった。寝返りを打とうとして、はたと我に返る。私はいつ、ベッドに入った？　胸にすうっと冷たいものが広がっていく。私は上掛けを蹴飛ばして飛び起きた。見渡す限りの本に、叫び声を上げそうになり、手で口を塞《ふさ》ぐ。エイノの部屋だ。嘘でしょう……。思考を停止しかけた頭を揺り動かして、己に異変がないか素早く調べた。衣服の乱れも、体の変調もない。ベッドが不必要に乱れた形跡もないのを確認して脱力する。心臓に悪い。大きく深呼吸し、落ち着きを取り戻すと、ようやく部屋の主《あるじ》の姿が見えないことに気付いた。眠ってしまった私にこの部屋を明け渡して、他の部屋に移ったのだろうか？

私は床の上に足を下ろした。素足にひんやりとした感触が伝わる。室内履きを探そうと、ソファの前に回りこんで、息が止まる。肘掛に寄りかかるようにして、エイノが眠っていたのだ。長い睫毛《まつげ》が白磁の肌に影を落とし、絹糸のような髪が朝日を受けて金に輝いていたのだ。眠っていると冷たい印象が薄らぎ、その分艶《つや》やかさが増して感じられた。その寝顔を見ていると何故かうしろ暗いような、落ち着かないような気分になって、私は視線を逸らした。早くこの部屋を出たい。

所在無く彷徨《さまよ》わせた目が、エイノの眠るソファの下に靴を見つけた。ほっとして靴を履き、自室に戻ろうとしてはたと足を止めた。振り返ってエイノの寝顔を見る。眉間に皺《しわ》が標準装備のエイノからは想像もつかない安らかな寝顔だった。私はベッドに戻ると、上掛けを丸めて腕に持つ。風邪をひかれては寝覚めが悪い。ただ、それだけのことだ。

エイノを起こさぬようにそっと体に掛けると、ぴくりと眉が動いた気がした。起こしたか、と身構えるが、息遣いに変化はない。知らず知らず詰めていた息をゆっくりと吐き出すと、呆れるほどの美貌を見つめた。首元が見えなければ、充分美女で通るだろう。この容姿で、読経《どきょう》が似合いそうな低音美声なのだから詐欺《さぎ》だ。

「顔がなぁ。これじゃなければ……」

思わずつぶやいた言葉に、自分でぎくりとした。これじゃなければ、どうだと言うのだ。胸の奥に沈殿する鉛《なまり》が、ごとりと音を立てて揺れた気がした。

ここにいるのはよくない。精神衛生的に絶対駄目だ。慌てて立ち上がろうとした手首に、ひんやりとしたものが巻き付く。驚いて目を向けると、白く長い指が手首を捕らえていた。

「随分な言われようだな」

閉ざされていた瞼《まぶた》が、おもむろに開く。泰然自若《たいぜんじじゃく》とした茶色い瞳が私を映していた。眠っているとばかり思っていたのに。目をむいて凍りつく私に、エイノは身を起こすと人の悪い笑みを浮かべた。

「そのように思われておったとはな」

地獄の底から響くような低い笑い声を上げるエイノを前に、私は身を縮こまらせた。

「あの、別に貶《けな》そうとかそういう意図があっての発言では……」

しどろもどろになる私に、エイノは冷笑を浴びせる。

「気に食わぬ顔を毎日目にするのは面白くなかろうが、辛抱してもらわねばならぬ。私はお前の後見を降りる気はない」

モルモットを前にした、悪の科学者のような目を向けないでほしい。どうやって逃げようかとまごついていると、けたたましいノックの音と同時に取り乱したトゥーリの声が聞こえた。

「エイノ様！　エイノ様！　起きていらっしゃいますか？　大変でございます。サカキ様のお姿が見当たりません！」

「問題ない。ここにおる」

　側で聞こえた低い声に、私は眉を上げてエイノを振り返る。なんてことを言うんだ！うろたえる私を置いて、立ち上がったエイノが扉を開けた。部屋の中にいる私を見て、トゥーリの顔がみるみる青ざめていく。

「サ……カキ、様？　まさか、そんな……」

　乾いた声に私はがくりと肩を落とした。誤解された。

「エイノ様にそんなご趣味が……だから今まで浮いた話がおありでなかったのね。人は分からないものですわね」

　ぶつぶつと独り言をつぶやくトゥーリの背中を押して自室に連れ込むと、私は昨晩の出来事を一から十まで微《び》に入《い》り細《さい》をうがち懇切丁寧にじっくりと説明した。その結果――

「まぁ、そういう事でしたの」

　分かってもらえた。

「でも、本当に何もなかったのですか？」

……だろうか。トゥーリは疑り深い眼差しを向けてくる。

「エイノ様ほど魅力的な方はそうはいませんわ。侍女の中にも憧れている者は多いんですのよ。サカキ様はどう思っていらっしゃるんです？」

どうって……体液が緑っぽいとか、夜中に脱皮してそうだなとか、人体実験が趣味の悪の科学者ならぬ悪の神官とか、色々と。

「でも、私は、サカキ様にはもっと相応《ふさわ》しい方がいらっしゃると思っていますの」

いや、だから違うから。見当違いもいいところだと言い含めると、余計な誤解を招きたくないから内密にしてほしいと、くどいほど念押しする。でも心配だ。何せトゥーリだし。


エイノの屋敷に居を移し、彼と共に翻訳作業を始めて数日。報酬の他に二つ得たものがある。

一つは知識だ。エイノと私の部屋の間にあるのは書庫で、膨大な数の蔵書があるらしい。残念ながら私は入室を禁じられているが、エイノが持ってくる本や紙の束から様々な情報が読み取れた。

それは主に、他国から見たシルヴァンティエの姿で、友好や軋轢《あつれき》の歴史が様々な国の目線で記されていた。中でも興味を引かれたのが、バジェドールというシルヴァンティエの遥か南に位置する国の書物だった。遠い昔、現在シルヴァンティエが在る地には、ゴルドベルグという高度な文明を誇った国があったらしい。書物には、ある時、衰弱しきった数十人の難民がそのゴルドベルグから、バジェドールに辿《たど》り着いたとあった。取り立てて珍しくも無い紛争の記録だと思ったが、最後に記された一文に目を瞠《みは》った。

『魔物の住まうドレシャー山脈を難民達は何故越えられたのか。長らくルードヴィーグの関与があったとの考えが一般的になっているが、私は異を唱えたい』

そう文章は締められていたのだ。ルードヴィーグの名も然《さ》る事ながら、魔物という言葉に度肝を抜かれた。さすがは魔法が存在する世界。やはりここに長居するのは無理だとしみじみと思った。

そして、二つ目は、目の下のクマだ。

私は日課となった目の下のマッサージをしながらドアノブに手をかけた。

「やあ、サカキちゃん、久しぶりだね。変わりはないかい？　会えて嬉しいよ」

「こんにちは、ユハさん」

食堂の扉を開けた途端、鮮やかな緑の瞳に出迎えられた。新緑のように爽やかなその緑とは対照的に、私の気分はどんよりと沈む。今朝、唐突に昼食を一緒にとるとエイノに宣言され、食堂に来てみればこれだ。

「ユハ、食事まで間がある。先に資料を揃えよ」

席に着き、書類に目を通していたエイノが顔も上げずに指示すると、ユハは肩をすくめる。

「はいはい。人使いが荒いね」

ユハは茶化すように文句を言いながらも、部屋を出て行った。あの書庫にいくのだろうか？　私には立ち入りを許さぬ場所に、彼は入れるのだと思うと、心が波立つ。ユハの出て行った扉を眺めていると、書類に視線を落としたままエイノが口を開いた。

「サカキ。今夜は帰りが遅くなる。私の部屋で待っておれ」

「……分かりました」

今夜もか。密かにため息を吐く。常に遅いのに、今日はさらに遅くなるなんて。頬を撫で、ぽつりとできた吹き出物の感触にげんなりする。この頃お肌の調子が良くない。座りっぱなしのせいか腰も悲鳴をあげていた。

「寝入らぬようにな。また寝台を占領されては困る」

エイノは顔を上げるとわずかに口の端を歪めて皮肉げに笑う。

もうパロは飲まないし、言われなくても寝ない。あのパロ、あとからトゥーリに聞いたところによると、かなりアルコール度数の高いものだそうだ。

腰をさすりながら席に着こうとすると、エイノが眉を上げた。

「痛むのか？」

「ええ、ちょっと腰がだるくて」

「そうか……なら今日はよい。あの日から毎晩だったな。無理をさせたようだ。まだ子供のお前に無理を強《し》いた上に体調を崩されては後見人として……」

エイノの言葉を、唐突に轟音《ごうおん》が遮《さえぎ》った。部屋全体が振動しているのではないかというほどの音を立てて扉が開いたのだ。驚き見れば、壁にぶつかり激しく揺れている扉の先に、片足を上げたイサークが立っていた。足で扉を蹴破ったのだろうか？　無表情でありながら目には狂暴な怒気が宿っており、その異様さに寒気立つ。

「イサーク？」

零れ出た私の声に弾かれたように、イサークは部屋へと飛び込む。それから腰に提げていた剣を引き抜き、流れるような動作で切っ先をエイノの首に突きつけた。

「エイノ。どういう事だ。そんな真似をさせるために、お前をサカキの後見に推《お》したわけではない！」

「仰《おっしゃ》る意味が分かりませぬな」

剣を突きつけられても、エイノの表情は変わらない。その場しのぎにでも、ちょっとは下手《したて》に出てはどうだろう。

「黙れ！　白《しら》を切るか。話はすべて聞いた。首を落とされたくなければ、今すぐにこの国から消え失せろ」

剣を持つ手に力が込められるのが分かった。脅しではなく、本当に斬り捨てるつもりらしい。

「イサーク。どうしたっていうんですか。落ち着いて下さい」

エイノが斬られる場面を見たくないのはもちろんのこと、人を斬るイサークも見たくはない。

「これが、落ち着いていられるか！　くそっ。サカキ、来い」

「へ？　ちょっと、待って」

イサークの剣幕に戸惑っていると、彼の腕が私の腰に回り、小脇に抱えられる。私は宅配物か。抗議の声を上げたかったが、鋭い光を放つ剣が目前に迫り、喉の奥に引っ込んだ。

イサークはそのまま廊下に出ると、外に通じる扉へと歩きかけ、しかし二、三度たたらを踏んで進路を変えた。

なすがままの私の視界に、赤い髪が映り込む。柱の陰にちらりと見えた人物は、間違いなくユハだった。だが、件《くだん》の男が柱の向こうから姿を現す気配はない。イサークが、屋敷の右手へと続く廊下へ顔を向けると、ようやく、ユハが顔を覗かせる。イサークの怒気に恐れをなしたというならまだ可愛げがあるが、そうではなさそうだ。柱に身を寄せたユハの顔には、はっきりと笑みが浮かんでいた。その不遜《ふそん》な表情を見つめていると、ふとイサークに向けられていた緑の視線が私を捉えた。さっさと助けろ。この職務怠慢の腹黒ダヌキが！　という気持ちを精一杯込めて睨みつけると、ユハは片目を瞑《つむ》って、ひらひらと手を振る。本気で殺意が湧いた。

小脇に私を抱えたイサークは大股で廊下を突っ切り、私の部屋の扉を開けた。中に入り、乱暴に扉を閉めると、ベッドの上に私を放り投げる。肌触りのいいシーツの上で幾度か跳ねた後、ようやく揺れがおさまった。

「すまん、俺がエイノを後見に推したばかりに、お前をこんな目に……」

ほっと胸を撫で下ろす私を視界に収めながら、イサークは剣を傍らに投げ捨て、床に膝をついた。一体全体どうしたっていうんだ。ご乱心か!?

「俺は、何と言ってお前に詫びればいいのか」

俯《うつむ》き怒りに肩を震わせて、苦しげに吐き出すイサークを見ていられず、私はベッドから降りると、目線の高さを合わせるために、床にしゃがみ込んだ。念のため、さりげなく剣を遠ざけることは忘れない。

「イサーク、落ち着いてください。私なら大丈夫ですから」

「俺の前で強がるな！」

顔を上げたイサークは強い口調とは裏腹に、すがるような目で私を見た。青い瞳が不安げに揺れ、捨てられた子犬を彷彿《ほうふつ》とさせる。——可愛い。こんな時に不謹慎とは思うが、その柔らかな金色の髪をわしわしと撫で回したい衝動に駆られる。頭に伸ばしかけていた手を、理性がすんでのところで押し止めた。待て待て、イサークはこう見えてワンコの皮をかぶった狼だ。手負いの獣に不用意に触れてはいけない。私は努めて冷静な声でイサークに語りかけた。

「強がるも何も、本当に大丈夫ですから」

「何故だ!?　合意の上だったとでもいうのか？」

強い後悔の念に支配されていた目に、ふたたび怒りが灯る。何か誤解があるとしか思えなかった。こんな短絡的な行動はイサークらしくない。

「合意って、何の……」

話ですか？　と続けようとして、私ははっとした。イサークは話を聞いたと言っていた。扉の外でエイノとの会話を立ち聞きしていたのではないだろうか。食堂での私とエイノの会話といえば、夜間の仕事についてだ。原因を突き止めた私は、その安心感から、イサークの肩に手を置いた。

「イサーク、誤解ですよ。エイノさんはちゃんと報酬を払ってくれています」

イサークは私がただ働きでこき使われていると思ったのだろう。それにしてもちょっと怒りすぎじゃないか？

「サ、カキ……」

誤解を正せたはずなのに、イサークの顔は目に見えて青ざめた。名前をつぶやいたかと思うと私を胸にかき抱く。容赦《ようしゃ》のない力に息が詰まった。

「イ、サーク、苦し」

「こんな事になると分かっていたら、いっその事、俺が！」

イサークが？

「俺が……お前を……」

イサークが言葉を続けようと唇を動かしかけた時、突然部屋の扉が開いた。もしやエイノが追いかけて来たのかと顔を向けると、なまくら近衛《このえ》のユハが、トイレの芳香剤のような清涼感たっぷりの笑みを浮かべて立っていた。

「失礼、ノックはしたんだけれどね」

ユハの声に振り返ったイサークは、剣をとろうと床をまさぐる。だが剣は先ほど私が遠ざけたため届かない。その隙に、ユハは素早くイサークに近寄ると、背後から腕を絡めて首を締め上げた。仮にも王子に、いいのか、そんなことを して。

「離せ！　ぶ……れい……もの」

「サカキちゃんは、ここにいてくれ」

がっちりと首を押さえ込んだまま、ユハは暴れるイサークを引きずっていく。時折宙に浮く足に、呼吸はできているのかと心配になった。

部屋の隅へたどり着くと、ユハはイサークの耳元に顔を近づけた。切れ切れに聞こえる声は小さすぎて何を言っているのか分からない。呆然と二人を見つめていると、宙吊りになってなお抵抗を続けていたイサークが、ピタリと動きを止めた。力を漲《みなぎ》らせ強張っていた体が見る間に緊張を解く。次いで顔を真っ赤に染め、一瞬私を見たかと思うと、すごい勢いで顔を背けた。

ユハが腕を解くと、イサークは私の脇をすり抜け、落ちていた剣を手に取った。それから重い足取りで扉へと向かい、険しいがどこか疲れた表情でユハを振り返る。

「エイノに詫びに行く。ユハ・サリオラ、二度と戻れぬ僻地《へきち》に送られたくなければ、余計な事は喋《しゃべ》るな」

　王太子の地位を活用した脅し文句に、ユハは「はっ」と畏《かしこ》まって答えた。廊下を行くイサークの足音が遠ざかったのを確認してから、私はユハを見た。

「どういうことですか？」

「ひどいな。殿下の言葉を聞いていただろう？」と苦笑するユハに、冷たい視線を送る。

「ひどいのはどちらですか。柱のうしろで高みの見物と洒落《しゃれ》込んでいたくせに」

「人聞きが悪いな。事態を把握しようと、様子を窺《うかが》っていたんだよ。何せ相手は殿下だ。下手な対応ができないのは分かってくれるだろう？」

　ものは言いようだ。つまり自分にとって都合が悪ければ、そのままとんずらしていたかもしれないという事ではないのか。じと目で見つめていると、「それに」とユハは爽やかに笑って続けた。

「殿下の弱みを握っておくのは、俺のようなしがない近衛《このえ》にとっては魅力的なことだと思わないかい？」

　その微笑と言葉の内容が清々《すがすが》しいほどに合っていない。

「野心家なんですね」

「貴族とは名ばかりの貧しい家の生まれでね、自然と上昇志向が強くなっただけだよ」

ユハはしゃあしゃあと受け流す。

「イサークに告げ口などしませんよ。ユハさんが親切に説明して下さったら」

しなかったら、柱の陰に隠れて、踏み込むタイミングを見計らっていたと吹き込んでやる。言葉にしなかった意図を的確に読んでユハは苦笑する。

「参ったね。サカキちゃんには敵《かな》わないな」

お手上げだよと、嘯《うそぶ》いてユハは腕を組んだ。壁に背を預け、彼は私を見る。

「エイノから、殿下がお怒りになられた直前の会話を聞いたよ。殿下は、エイノとサカキちゃんが、ただならぬ関係にあると思われたんだろうね。それで、嫉妬に狂った。まったく、お可愛らしい話じゃないか」

そう言うとユハは口元に拳を当てて、くっくっと笑い出した。

は？　私はぽかんと口を開けた。言いたい事は分かった。イサークの気持ちも理解した。だけど、何だってそんな結論に結びつくんだ。確かに「寝台」、「毎晩」、「腰」、「無理強い」、などという紛らわしいキーワードが会話の中に紛れていたかもしれないが、何故そっち方面を想像する。私は頭を抱えたくなった。恋する青少年を侮《あなど》っていた。

ひとしきり思い出し笑いすると、ユハは壁から背を離す。

「さて、そろそろ食堂に戻ろうか。あちらの話も済んだだろう」

戻ってみれば、食堂の中は静まり返っていた。変わらぬ様子で書類に目を通すエイノと、青い顔で肩を落とすイサーク。イサークは私の顔を見ると、瞬時に頬を赤く染めた。そして口を開きかけたかと思えば、唇を噛み視線を外す。

慌てふためくイサークは、やはり可愛かった。

「イサーク、すみませんでした。無理やり仕事をさせられていると勘違いさせたみたいで。でも、私の意志でもありますから、心配しないでくださいね」

そういう事にしておこう。私の言葉にイサークは顔を上げて無理矢理作った笑みで応えた。

「え。いや、そう、そうだったのか。悪かったな、俺の思い違いで要《い》らぬ真似をして」

「いいえ、心配して頂いてありがとうございます」

これで丸く収まる。気まずい空気を一掃できたと思った。ところがそうは問屋が卸さなかった。イサークは思い出したように眉をひそめて私を見た。

「だがサカキ、よかったのか？　男の部屋には入れないと言っていただろう？」

忘れていた。言いましたね。確かに言いました。言いましたとも。なんて事を言ったんだ。どうするよ。

人間焦ると碌《ろく》な言い訳を思いつかない。苦し紛れに思わず放った一言は——

「そのっ、エイノさんは、もうおじさんだから！」

だった。もうちょっとマシな事を言えなかったのか、私よ。おじさんだから何だっていうんだ。自分の馬鹿さ加減にげんなりしていると、パサリと乾いた軽い音が聞こえた。見ればエイノが床に落としたらしい書類に何気ない仕草で手を伸ばしている。能面を保ってはいるが、その姿には哀愁《あいしゅう》が滲《にじ》んでいた。どうやら年齢の話には敏感な年頃だったらしい……

第五章

世の中、そこへ至る過程が分からなくて、結果的に自分が置かれてしまった状況の理解に苦しむのは間々ある事だ。しかし今回のこの状態は彼が何を思いこうなったかが手に取るように分かった。けれどあえて言わせてほしい。どうしてこうなったんだ、と。

窓から吹き込む風は花の香りを存分に含み、少し気温の高い室内を冷ますと同時に心を安らげてくれる。雲ひとつない空に昇った太陽はまだ頂上には辿《たど》り着いておらず、これからの室温の上昇を予想させた。

もう少し窓を開けたほうがいいかな。私は椅子から立ち上がると窓辺へと近寄った。背後で同じく席を立った人物が、こちらへと近づいてくる足音が聞こえる。私のうしろに寄り添うようにして立ったその人物は、私より先に長い腕を伸ばす。そして窓を開錠し、片手で軽々と開けた。シルヴァンティエの窓は重い。ガラスが分厚いせいか建て付けの問題なのかは知らないが、私ならば両手で、なおかつ体重をのせて踏ん張って、やっと引けるほどだ。その窓を片手でいとも簡単に開けると、彼は私の背後に佇《たたず》む。

「ありがとうございます。イサーク」

距離の無さに振り向く事も憚《はばか》られ、前を向いたままの礼になってしまった。近い。近過ぎるぞ。背後霊じゃないんだから……。吐息が頭にかかる。首を傾けて様子を窺《うかが》うと、イサークは目を細めてどこかうっとりとしていた。また、気持ちいいとか言い出すんじゃないだろうな。

「いや、いい風だな」

私の視線に気付き、ようやく横へと立ち位置をずらすと、イサークは髪を乱す風をいとおしむように目を閉じた。細く柔らかな金色の毛が風に遊び、もつれ合う。玉になったら解くのが大変そうだ。

「教師のかたはまだですかね」

「ああ、間もなく来るだろう」

今、私達がいるのは西の庭園近くにある部屋だ。私はここで、イサークと共に授業を受ける事になっていた。安全面の確保が難しく、通えなくなった学院とかいう所で受けていた一般教養を、新しく教師を雇い城内で教わる事になったらしい。それに私も強制的に参加させられてしまったのだ。

分かるよ。ユハが私にちょっかいを出すのを阻止したかったんだよね。それから誤解だと分かっても、エイノとばかり時間を過ごしているのが面白くなかったんだよね。その気持ちはよく分かる。恋に恋する年頃だ。少しでも相手の近くにいたいと思うよね。——だからって、どうして十歳も年下の少年と一緒に、今さら授業を受けなければいけないのかな？　こちとら脳の機能も衰え始めて久しい身だ。今から何も知らないこちらの世界の歴史や地理や作法や諸々を詰め込もうったって限界がある。それに、一般常識的な事まで知らないことが知れるとボロが出るでしょうが。三日に二日の授業は、午前中だけとはいえ気が重い。独占欲というよりは保護欲に近いのではないかと思うイサークの行動に、痛む頭を押さえた。

「申し訳ありません。遅くなりました」

慌《あわただ》しい足音と共にノックもなしに部屋へ入ってきたその人は、入り口の段差につまずき転んだ。手に教材を持っているためか単にどん臭いのか——恐らく後者のような気がするが——見事に顔面から着地する。

あまりな登場の仕方に呆気に取られる私の横でイサークがため息を零した。ひょっとしていつもこうなのだろうか。

「すすす、すみませんっ。遅れた上に醜態を曝《さら》してしまって。ほ、本当に申しわけありません。ああっ眼鏡がないっ。すみません、すみません」

転んだ弾みで飛んでいった眼鏡を探しながら、その人は忙《せわ》しなく謝り続ける。四方に手を伸ばし、ようやくお目当ての物を掴むと、すっくと立ち上がった。そうしてすました素振りで、眼鏡をかけ、軽く握った拳を口元に、コホンと喉を鳴らす。

どれだけ取り繕《つくろ》っても、もう遅いと思う。

「殿下、遅くなりまして申し訳ありません。早速授業を始めさせて頂きます。あれっ？ああっ！　そ、そういえば今日からでしたね」

ようやく私が視界に入ったらしい。パタパタと足音を立てて私の前にやってくると、眼鏡の男は笑みを浮かべて手を出した。つられて右手を差し出すと、握手をした手を軽く上下に振られる。

「はっ、はじめまして、僕はレーヴィ・カヤン。サカキさん……ですね？　殿下からお話は伺っております」

「榊恵子です。よろしくお願いします」

名乗りながら、私は彼から目が離せなくなっていた。耳の下で一つにまとめた、肩ほどまでの髪は茶色。眼鏡の奥で優しく弧を描く瞳は薄い青。年の頃は二十代前半だろうか。控えめな笑顔に少しおどおどした喋《しゃべ》り口調。乾いた手はヒヤリと冷たく心地よい。握られた手が離れていくのが哀しくて、小さくため息を零した。

レーヴィ・カヤン、彼を表す言葉はずばり「普通」。美しくも醜くも無いありふれた顔立ちに、ありふれた声音。街中《まちなか》ですれ違っても気付かないだろう存在感の薄さ。善人で臆病そうな性格。即ち――超好みだった。長身のイサークやエイノ、ユハやその他兵士と違い、私には丁度いい背丈で顔を見るのに首も疲れないし、教師という危険や策謀とは無縁の平穏な職もいい。少々そそっかしい所があるようだが、まだ若いしきっとこれから落ち着くだろう。欲を言えば年上の方が良かったが、彼は結婚するならこんな人、と思い描いていた人物像にすこぶる近かった。

恵子・カヤン。うん。いい。見事探しモノを見つけ出した暁《あかつき》にはレーヴィをお持ち帰りできないだろうか。彼は文化の違いに戸惑うだろうが、全力でカバーする。

『サカキさん！　危ない！　物凄い速さで得体のしれないものが動いています。ここは危険です！』

『大丈夫ですよ。あれは自動車といって人を運ぶ乗物なんです』

『そうなんですか……。すみません、サカキさんに危険が及ぶかもしれないと焦ってしまって』

うへへ、いい。……いや、いいか？　冷静に考えるとかなり面倒かもしれない。私は自分の正気を疑った。そもそも彼を日本へ連れて行くなど自分勝手にもほどがある。我に返ると阿呆な妄想を自覚して頬に熱が上がる。近頃接するのが、灰汁《あく》の強い面々ばかりできっと疲れていたんだ。思わず夢想せずにはおれぬほど好みな、普通の青年レーヴィ。けれど、ユハの例もある。一見いい人そうでも騙《だま》されてはいけない。でも、もしも、第一印象通りの人物なら、探しモノ探索が長引いてしまった場合の保険も兼ねて、是非ともお近づきにならねば。

「おい。サカキ。サカキー？」

密かに決意を固める私に、イサークが心配そうに声をかけた。

レーヴィは見た目通りの人物だった。優しく小心でどこか抜けている。鮮烈な緑の瞳も、心を揺さぶる激情も、深く艶《つや》やかな声もない。身構えず、罪悪感を覚えず、意識もせず、レーヴィと接する時は、いつも気を抜く事ができた。他人に言わせれば私のこの感情は恋ではないかもしれない。けれど私にはこのぐらいの気持ちがちょうど良い。身を焦がす恋より、穏やかな日常。ビバ平凡！

「西にリザラス、東にザナルデッリ、北にキュイ、南にツィメン。この四国が主にシルヴァンティエと国境を接している国だね。今現在はどの国とも友好関係を保っているが、十数年前まではキュイとの紛争が度々あったんだ。そのほとんどは小競り合い程度で収まっていたようだけれど。——今この国にとって一番重要なのは南のツィメン。四国の中では最も小さな国だけれどさらに南のジャスラという国でとれる良質の鉱石を加工する技術が確立されていて豊かな国だ。ちなみにジャスラの南にはドレシャー山脈があって、それを越えると騎士の国として名高いバジェドールがある。バジェドールの鬼神の話を聞いた事はない？　不敗の騎士団を率いる一騎当千の猛者《もさ》で、黒鬼と呼ばれる事もある。剣の道を志《こころざ》す者には生ける伝説とも言える存在なんだ。実は僕も昔憧れた時があってね……」

昼前の暖かな光の降り注《そそ》ぐ部屋の中、机を挟んだ向かいの席で、レーヴィは穏やかな声で話す。その声を聞いていると――眠くなる。それはもう猛烈に。緊張を強いられない相手ってなんて素敵なんだろう。私はあくびをかみ殺し、うっとりとレーヴィを見つめた。野暮ったい服に冴《さ》えない眼鏡が良く似合う。適当にひっつめただけの髪が母性本能をくすぐる。

イサークは公務のために退席し、今はレーヴィと二人だけの言わば居残り授業中だった。この時間は貴重な勝負時だ。さり気なくレーヴィの身の上を聞き出し、己をアピールする。レーヴィを兄のように慕っている素振りをし、情を得ようと私は目論《もくろ》んでいた。

この数日で得た情報によると、レーヴィは二十二歳。独り身で恋人もいない、地方出身の貧乏男爵家の三男坊で、貴族の子弟の家庭教師をしていたところ、今回イサークの教師にと白羽の矢が立ったらしい。思わぬ大抜擢に本人も周囲の人々も驚嘆《きょうたん》したというが、野心の欠片《かけら》も持たぬ質朴《しつぼく》なレーヴィの人柄が買われたのだろう。しかし臨時のため、イサークが学院に戻る時には御役御免になるそうだ。限られた時間の中でレーヴィの心を掴むのは至難の業《わざ》だが、この際同情でも何でもいい。レーヴィが城を去るその時になっても探しモノを見つける手立てが掴めなければ、どうにかして私も連れて行ってもらえないだろうか。楽しそうにバジェドールの騎士について話すレーヴィに相槌をうちながら、私は考えをめぐらせていた。

「あ、あれ。すみません、話が逸れましたね。今日はこのぐらいにしておきましょうか。お腹もすいたし」

話に熱中してしまった照れ臭さを隠すように頭を掻きながら、レーヴィは授業の終了を告げた。

「ありがとうございました」

「それじゃあ、また明日。よろしくお願いします」

身元のはっきりしない私にもレーヴィは腰が低い。教材をまとめ、深々と礼を取る謙虚さがまたいい。私は部屋を後にしようとするレーヴィを追いかけた。

「レーヴィさん。お昼ご飯一緒に食べませんか?」

呼び止められて、驚きに眉を上げたレーヴィの表情が、優しい笑顔に変わる。「いいですよ」の一言を期待してレーヴィを見つめる私の耳に飛び込んできたのは、やけに甲高い声だった。

「サカキ様! エイノ様がお話があるそうですわ。急ぎ屋敷に戻られませんと」

どこから湧いて出た、トゥーリ!

突然のトゥーリの出現に、私はまたかとため息をついた。何故かレーヴィに近づこうとすると、いつも邪魔が入るのだ。庭園を散策するレーヴィに気付いて声をかけようとすれば、薄曇りなのにもかかわらず、「雨が降りそうですね。傘をご用意しますのでお待ちください」とアイラに待ったをかけられたり、授業後に談笑していると、マリヤッタが掃除にやって来て、丁寧な物腰で部屋を追い出されたり……

「残念ですね。また今度ご一緒しましょう」

人のよい笑みを浮かべて去っていくレーヴィを、私は涙を呑んで見送った。エイノめ。くだらん話だったら覚えていろよ。


「今宵は城詰めとなり帰れぬ。分かっておるだろうが、夜間の外出は控えよ」

昼食をとりつつ書類に目を通していたエイノは顔を上げるなりそう告げた。

「えーと、用件はそれだけですか？」

急いで戻ったため息が切れていた私は、肩でぜいぜいと息をしながら確認する。どこが急ぎの用件なんだ。誰かに伝えてくれたら済む話じゃないか。私の不機嫌さが伝わったのだろうか、エイノは眉をひそめた。

「そうだ。そう急ぎ戻らずとも良かったが？　トゥーリには言伝《ことづて》を頼んだはずだ」

とぅ～～～～り～～～～～～。お前の仕業《しわざ》か。いつもの天然なのか？　それともわざと？　どうもトゥーリ達侍女三人衆はレーヴィを快《こころよ》く思っていない節がある。

「屋敷の前には兵が立つが、リクハルドは不在になる。施錠を怠《おこた》るな」

「分かりました」

言われなくても分かっている。子供じゃないんだから。ばれないようにこっそりと吐いたため息は思いのほか大きく響き、エイノは書類に戻しかけた視線を私に向けた。訝《いぶか》しげなその目に、何を言われるかと身構える。けれど茶色い瞳は直ぐに書類に戻り、さらりと落ちた髪が涼やかな横顔を隠した。

我ながら礼を失した態度だった。子供だと思っているのだから、当然の心配だろう。完全に八つ当たりだ。詫びようかと口を開きかけたが、顔を覆《おお》う金茶の髪が、無関心という拒絶を表している気がして、私は何も言わず部屋を出た。


風呂上がりは冷たいサルミに限る。湿った髪が夜着を濡らさぬよう肩にタオルをかけ、風呂場から自室までの廊下をサルミを飲みながら歩く。実はこれ、炊事場で失敬したものである。今夜はエイノは帰らないし、トゥーリやリクハルドも私の入浴と同時に帰った。今、私はこの広い屋敷に独りきりだ。屋敷が広すぎて少し寂しい気もするが、元々が気ままな一人暮らしの身。久々に味わう気楽さに自然と口元が綻《ほころ》ぶ。タオルで髪を拭きつつサルミをちびちびとやりながら、自分の部屋へ向かった。

部屋の扉を開けると、夜気を含んだ風が濡れた髪に冷やりとまとわりついた。外気に晒《さら》された部屋に疑問を抱く前に佇《たたず》む人物が目に入る。

月明かりに淡く映し出される、緩いカーブを描く金の髪。日の光の下では明るく澄んでいる青い瞳が、おぼろげな光しか届かぬ今は深く陰りを帯びて見えた。灯りも点けずにイサークは部屋の中に立っていた。扉が開いた事に気付いているはずなのに、その目はぼんやりと遠くを眺めている。

「イサーク」

部屋に入り手近な台にサルミの入ったカップを置いて声をかけると、イサークは今やっと気付いたというように、ゆっくりとこちらを見た。

どうしているんだ。こんな時間に人の部屋に。しかも金魚の糞《近衛》がいない。部屋を訪れた訳を問おうとして、おかしな事実に気付いた。

「どうやって入ったんですか?」

私は夜風に吹かれて揺れるカーテンを見て立ち竦《すく》んだ。白い窓枠にわずかに土が付着している。風呂へ行く前にしっかりと施錠してあるのを確認したはずなのに、どうやって開けたのだろう。

「そんなこと、どうだっていいだろう」

いや、良くないだろう。イサークの声は心なしか掠《かす》れている。近づくべきか、遠ざかるべきか、迷っていると、イサークは緩慢に口を開いた。

「あいつの、どこに惹かれた？」

ぎくりとして体が強張る。「あいつ」とはレーヴィの事だろうか。私は咄嗟《とっさ》に目を逸らす。イサークの前では気をつけていたのに、いつの間に気付かれた？　今朝、顔を合わせた時はイサークに変わりは見られなかった。誰かがチクったのだろうか。だが、何のために……

「あの男が好きなんだろう？」

イサークのまとう気怠《けだる》く艶《つや》めいた空気が部屋を満たしていくようで息苦しい。薄い月の明かりが心を惑わすように思えて、卓に置かれたランタンに手を伸ばした。

「何の話ですか？」

すげない口調ではぐらかすが心臓は早鐘を打っていた。早く、点け。

「サリの術」

ぽつりと零された言葉に、手が滑る。ランタンが卓の上で乾いた音を立てた。

「王家の血は特別でな……サカキは知らんだろうが、神官長たるエイノが十日を過ぎれば継続の難しい術も、俺なら一月でも一年でもかけ続けられる」

言いながら悠然と広い歩幅で歩くイサークは、あっという間に私との距離を詰めた。伸ばされた右手が濡れた髪を潜り首筋に触れる。私は肩を震わせた。声が出なかった。ただ喉が引きつり体が震える。まさかイサークは私に術をかけて行動を監視していたのだろうか。だからレーヴィの事も知っていると言いたいのか。

イサークは、街でエイノに掛けられたサリの術を解除した時と同じように、首のうしろを撫でた。――何を!? 反射的にその手を叩き落とそうとするが叶わない。少年とはいえ大柄で完成されつつある肉体の持ち主であるイサークの腕は、私の力でどうにかできるものではなかった。

私は、私を見下ろす瞳を、力を込めて見つめ返した。イサークに抱いた怯《おび》えを気取られぬように。彼が間違わぬように。

「くっ、そんな顔をするな。術などかけておらん。俺には力はあっても制御がきかんのだ。おかげで王の役目たる術もほとんど使えん」

こんなに歪んだ苦しげな顔をして笑う少年だっただろうか。何が彼を追い詰めた?

イサークは首筋から手を抜くと濡れた髪を一筋摘む。

「冷たいな。風邪をひくぞ」

誰のせいだと思っているんだ。手の中の髪を弄《もてあそ》びながら、イサークは震えるほど色気を含んだ掠《かす》れ声でささやいた。

「閉じ込めてやろうか。俺以外の人間に会えぬように」

脱皮中のワンコは、いつの間にか、サド気質の狼に進化していた。冗談じゃない。王子という立場だけでも厄介だというのに。こちとらMっ気は皆無なんだ。

「戯《ざ》れ言《ごと》だ」

目を見開いた私の顔を見て、イサークは噴き出した。太く長い指に巻きつけられていた髪が解け、イサークは顔を手で覆《おお》って笑い出す。

「今の顔……俺が本気でそんな事をすると思ったのか?」

あっけらかんとした軽やかな笑い声を聞く限り悪ふざけに聞こえるが、果たして本当にそうだろうか?

「からかわないで下さいよ」

私は卓の上に落としたランタンを手に取ると、今度こそ、しっかりと火を灯した。すると、灯りから逃げるようにイサークは窓辺へと向かう。そして風に舞うカーテンを押しやり、窓枠に腰と片足をかけて、私ではなく扉へと顔を向けた。

「案じずとももう戻る」

続けて私を見ると、「邪魔したな」と一言告げて、イサークは窓の外へと身を翻《ひるがえ》した。月明かりに照らされた背中が暗闇に溶け込むのを見届けてから、私は扉に向かいノブを回した。冷たい廊下に、予想通りの顔を見つけて、ほっと息を吐く。

「エイノさん」

と、ユハまで。明かりを掲げ凝然《ぎょうぜん》と立つエイノと、腕を組み壁に背をもたせかけたユハがいた。

「近衛《このえ》共が殿下のお姿が見えぬと探しておったので、よもやと思い戻ってみたが。……来い。熱い飲み物でも淹れよう」

深々と息を吐いたエイノに促され、私は彼の部屋へと向かった。着いてすぐに、エイノはユハと私を残して炊事場へ姿を消してしまう。エイノを待つ間、ユハはソファの上を占領している本を、無造作に拾い上げ腕に積み重ねては、執務机へと乱雑に移動させていた。後でエイノが怒らないだろうか？　と心配になってしまうほどの適当さだ。雪崩《なだれ》が起こりそうで起こらない、絶妙なバランスで積み上げられた本に眉をひそめる。

その時、濡れた髪のせいなのか、くしゃみが出た。ぶるりと身震いする私を見て、ユハが素早く自身の上着の帯を解く。

「そのままでは風邪をひくね。これを着て」

肩にかけられた近衛《このえ》の制服はぶかぶかで、私は袖を通さずに中から襟元を合わせて前を閉じた。

「ありがとうございます」

暖かい。上着からは微《かす》かに男の匂いがした。今日は甘い匂いじゃないんだ。女の存在を感じさせない時もあるのだと、ちらりとユハを見れば長袖のシャツから鎖骨が覗いて……小さな赤い印が見えた。前言撤回だ。お楽しみになるのは結構だが、跡を残す場所は考えるべきだ。

私の視線に気付くと、ユハはわざとらしいほどにゆっくりと目を細め、口角を上げた。途端に漂《ただよ》う致死量の色香に、思わず視線を彷徨《さまよ》わせる。

「男の部屋に入ってはいけないのだったよね。人の部屋とはいえ夜更けに男と二人きり、という状況はいいのかな？」

からかうような声音に、私はむっとした。

「若い男性とはいけないと言われていますが？」

それが、何か？　と、きょとんとして小首を傾《かし》げてみせる。ユハは肩を竦《すく》めて苦笑した。

「言ってくれるね。俺もおじさんの部類に入るのかい？」

ふん、十三歳からしてみれば、起床時に加齢臭のしそうな二十代後半の男などオヤジに決まっている。私は自分の年齢を棚に上げ、赤髪の女たらしを胸中でせせら笑った。

「けれど、青臭い男よりも経験を積んだ男の方が危険を伴う事もあるよ」

ユハは己の首に手を這《は》わせ情交の跡を誇示するように撫でた。緑の瞳に挑発的な色がのせられる。一度、袖にした女の人に刺されてみてはどうだろう。

「歳をとれば、普通は自制が効くようになるもんだと、お祖母様がおっしゃっていましたけど」

お前は効かないのか？　と口だけで微笑むと、「残念ながら、自制心が必要になった経験がないな」とさらりとかわされた。くっそう、腹が立つ。

「堪《こら》えようのない劣情か……。味わってみたいものだね」

精悍《せいかん》な顔立ちが、やけになまめかしく感じる。私は負けてなるものかと、余裕たっぷりの緑の瞳を見つめ返した。

「何をしている」

エロ狸《だぬき》と対峙《たいじ》していると、カップを載せた盆を持ってエイノが戻ってきた。室内を見回して眉間の皺《しわ》が深くなる。エイノはテーブルに盆を置くと、執務机に向かった。やはり本の扱いにご立腹なのだと思いきや、椅子にかけてあったローブを手に戻ってくる。そして無言で私が羽織っていたユハの上着を取ると、それを持ち主に投げ返し、代わりにローブを肩にかけた。

「子供に見せるものではなかろう」

苦々しいエイノの物言いに、ユハは肩を竦《すく》めて笑ってから、上着に袖を通した。

エイノによってもたらされた休戦と、柔らかいローブの肌触りにほっとして、私はカップに口をつけた。

冷えた体に熱いサルミが沁みる。プライドが高く人に無関心そうでありながら、エイノは意外と家庭的だ。つくづくよく分からない人だと思う。

「厄介な事だ。もう少しご自分の立場を心得ておられるかと思ったが」

琥珀《こはくいろ》色の液体——おそらく酒だろう——の入ったグラスを傾けていた手を止めて、唐突に口火を切ったエイノは浅くため息を吐いた。ため息を吐くと幸せが逃げるという話が本当なら、彼の幸福ゲージはゼロだろう。

「何かあったんですか？」

「妃候補を定めるよう強く進言されておられる。近く大礼がある故な」

「大礼？」

「四年に一度行われる儀で、聖獣に国の繁栄を祈願するのだ。その際に聖獣の世話役となる女性達の中から正室を迎えるのが慣例となっておる」

魔法に魔物ときて、お次は聖獣ですか……私は黙ってサルミに口をつけた。

「殿下はじきに十六歳になられるゆえ、皆、此度《こたび》の儀に目を血走らせておる。それに辟《へき》易《えき》されていることは分かっていたが、このような行動に出られるとはな」

結婚相手を絞るように迫られて煮詰まり、思い余って不法侵入か。

「俺はいい傾向だと思うけどね」

呆れを滲《にじ》ませたエイノに、ユハが口を開いた。ユハの口からイサークを庇《かば》う言葉が出るとは驚きだ。

「殿下は今まで欲が無さ過ぎたのさ。強すぎる力のせいで歴代の王のように術を行使できない劣等感の裏返しだろうがね。以前の殿下なら、周囲の推すがままの相手をお迎えになっただろう。だが今は違う。サカキちゃんを手に入れたいともがいておられるんだ。随分と面白みのあるお方になったじゃないか」

「理解できぬな。妃はうしろ盾のある者を選ぶべきであろう。その地位にないものを強引に取り立てても軋轢《あつれき》を生むだけだ」

「バリス侯辺りの養女に入ればうしろ盾もつくし、不可能ではないさ。殿下がそれを望んで諸侯を説きふせられれば、だがね」

「だが、殿下はまだ十五歳だ。心が変わらぬわけがない。若さゆえの盲目的な想いに囚われてそれが分かっておられぬ。ツィメンとの縁談、大変結構ではないか。お二人の縁談がまとまればシールエンの輸入も容易《たやす》くなるというもの。お前も使者団を見たであろう。向こうも焦《じ》れておるぞ」

二人の言葉に眩暈《めまい》がした。私の意志は関係無いのか。付き合っていられない。討論を続けるエイノとユハに就寝の挨拶をすると、私はさっさと自室へと戻った。

眠い。昨晩の騒動のおかげで寝不足だ。エイノとユハに見切りをつけて早々に引き上げたものの、イサークのことが気になって寝付けなかった。目を閉じると、あの苦しげで艶《つや》やかな掠《かす》れ声が延々とリピートし、なけなしの良心を苛《さいな》んだ。友人のように、弟のように思っていたいのに、イサークはそれを許してはくれないようだ。私は悶々《もんもん》と夜を過ごし、明け方にわずかな睡眠を得て、重い頭を引きずるように目覚めた。レーヴィに会いたかった。会って人畜無害な笑顔が見たい。胸を締め付けられるような激情をぶつけられることのない、穏やかな時間の中に身をおきたかった。

冷たい水で顔を洗うと、ほんの少し気分が上向いた気がするが、膝丈の衣服に袖を通し、朝食の席に着く頃にはまた滅入り始める。一時間もすればレーヴィに会える。気の抜ける優しい声が聞ける。だけど……

「よお、サカキ」

「おはようございます。イサーク」

もれなく悩みの種であるイサークもついてくるのだ。イサークのための教師なのだから当たり前だが。

「今日もいい天気だな。暑くなりそうだ。風を入れるか」

窓を開けると、イサークは鬱陶《うっとう》しそうに襟元のボタンを外し、整えられた髪を手櫛で乱す。彼はいつもと変わりなく見えた。人懐《ひとなつ》こいワンコのような明るい笑顔に飾りのない態度。昨晩の言葉は、本当に冗談だったのだと思えるような屈託の無い様子に、私は大いにほっとした。

きっと昨日は周りの人間にお嫁さんの事で責められて参ってしまっていたのだ。大人びた立派ななりをしていてもやはり中身は十五歳、不安定な時期なのだろう。よしよしお姉さんは若気の至りをいつまでも気にするような尻の穴の小さい人間じゃないぞ。胸のつかえが下りると、途端に前向きになる。人とは現金なものだ。私は晴れやかな気分でイサークと談笑しつつ、レーヴィを待った。

今日も彼は息を切らしてかけて来た。ずり落ちた眼鏡を左手で直し、乱れた服装を整えると教材を広げ始める。その様子を緩みそうになる口元を引き締めて見守っていると、ふいに頬に触れるものがあった。硬い皮膚を持つ大きな手が頬をなで、導かれるように視線をあげた先には目を細めたイサークの顔。

「昨晩は悪かったな。風邪をひかなくてよかった」

――へ？

「髪はちゃんと乾かして寝たか？」

――は？

頬の手が耳の横を通り髪をすく。甘い花の香りを含んだ風がイサークの指に絡んだ髪をほどいた。

「濡れた髪も美しかったが、風になびく様《さま》もまた美しいな」

――ええ!?

なになになになに？　誰？　誰だこれ？　イサークだよね？　ワンコだよね？　そりゃたまに狼になるが、こんな事をさらっと、しかも人前で言うタイプじゃなかっただろ。清々《すがすが》しく晴れた青空に雷の音を聞いた気がする。青天の霹靂《へきれき》ってこういうこと？

愕然として身動き一つできない私に向かって、イサークは追い討ちをかけるように口の端を上げて薄く笑む。その笑顔に含まれた毒に総毛立った。

言葉は甘いし表情も艶《つや》っぽいが、目が、何と言うか怒ってる？　そうだ、彼は怒っているんだ。イサークの気持ちに気付かぬふりをして、曖昧な態度をとり続けている私に。それは正当な怒りだと思う。だが、どこでこんな責め方を覚えたんだろう。

教材の準備に忙しいふりをして、懸命に存在を消す努力をしながらも、ちらちらとこちらを気にしているレーヴィの視線が痛い。ああ、そうか。レーヴィに対する牽制《けんせい》もきっちり入っているのか。

やられた。そっと隣を見れば、イサークが射るような目で笑みを浮かべる。

私は虎の尾ならぬ狼の尾を踏んでしまったのかもしれない。

「はあ」

イサークが退室すると思わず大きなため息が出た。

「お疲れですか？　サカキさん」

「え、ええ」

物凄く気疲れしました。

「今日はこれで終わりにしましょうか。疲れている時は頭に入りませんしね」

そう言って教材を片付け始めるレーヴィを恨めしく思う。イサークとの関係を突っ込んでくれたら、やんわりと否定できるのに。しかし、レーヴィにその気はなさそうだ。

そりゃそうだ。好き好《この》んで王子の恋愛事情に首を突っ込みたがるのは、権力欲に塗《まみ》れた貴族と噂話が大好きな侍女さん達ぐらいだろう。

さて、どうやって巻き返したものか。対策を練りつつ自分の荷物をまとめ終えると、イサークが開けた窓を閉めるために席を立った。今日も本当にいい天気だ。雨が少ないように思うが、水不足にはならないのだろうか。

両手を窓枠にかけて力を込めて引こうとすると、遠くの木の上で何かが光った。日の光を反射したらしい。けどあんなところで何が？　不思議に思って目を凝らした瞬間、背後から「トスッ」という奇妙な音が聞こえた。

えーと。今のって。何？

振り返ると机に置かれた本の上に、長い一本の棒が突き刺さっていた。これは、あれだな。正月によく神社で見かけるやつ。それの実用的なもの。つまり、矢。それが窓の外から私のすぐ横を通って背後の本に刺さったわけで……

「伏せて！」

思考が追いつくより先に声が飛んだかと思うと、机を飛び越えたレーヴィに腕を捕まれ床に引きずり倒される。レーヴィの指が腕に食い込んだ。痛みに思わず身じろぐと肩と肘で強引に頭を押さえつけられる。額をついた胸は規則正しい鼓動を刻んでいて、いつもより低い落ち着いた声が聞こえた。

「大丈夫。じっとして」

これって、いわゆる初スキンシップ!? やったー……と思える超ポジティブ思考になりたい。これって、いわゆる暗殺未遂ってやつですか!? 自覚した途端全身に嫌な汗が噴き出し心臓が猛スピードで早鐘を打つ。

部屋の隅に立っていたためか、レーヴィに遅れをとったランデル隊長が、私達を背に庇《かば》うように窓側に立ち、外にいるだろうロニ先輩に向かって声を張り上げた。一気に室外が慌《あわただ》しくなるのが分かった。この世界に来たあの夜のように重い金属音が響き緊迫した声が飛び交う。

私はレーヴィの腕の中で襲い来る恐怖に耐えていた。ほんの少し立っていた位置がずれていたら。そう思うと頭にすべての血が集まったかのように熱が上がり、痛みを覚えた。反対に体は冷え切って、肩が震える。レーヴィはそんな私の腕を痛いまでの力で掴み、覆《おお》いかぶさるように抱え込んだまま微動だにしない。

目を瞑《つむ》ると気を失ってしまうだろう。だから目を開けていた。何も見たくはなかったけれど、暗闇に囚われている内に事が進んでしまうのが怖かったから。

やがて腕を掴む力が弱まっていき、気付けば周囲を大勢の兵が取り囲んでいた。その兵士達の間から、紺色の衣服に身を包んだ人物が現れ、膝をついて私と顔を合わせる。ユハだった。表面上は笑顔だが、目つきは鋭い。彼はゆっくりとした口調で問いかけた。

「怪我は？」

頭を振って答える私に、彼は「良かった」と息を吐く。そして傍らのレーヴィに目礼すると、腕を伸ばして私を抱き上げた。ああ、これもあの夜と同じだ。ユハは終止笑みを崩さず、まるで壊れ物を扱うように私を腕に抱き歩いた。しかし、全身から発せられる興奮と威圧感が、触れ合った体から突き刺すように伝わる。固い胸板、太い腕、乱れぬ呼吸。緑の瞳は苛烈で冷徹な光を宿らせ、時折向けられる視線に私は怯《おび》えた。守られている相手にさえ恐怖を感じるのは、命の危険に晒《さら》されたショック故か、それとも単純にユハという男に対して抱いているものなのか、判別がつかなかった。

抱きかかえられたまま、私は城の中の一室に運ばれた。北側にカーテンの閉め切られた窓が一つあるだけの、小さな部屋だった。殺風景な部屋の中を見回していると、角に置かれたベッドに降ろされる。ユハはベッドに腰掛けた私の前に屈《かが》み込むと、靴に手をかけた。

このオヤジ、何をするんだ！　慌てて足を引っ込めようとする私の足首を素早く掴むとユハは難なく靴を脱がせる。その手際の鮮やかさに呆れた。女の靴を脱がすのが手馴れているってどういうこと。ユハはもう片方の靴も脱がせると、膝をついたまま私を見上げた。

「少し横になったほうがいいよ。すぐに侍女がやってくるからね。目を閉じて、休んで」

拒否を許さぬ優しい口調に馬鹿みたいに素直に頷《うなず》いた。女たらしの優男《やさおとこ》の仮面から獰《どう》猛《もう》な本性が透けて見えるようで怖かった。

「いい子だね」

髪を撫でるとユハは立ち上がる。部屋を出て行くのかと思いきや、窓辺に歩み寄り、窓の横の壁に背を付けて、カーテンの隙間に指を差し入れた。薄く開いた隙間から、外を窺《うかが》うユハの視線は地獄の針山も恥じ入りそうなほど鋭い。

部屋の西に設けられた扉の前にはランデル隊長が立っていた。ロニ先輩の姿は見えなかったが、恐らくまた廊下側の警備に就いているのだろう。

どれくらいの時間が経ったのだろうか。横になって目を閉じてみたものの、高ぶった神経は一向に静まらず眠れない。

瞼《まぶた》の裏を見つめる事に飽きてうっすらと目を開けてみれば、窓の外に意識を集中しているユハの姿が見える。引き結んだ口元にいつもの笑みはなく、凛《りん》とした姿に、吸い寄せられるように見入ってしまう。広い肩幅が姿勢の良さでさらに強調されて、近衛《このえ》の制服が憎らしいほど似合っていた。何をしても様《さま》になる、できすぎた男だ。ユハに弱みはあるのだろうか？　どれほど向かうところ敵なしに見えても、一つぐらいあるだろう。しかし、思いつかない。可愛げのない男だとふたたび目を閉じようとした時、ふとユハの左手の指が繰り返し動いているのに気が付いた。低い位置で腕を組み、しきりに指を動かしている。その仕草に、ユハの苛立ちを感じた。そういえば、どうしてユハはここにいるのだろう。襲撃者が捕まっていない今、標的ではなくとも城にいる誰もが危険なのではないだろうか。

「ユハさん、エイノさんの護衛に行かなくていいんですか？」

声をかけると、私が起きていると思わなかったのかユハは驚いたように眉を上げた。

「あの、誰か他の方に代わられてはどうですか？」

今のユハにはどこか言葉をかけ辛い。控えめな声で言うとユハは微《かす》かに口元を緩める。

「俺が護衛では不満かな？」

「そういうわけでは……心配なんじゃないですか？　エイノさんの事が」

だから、苛立っているんじゃないのだろうか？

「サカキちゃんは察しがいい子だ。けれど、良すぎるのも考えものだね」

言いながらユハは歩み寄ると、ベッドに腰かけた。ベッドが軋《きし》む音がしてユハの重みで沈む。安定感の悪くなったそこから私が身を起こすのを待ってユハは口を開いた。

「俺はエイノの身の危険を心配しているわけじゃないよ。防御はエイノの十八番《おはこ》だしね」

では何を？

「二度目だからね。城への侵入を許してしまったのは」

私は「あっ」という声を呑み込んだ。城を覆《おお》う訳の分からない術の責任者だというエイノ。何度も侵入者を許しては、信用問題になるだろう。一度目の侵入者として少々罪悪感を覚える。

「結界に穴があるという事になると、サカキちゃん、君も不味《まず》い事になるよ」

「え？」

思いもよらぬ言葉に私は驚き声を上げていた。

「絶対の守りを誇っていた城に突如君が現れた。結界の指揮を執っていたのも、先頭に立って君を庇《かば》ったのもエイノなら、殿下の寵《ちょう》を受けた君の後見についたのもまたエイノだ。そして今度の襲撃――。場合によってはエイノと君の立場はかなり危ういものになるだろう」

「待ってください。狙われたのは私ですよね？　それで何故」

「狙われたのは本当に君かな？　今日は晴天だ。室外のそれも距離のある木の上から暗い部屋の中に立つ人物が誰か、果たして狙撃者には判別できたのだろうか」

まるで私の反応を一瞬たりとも見逃さんとするように、緑の瞳がごく近い距離からじっと見つめていた。急速に口内がカラカラになる。「殿下の御身の周りで、近頃不審な事件が相次いでいるらしい」――篝火《かがりび》に照らされた夜の庭園で聞いた、ロニ先輩の声が頭の中に響いた。

「……イサークが狙われたということですか？」

私は掠《かす》れた声でつぶやいた。

「そういう可能性もあるという事だよ。エイノなら結界に穴を開け城内へ侵入者を招き入れる事ができる。侵入者はまんまと殿下を篭絡《ろうらく》し襲撃の隙をつくり、そこへ第三の仲間が現れて、しかしほんの手違いから標的を違えてしまう」

「ちょっ、ちょっと待ってください！　仲間にイサークと間違われて命を落とすところだったって言うんですか。そんな間抜けな！　そもそも矛盾だらけじゃないですか。その仮説での私の目的は何です？　イサークを害するのが狙いなら、何もこんな逃げ場の無い城内じゃなくて、街にいる時に実行に移していますよ！」

何だそれは。強引にもほどがある。声を荒らげる私にユハは変わらぬ態度で答える。

「分かっているよ。サカキちゃんには他にいくらでも機会があった。けれど、そう思わない人間もたくさんいるんだよ。ここにはね」

私は呆然としてユハを見た。まさか、そんな風に考える頭に豆腐が詰まったような奴らのせいで、拷問《ごうもん》コース行きになるのだろうか。ユハは首を傾《かし》げて、苦笑した。

「エイノは少々複雑な生い立ちでね。立場が磐石《ばんじゃく》とはいえないし、君も知っての通り、他に合わせる事を知らない男だ。快《こころよ》く思っていない者も多い。その者達からしてみれば真実などどうでもいいんだよ。エイノを神官長の座から引きずり下ろせればね」

「そんな……」

呆れて二の句が継げなかった。こんな時まで権力争いか。

「生かしたまま、捕らえられればいいんだが」

そう言ってユハは窓の外へと視線を移す。

その横顔を見て疑問が湧いた。なら、ユハも襲撃者捜索に加わればいいじゃないか。なのに何故ここにいる？　本当は私の事を疑っているのではないのか？　唐突に胃が締め付けられるような不快感に襲われた。気持ち悪い。腹の底から湧き上がる吐き気に似た憤《いきどお》りに、私は唇を噛み俯《うつむ》いた。

「傷がつくよ」

頤《おとがい》に指をかけ私を上向かせると、ユハは噛み締めた下唇にそっと親指を当て、食い込んだ歯から唇を解放する。

「君は、本当に察しがいい……」

悔《くや》しかった。信じてもらえない事が。信用を築きつつあると思っていたのに、こんな事で簡単に崩れていく。私は伏せたくなる目を見開いて精一杯の虚勢をはった。笑みをかたどった唇とは対照的なまったく笑っていない緑の瞳を見つめ返す。どうすれば何を言えば分かってもらえるのだろうか。唇に当たる指から伝わる熱にもどかしさが募る。

――コホンッ。ユハと私の間にあった緊張を破るように咳払いが聞こえた。恐る恐る扉へと視線を向けると、頬を染めて軽蔑しきった目でユハを見つめるランデル隊長が見えた。彼がいる事をすっかり忘れていた。顔から火が出る思いで、私は無言で横になると、布団をかぶって狸寝入《たぬきねい》りを決め込んだ。恥ずかしすぎる。


ベッドの中でもんどりうってまわりたい羞恥《しゅうち》が薄らいだ頃、アイラが水差しとコップを持ってやってきた。気丈なアイラは私に余計な懸念《けねん》を抱かせないため か努めて明るく振舞うが、その行動の端々に隠しようのない動揺や不安が見て取れた。うしろ髪を引かれる様子ながらもユハに促されアイラが部屋を後にすると、また三人だけの静かな時間が訪れる。仕方なく再度ベッドに横たわり、眠れないと分かっていたが目を閉じた。

時間は淡々と流れていった。太陽はすでに西の空の彼方へと姿を移している。暗闇に包まれた部屋に時折差し込む光は、窓の外を通り過ぎる兵士が持った篝火《かがりび》だと、幾度目かに気付いた。ユハは依然として窓辺に張り付いていたが、彼のもとに兵士が訪ねて来ると、その都度代わりの見張りを立てて部屋を去っていく。何ともいえない緊迫感にちっとも気が休まらない。ベッドでごろごろしているだけだというのに疲労が蓄積されていく。そんな中、またノックの音がして顔を上げると、アイラとマリヤッタが湯を張った桶《おけ》とタオル、着替えの服を持って入ってきた。どうやら今夜は屋敷には帰れないらしい。

今日のみならず、もしかしたら当分の間、屋敷には戻れないかもしれないと覚悟していたから、それはいい。それはいいんだけど、体を拭いて着替えるというのに、ユハとランデル隊長に部屋を出る素振りがないのは何故?

訝《いぶか》しんでいると、アイラ達が大きな衝立《ついたて》を持ち込み、並べ始める。

……ああ、そうですか。その陰で着替えろと。いいですけどね。それでも別に。いいんですけど！　その衝立がユハの身長に足りてないってのは問題ありじゃないか？　それともわざとか？　衝立は所詮《しょせん》気休めで、着替え中も監視されろと？　いいっちゃいいよ。別にユハも見たいなんて思っていないだろうし。けど顔をひきつらせて衝立とユハを見比べる私を見て、笑いをかみ殺している奴がたまらなくムカつくんですよ！　お願いだから着替え中の監視はランデル隊長にしてくれ。

ユハを睨み付けていると、彼から丸見えなことに気付いたアイラが、慌ててソファを勧めた。良かった。故意ではなかったらしい。

服を脱ぎ始めると同時に、衝立《ついたて》の向こうから聞こえる押し殺した笑い声が、神経を逆撫でする。怒りを抑え、ため息をつきつつ下着姿になると、アイラが息を呑んだ。その様子にどうしたのかと視線を辿《たど》りギョッとする。腕にくっきり手形がついていたのだ。矢を射られた時に庇《かば》ってくれたレーヴィの手形のようだ。力を入れて押すと、鈍い痛みが走る。普段の様子からは想像がつかないほど冷静に見えたけれど、レーヴィも必死だったのだろう。遅ればせながら気付いたマリヤッタが「まぁ!?」と驚きの声を上げると、ソファが軽く軋《きし》む音が聞こえた。

「どうかしたのかい？」

どうもしないから、こっちに来るな。私は急いで着替えの服を頭からかぶった。こちらが見えないだろうギリギリのラインで止まったユハに、アイラが慌てて説明に向かう。疲れる。まさか一晩中ユハがいるんじゃないだろうな。朝を迎える前に、心労でへばりそうだ。

そのまさかが、どうやら当たりだったらしいと悟るのに、そう時間はかからなかった。アイラ達がいなくなり、ランデル隊長もユハに釘をさすような眼差しを送りつつ、他の兵士に交代したというのに、待てども待てどもユハが去る様子はなかった。ユハの存在が気がかりで、落ち着かない。それでも夜半になって、ようやくうとうとしかけた頃、静かな部屋にノックの音が響いた。また報告の兵士だろうか。安眠妨害もいいところだ。

「私だ」

聞き覚えのある低音の美声に、私はそっと薄目を開けた。安眠妨害の最たる元であるユハが、扉の前に立つ兵士に頷《うなず》いて合図を送ると扉が開かれた。長い裾をさばく衣擦れの音がする。エイノは部屋に入ると、私が眠るベッドを一瞥《いちべつ》し、次いで窓際のユハを見た。

「サカキの様子はどうだ？」

低い声には隠しようの無い疲労が滲《にじ》んでいた。

「落ち着いているよ」

「そうか」

壁から背を離したユハが答えると、エイノは安堵《あんど》ともため息ともつかない息を零した。

近づいて来る足音に私は慌てて目を閉じる。

ベッド脇で足音が止まるとふたたび部屋は静寂に包まれた。すぐ側で自分を見ている人間がいると思うと狸寝入《たぬきねい》りにも熱が入る。呼吸が乱れぬよう気を使いながら、目を閉じていると、「少し外せ」という声が聞こえた。二人分の足音と、扉を開閉する音がしたかと思うと、眉間を柔らかく冷たいものに突《つつ》かれる。

「いい加減目を開けぬか」

ばれていた。うっすらと目を開けると、呆れたような顔をして私を見下ろしているエイノと目が合った。白い手が私の顔近くに伸ばされている。指で突かれたらしい額を大げさにさすり、私は体を起こした。

「お疲れ様です」

決まり悪く思いながら言葉をかけると、返事の代わりにため息が返って来た。

「時折、お前という人間が分からぬようになる」

こっちは、ずっと貴方という人間が分からないけど。

「災難であったな。怪我は無いそうだが……」

労《ねぎら》いの言葉に似合わない冷淡な口調だった。エイノは、少しの逡巡《しゅんじゅん》の後、「腕を見せてみよ」とベッドに腰掛けて手を差し出した。レーヴィの手形を指しているのだとすぐに分かったが、わざわざ見せるほどでもない。たじろいでいると、苛立った仕草で腕をとられ、さっさと袖を捲《まく》られる。赤から紫に変色した腕が月明かりに晒《さら》され、エイノの眉が歪んだ。

「本分ではないゆえ、すべては消せぬやもしれぬが」

言葉の意味が分からず、腕を取り返そうと地味に奮闘していると、エイノは腕を掴んでいるのとは逆の手を、むき出しの肌に伸ばした。エイノの言動に負けない冷たい指先が、そっと肌をなぞる。上から下へ、下から上へと幾度も往復する指がくすぐったくて、私は身を捩《よじ》った。だがエイノに、指を離す素振りは無い。

「……あの？」

頭は大丈夫か？　疲れすぎてどうかしてしまったんじゃないかと、一度目の侵入者としての負い目から心配していると、撫でられていた腕が熱を持ち出した。「は？」と、思わず間の抜けた声が出た。エイノの指先がぼんやりとした光を放っていたのだ。その光が肌を撫でる度に腕に懐炉《かいろ》を押し当てられたような熱が伝わる。

やがて、腕だけではなく体の中から熱が昇ってくるのが分かった。呼吸が速くなる。素肌に触れる空気がやけに冷たく感じられて、私は小さく体を震わせた。

「はっ、エイノさん……あつい」

……んですけど！　大丈夫か、これ!?　何をしてるのか分からないけど、確か本分じゃないとか言ってたよね？　熱の上がる体に怯《おび》え、エイノを見つめる。

目が合うと、茶色い目が微《かす》かに揺れた。感情を覆《おお》い隠していた盾が、外れた気がした。冷たいばかりだった瞳に人間らしい揺らぎが見える。思いがけない反応に眉を寄せると、私の顔の上を彷徨《さまよ》っていた視線が、さっと逸らされた。

「治癒力を高めておるのだ。稀《まれ》に体温の上昇を訴える人間もいる。問題ない」

治癒力？　治療を施しているってことか？

「でも……本当に、もう」

やばいんじゃないですか⁉　こら、大丈夫だっていうなら、こっちを見ろ！　しくじったから目を逸らしているんじゃないのか。

「お願いです。エイノさん」

術に失敗したなら正直に告げてほしい。今なら引き返せるぞ！

「もう、仕舞いだ。喋《しゃべ》るな」

いやいや、喋らなかったら、限界を突破しても伝えられないでしょう。私を茹蛸《ゆでだこ》にする気か。

エイノが苦しげに息を吐く。と、指先から光が消え、同時に熱が去る。ほっとして、エイノの指が添えられていた腕に目を落とす。くっきりと付いていた跡は、幾ら目を凝らしても見えなくなっていた。

「すごい」

私はぽつりとつぶやいた。城を覆う術に光る壁にゴッドハンド、もはや何でもありだ。

感心して、腕に見入っていた私は、ふとここに来た夜にできた手足の傷を思い出した。

こんなに便利な力があるなら、あの時も治してくれたら良かったのでは……

「ありがとうございます」

治療してもらっておきながら、私は釈然としない気持ちで頭を下げた。

「私はしばらく屋敷には戻れぬが、お前は明日の朝には戻ると良い」

エイノは私の服を整えると、腰を上げる。その息が少し上がっている。

「ただし、襲撃者が捕まるまでは屋敷から出るな。危険を避けるためだ。よいな」

つまり、軟禁か。私は本来の肌の色を取り戻した腕を握り締めた。胸の中に濁った灰色の煙が充満していくようだった。心の隅にエイノは信じてくれているなどという甘い考えがあったのかもしれない。ユハに疑われていると知った時に感じたような憤《いきどお》りは、もう無かった。冷たい澱《おり》が心を覆っていく。ここに頼れる人間はいない。

「分かりました」

返答を聞くとエイノは念を押すように頷《うなず》き、「それから」と言って私を見た。

「術の影響で疲労を感じるだろうが、二、三日も経てば治まるであろう」

なんだと。私はぽかんと口を開けてエイノを見た。数日で消えるだろう腕の痣《あざ》と、二、三日続く疲労感。どっちが良いとは言えないけれど、せめてインフォームド・コンセントを心がけて頂きたい。

白い神官服が遠ざかり、扉の向こうへと消えていく。

私は腕をさすりながらベッドに潜り込んだ。

翌日の早朝、私はエイノの屋敷に戻された。自室の扉を開けると、飛び込むようにしてベッドに横になる。エイノに言われたとおり、倦怠感《けんたいかん》があり、昨夜の寝不足も手伝って、体調は思わしくない。上掛けをかぶり、うつらうつらとし始めた頃だった。部屋にノックの音が響く。

「サカキ様、おかげんはいかがですか？　朝食をお持ちいたしました」

トゥーリの声だ。食欲はなかったが、せっかく用意してくれたものを断るのも申し訳ない。私は体を起こすと、「どうぞ」と声を掛けた。

大きなトレイを右手一本で軽々と支えて、トゥーリが入ってくる。華奢《きゃしゃ》に見えて、随分と力持ちだ。感心して眺めているとトゥーリは、はっとしてトレイを両手に持ち替えた。

「エイノ様が今日の朝食は、自室に持っていくようにと」

軟禁を指示しておいて、気遣いか。トゥーリの言葉は私を無性に苛立たせた。

靴を履いて、席につこうとした私の前方で、カーテンがふわりと風に揺れる。窓は閉まっていたはずなのに……。しかし部屋に帰ってきてすぐにベッドに直行したから確認したわけではない。疲れていたせいで思い違いをしているのだろう。軽く頭を振って、窓を閉めると、テーブルに向かう。

するとトゥーリが「あら？」と声を上げた。

トゥーリは朝食が載ったトレイをテーブルへ置くと、そこから白い紙切れを拾い上げた。

「これは……」

息を呑むトゥーリの手元を覗き込む。

『貴女の近くに』

流れるような筆遣いで書かれている日本語を見て、頬が引きつる。賢者からのヒントメモだった。

「あーこれは、レーヴィさんの授業で分からないところがあって、今後、会う機会があれば、質問しようと控えておいたんです。私の故郷の文字なんですよ」

見られたのがまだ天然トゥーリだから良かったものの、私の身にもなってほしい。今は探しモノをするどころではないのだから。じっと文字を見つめるトゥーリの手からメモを抜き取り、スカートのポケットにしまった。

重い胃になんとか朝食を詰め込み、トゥーリがトレイを下げると、私は窓辺に立った。カーテンの隙間から外の様子を窺《うかが》うが、無論、そこに賢者の姿はない。ちらりと視線を流しても屋敷の扉の前に二人の兵士の姿が見えるだけだ。

ポケットからメモを取り出す。『貴女の近くに』の主語は当然『探しモノは』だろう。あの賢者《バカ》の頭の中はどうなっているんだ。長く生き過ぎて、脳みそにカビでも生えているんじゃないのか。探しモノは街にあるんじゃなかったのか!?

私は外の様子を眺めながら、役立たずなメモをビリビリに破いた。

どれくらい窓辺に佇《たたず》んでいただろう。外を見ているうちに扉の前に立つ兵士達は、数十分に一度、どちらか片方が屋敷の周りを巡り、また扉の前に戻って来るのだと気付いた。部屋の前を通る際にカーテンを開けていたりすると軽く睨まれるので、巡回時には薄く開けている隙間を閉じねばならない。

チチチとかわいらしい小鳥の鳴き声が聞こえ、つられて窓の上に伸びる木の枝を見上げた。大振りの葉の間から青い空が見えている。

襲撃者が捕まるまでずっとこの生活が続くのだろうか。もし、捕まらなかったらと、想像してぞっとした。濡れ衣を着せられて処刑という可能性も大いにあるだろう。襲撃があってからすでに丸一日が経過している。捕まるものならばとっくに捕まっているのではないか。もう追跡の及ばぬ所まで逃げおおせているのでは？　考えれば考えるほど答えは悪い方へと傾いていき、気が滅入った。無理にでも城を出ておけば良かった。街で生活していたら今頃私は何をしていただろう。

「どこかに行きたいな……」

　ここではないどこかへ。

「どこへ行かれるおつもりですか？」

　独り言に答える声に驚き、私は振り返った。

「レーヴィさん!?」

「すみません。部屋の外から声をかけたのですが返事がなくて」

　レーヴィは申し訳なさそうに告げる。そんなにぼうっとしていたのだろうか。彼は私の数歩うしろに立っていた。あの騒々しいレーヴィの足音に気付かないなんて、思いのほか参っているのかもしれない。

「こちらこそすみません。気が付かなくて」

「いいえ、返事を待つべきだったのです。けど、少し心配だったもので。体調はいかがですか？」

「大丈夫です。ありがとうございます。レーヴィさんはどうしてここに？」

「良かった。ずっと貴女の様子が気がかりで、お見舞いに……」

尻すぼみになり目を伏せたレーヴィだったが、何かを吹っ切るように顔を上げて私を見た。

「貴女はずっとそうやって一人で窓から外を眺めておられたのですか？」

レーヴィが眉を寄せる。その悲しそうな表情に戸惑った。

「え、ええ。まあ」

「殿下は？　殿下はみえられましたか？」

「いえ？」

何故、イサーク？　レーヴィは唇を噛み締め俯《うつむ》いた。握り締めた拳には強い力が加わり白くなって小刻みに揺れている。

「ここの方達は酷い。サカキさんのような少女に何ができるというんですか！　殿下も殿下です。貴女を想っている風だったのに、会いにも来ないなんて」

イサークのあの態度を見せ付けられていたレーヴィからしてみれば、そう思うのも無理は無いかもしれない。しかし、会いに来られても困る。その時に何かあったら一巻の終わりなのだから。

「いいんです。私は平気ですから」

「平気なものですか！　今だって、どこかに行きたいと仰《おっしゃ》っていたじゃありませんか！」

悔《くや》しそうに震える声で言われて、私の戸惑いは大きくなっていった。

「逃がして、さしあげましょうか？」

――え？　俯いたまま、ようやく聞き取れるような小さな声で告げられた言葉に思考が止まった。聞き間違いだろうか？　問い返したいが声は喉に張り付いて出てこない。

呆気にとられているとレーヴィは勢いよく顔を上げた。

「僕が逃がしてあげます。このままここにいても身の安全は保証されません。たとえ犯人が見つかって疑いが晴れたとしても、もしまた同じような事件が起これば、貴女に繰り返し嫌疑がかけられる」

眼鏡越しに真摯な青い瞳が私を見据える。あの穏やかなレーヴィがこんな大胆な事を言うとは。この人はきっと優しすぎるんだ。

「僕の故郷に行きましょう。田舎《いなか》ですが、そこでなら静かに普通の少女としての幸せを掴めるはずです」

「でも、そんな事をしてはレーヴィさんが」

「今すぐ一緒には行けませんが……」

レーヴィは言葉を切り、指先で眼鏡を弄《いじ》りながら考え込んだ。

「そうですね、街に信用できる友人がいます。サカキさんには、そこに身を潜めていただいて、僕は今度の襲撃で怖気《おじけ》付いたとでも言って殿下の教師役を辞退します。頃合いを見て二人で街を出ましょう」

「どうして……」

レーヴィがそこまでしてくれるのか。

「見ていられないのです。大の大人が寄ってたかって貴女のような少女を疑って利用しようとして。それに貴女は僕の大切な生徒です。ここで貴女を見捨てては、僕はっ！」

レーヴィの青い眼は今にも涙が滲《にじ》みそうだ。ここまで必死に言い募られて、心の揺れない人間がいるだろうか。でも、今私だけ逃げたらエイノは、どうなるのだろう。

「もちろん無理にとは言いません」

イサークは、どう思うだろう。

「けれど、サカキさんが外の世界を望むなら」

ユハは、どうでもいいや。

「僕は全力で貴女を守ります」

レーヴィの言葉に私は揺れた。逃げたい。ここから出たい。ヒントメモによれば、探しモノは近くにあるようだが、このままでは見つけ出す前に拷問《ごうもん》コースへGOだ。こんな事態になってもあの賢者《あほ》はヒントをくれるだけで、微塵《みじん》も頼りになりそうにない。限りなく低い日本への帰還の可能性と、己の命を秤《はかり》にかけるなら、私は後者をとる。

シルヴァンティエに来て出会った人々には少なからず情が湧いている。けれど、彼らの身の安全と己のそれは、比べるべくもない。といっても、私が逃げたところで、王太子であるイサークには関係ないだろうし、ユハはやっぱりどうでもいいし、侍女さん達が重い責を負わされることもないだろう。警備の兵が少々困った事になりはするだろうが、そこはそれ、運が悪かったと思って諦めてほしい。問題は……後見人を務めるエイノだろう。進退を問われるかもしれない。その座を退かなければならなくなるかもしれない。鋼鉄製のメンタルの持ち主だと思っていたエイノが昨夜見せた、人間らしい瞳を思い出す。気まぐれのように示される優しさ、体の奥深くにするりと入り込む低い声……。

――駄目だ。迷う心に蓋をするように、私はぎゅっと目を瞑《つむ》った。

エイノも、皆も、本来ならば出会うはずのなかった人々だ。そんな別世界の知人の身までいちいち心配していては身がもたない。安全第一。我が身第一。そう自分に言い聞かせると、私はゆっくりと瞼《まぶた》を上げた。

よし、逃げよう。

「レーヴィさん。私、外に出たい。レーヴィさんと一緒に逃げます！」

翌日の昼前、ふたたびレーヴィがやって来た。小さな黄色い花束を手に、表向きは見舞いと称して。

「友人に話をつけてきました。サカキさんの身の上については、遠い異国から商売に来たものの両親を亡くし、とある貴族に無体を強いられ困っている子を逃がしたいと説明してあります。サカキさんもそのつもりでお願いします。なるべく自分の話はしないで下さい」

抑えた声で話すレーヴィの目は、微《かす》かに腫《は》れぼったく赤みを帯びていた。皺《しわ》の入ったシャツに、ちぐはぐに結ばれた靴紐。乱れた髪が幾筋も首に垂れている。昨夜は私のために遅くまで奔走《ほんそう》してくれていたのかもしれない。いつにもまして冴《さ》えぬレーヴィの出で立ちに胸が締め付けられた。

「これから言う事をしっかり覚えて下さい。友人の名はハンネス・アールト。大柄で一見怖く思えるかもしれませんが優しい人間です。大通りから一本入ったところで『リトヴァ』という食堂を営んでいます。大通り付近で場所を尋ねるといいでしょう」

私はレーヴィの言葉を聞き逃さぬよう耳を傾け、一語一句を頭に刻んだ。そしてハンネスの人柄やリトヴァの情景を想像する。レーヴィの友人ならきっといい人だろう。私にも食堂の手伝いができるだろうか。目立つこの容姿じゃ接客は無理かもしれないが、お世話になるのだ、せめて裏方ぐらいは手伝いたい。逃亡後の生活を想像していると、徐々に、ああ本当に逃げるのだ、と実感が高まり同時に生まれた微かな緊張に腕を擦《さす》った。その緊張を解きほぐすように、レーヴィは目を細めて優しく微笑んだ。

「大丈夫ですよ。きっと上手くいきます。ハンネスの料理の腕は素晴らしいですから、美味しい食事を期待していて下さいね」

何て柔らかく笑う人なんだろう。つられて笑顔になる。しかしレーヴィはすぐに笑みを消し真剣な面持ちで告げた。

「明日の明け方、まだ日の昇らぬ暗いうちに騒ぎを起こして監視の兵の目をそらします。サカキさんは兵士が持ち場を離れたら窓からでも出てきて下さい。その時にカーテンと窓を閉めるのを忘れないで下さいね。少しでも時間を稼がねばなりませんので」

「分かりました」

「日が昇るとすぐに物資を運ぶ馬車がやってきますので、その荷に紛れて街に出ます。門さえ抜けてしまえばこちらのものです。いいですか、荷物は最小限にお願いします。

貴女の不在が知れた時、貴女が自分の意思で出たと思われぬように。荷物が無くなれば自らの意思での失踪と露見《ろけん》してしまいます。そうなると街中《まちなか》まで捜索の手が及ぶやもしれませんから」

拉致《らち》されたと思われれば、襲撃の標的は私だったと、エイノの疑いも少しは晴れるのだろうか？

「殿下の事が気にかかりますか？」

考え込んでいるとレーヴィに気遣わしげな顔で問われ、私は首を振った。イサークは命を狙われているかもしれないわけで、心配といえば心配だが、私がここにいても何ら助けになるわけではない。むしろ、側にいれば、私を庇《かば》おうとして、自分の身を危険に晒《さら》すかもしれない。

「それともエイノ様が心配ですか？」

優しく問われ、私は首を振ることができなかった。

「あの方は実力も神官達からの人望もおありになる。一時的には神官長としての立場が危うくなるかもしれませんが、あの方以上の適任はいないと、すぐに周囲も分かるはずです。何よりお父上がかの権力者であられるフランゼン公なのは周知の事実ですから、滅多な事にはならないでしょう」

ゆっくりと安心させるような微妙な言い回しに、ユハの言葉を思い出した。複雑な生い立ち、と言っていたか。

それにしてもと、私は首を捻《ひね》った。目から冷凍ビームが出そうなエイノに人望があるのも驚きだが、ユハとレーヴィでエイノの立場に対するニュアンスが随分違う点が引っ掛かったのだ。レーヴィが楽観的すぎるのか。それともユハが私を脅そうとして大げさに言ったのか……。そうだ、ユハの事だから、エイノやイサークの庇護《ひご》はあてにならないとびびらせて、私が尻尾を出すのを待っているのかもしれない。

「サカキさん」

取り留めの無い思考に流されていく私の手をレーヴィの手が優しく包みこんだ。

「僕の故郷は田舎《いなか》で何もありませんが、水の豊かな美しい所です。着いたら取って置きの場所にお連れしますね。きっと気に入りますよ。貴女はなにも心配なさらないで。大丈夫。ですから、普段通りに振舞っていてください」

そう言うとレーヴィはふわりと微笑んで、部屋を後にした。

あくる日、朝は晴れていた空に昼過ぎから雲が流れ込み、日が沈もうとする今は見事な曇天《どんてん》となっていた。心を映したように厚く空を覆《おお》う雲に不安を掻き立てられる。決意を固めたのに、今になってすっきりしない嫌な気持ちがまとわりつく。上手くいくかな。

それにレーヴィを信用して本当に大丈夫だろうか。ふと心を過《よ》ぎった疑念に頭を振った。惚れた男ぐらい信じよう。そう己に言い聞かせると、手元の書類に目を落とした。

手にしているのは翻訳作業に勤《いそ》しんでいたある晩、エイノに手渡された一枚の紙だった。何かの写しらしいそれには、これまで目にした中でも群を抜いて複雑な形状をした文字が使われていた。

『我ここ…警告す…歴史の闇に身を……魔……り。ゴルドベルグ暦四…六年。…物は銀髪の…者…………フォル…ルの従……して姿を現した。幾年…月を経……その容姿衰…ること…く、人な……強……力を……い、神をも恐れ……行の末に繁……極みに……た我が祖国を滅亡に追いやった』

読んだ瞬間に、頭の中で警告が聞こえた。「これはまずい。この文字を読めると分かってみろ、一生冷血トカゲ神官にこき使われるぞ！」と。眉を寄せてエイノを見上げると、「やはりお前でも分からぬか」と、落胆の息を吐かれたものだ。読まなくて良かったとほっとして紙を返そうとしたのだが、「持っていよ。解読の手掛かりになりそうな言語に心当たりがあれば教えてくれぬか」と、押し付けられ、引き出しにしまい込んでいた。

私はペンを手に取ると、訳を書き記した。エイノへのせめてもの手向けになればと思ったのだ。これで、彼を騙《だま》して出て行くのが、ちゃらになるとは思わない。けれど碌《ろく》な説明も無しに、屋敷に押し込められたのだから許して欲しい。怨《うら》むのはくれぐれも諸悪の根源の賢者にしてくれ。

紙をしまうと、一眠りするためにベッドに横になった。目覚まし時計なんて便利なものはないが、今から眠れば深夜には目が覚めるだろう。不安と期待を抱いたまま私は眠りについた。

目を覚ますと、部屋の中は一寸先も見えない闇に包まれていた。手をかざしながら窓辺に近寄るとそっとカーテンを摘み、隙間から外を窺《うかが》う。普段よりも暗い夜の色に月が出ていない事を知る。好都合だ。このまま月明かりが差さぬように祈りながら、ベッドに座り時が過ぎるのを待った。どのような状況でもただ待つ時間というのは時の流れが遅く感じるものだが、今は格別だ。一秒さえ長く感じる。あるはずも無い秒針の音が部屋に響いているようで、時が刻まれる度《たび》に迷いが積み重なり増えていく。その時間に耐え切れなくて枕を腕に抱えるときつく抱きしめ顔を埋《うず》めた。

その姿勢のままどれくらいの時間が過ぎたのだろうか。ふいに窓を叩くごく小さな音が聞こえた。慌てて窓辺に寄り慎重にカーテンを開け、がっかりする。雨がパラパラと降り出していた。どうやら雨粒が窓に当たった音らしい。ガラスに貼り付き流れ落ちる水滴を辿《たど》っていると「火事だ」と叫ぶ声が聞こえた。屋敷の扉の前にいる、兵士達が戸惑っている姿が目に入る。

「誰か！　来てくれ。早く！　誰かいないのか！」

焦りの滲《にじ》むその声に兵士達は顔を見合わせる。そして二言三言、言葉を交わすと、一人が持ち場を離れて駆け出した。

私は迷った。騒ぎは恐らくレーヴィの仕業《しわざ》だろうが、兵士が一人残っている。部屋を出る事ができずにいると、木々の根元に鬱蒼《うっそう》と茂る草が、がさりと音を立てた。扉の前の兵士が異変に気付き、藪《やぶ》に近づく。兵士が槍《やり》を構えて藪の中を覗こうと、首を上げた時、隣の藪の中から、黒い影が飛び出した。影は兵士の背後へと回りこむと、素早く、口に手を押し当てる。するとほどなくして、兵士は膝から崩れ落ちた。

影は夜の闇の中を、散歩を楽しむようにゆっくりと歩いて、私の部屋に近づいた。

「サカキさん、出て来てください」

窓に貼り付いてその光景を眺めていた私は、窓越しに声を掛けられて、ようやくその影がレーヴィなのだと気付いた。

音を立てぬように慎重にゆっくりと窓を開ける。窓枠に足をかけ外に出ようとしたところをうしろから腰を支えられた。思いがけない強い力で体が持ち上げられる。地に足が着くと、肩に腕が巻きついた。

「会いたかった」

私もです、と言おうとして首を傾《かし》げた。何かおかしい。

腕はすぐに離れていった。振り返ると、レーヴィが唇に人差し指を押し当てる。

「静かに。慌てずに付いて来て下さい」

厳《きび》しい顔をしたレーヴィの頭に、葉っぱが載っているのを見て、肩から力が抜けていく。思わず笑みが零れそうになるのをぐっと我慢して神妙な面持ちで頷《うなず》いた。

レーヴィの後に続き木の枝を潜り抜け藪の中を進む。雨が体を叩き、軽やかに跳ねる音が絶え間なく聞こえた。本降りになってきたようだ。身を隠すにはちょうどいいが、足元は悪いし体力の低下が心配だ。さほど歩いてはいないはずだけど、暗闇の中を進んでいるため、距離感がさっぱり掴めない。髪の先から、ひっきりなしに雫が滴《したた》るようになった頃、レーヴィと私は背の高い藪に囲まれた大きな木の下へとやってきた。

「ここで、馬車が来るのを待ちましょう」

そう言うとレーヴィは木の根元に屈《かが》み込む。青々としげる葉のおかげで土が濡れていない事に気付いて、私もその隣に座り込んだ。雨の染みこんだ服が嫌でも体温を奪っていく。身を縮こまらせていると気遣わしげなレーヴィの声が聞こえた。

「寒いですか？」繊細な指先が、濡れて顔に貼り付いていた髪を優しくすくい取る。そのままそっと頬に手が触れた。

「冷たい」

　ぽつりとつぶやいたレーヴィの顔に浮かぶ物悲しい笑みに、胸が苦しくなり心配をかけぬように精一杯の笑顔で答えた。

「大丈夫です」

「サカキさん……」

　顔を歪めて目を伏せたレーヴィは、ふたたび顔を上げると肩を掴んで私を胸の中へと引き寄せた。

　頬に当たる固い感触と、体温と、緩やかな鼓動に思考が止まる。えーと、どうしよう？

戸惑いに目を閉じて身を任せれば、頭上からレーヴィの声が熱い吐息と共に降りてきた。

「サカキさん……僕は……」

　え？　僕は？　僕は何!?　レーヴィの言葉に年甲斐もなく胸が高鳴った。これって、これってひょっとしていい感じ!?　なかなか次の言葉を継がないレーヴィを歯痒《はがゆ》い思いで待っていると、また何とも言えない不安に襲われた。あれ？　やっぱり何かおかしい。大事な事を忘れているような気がしてならない。それが何か考えていると、天地をひっくり返したように、体が回転した。

「うああっつ」

と、同時に腕に走った熱に悲鳴とも呻《うめ》きともつかない声が出る。

乱暴に腕を引かれて立ち上がらされた。急な動作にふらつく頭に耐えて目を開ければ、私の腕を掴み前方を睨み付けているレーヴィの姿が目に入る。その鋭い視線の先には――ナイフを手にした銀色の仮面をつけた男が立っていた。仮面には見覚えがあった。街で私を攫《さら》おうとした男がつけていたものだ。単なる誘拐犯ではなかったのか……。ナイフの刃には赤いものが付着している。それが私の腕から出たものだとすぐに気が付いた。弓を射られたと思ったら、今度はナイフで切られるとは。比較的平穏だった二十五年間の人生が、賢者に関わってしまってからというもの、波乱万丈だ。

私は、痛む腕を押さえた。あの弓もこの男の仕業《しわざ》だったのだろうか？

「逃げます。合図をしたら走ってください」

顔を寄せたレーヴィが耳元で小さくささやいた。返事の代わりにレーヴィの服を掴む。

「行って」

いつの間に手にしていたのか。小石のような小さな物体をレーヴィはお面男めがけて投げつける。キンッと甲高い音がした時には、私はうしろを向いて走り出していた。藪《やぶ》を掻き分けがむしゃらに進む。水を含んだ服が体にまとわり動きを阻《はば》む。重い。けど、膝丈で良かった。私はこの時心底子供服に感謝した。これが足首まであるスカートなら、もうとっくに動けなくなっていただろう。

低木の枝が容赦《ようしゃ》なく肌を裂いていく。斬られた腕は熱く痺れ、もう痛いのかも分からなかった。背後から藪が擦《こす》れ合う音がして、徐々に近づくその気配に恐怖に駆られる。たまらず振り返って、そこにレーヴィの顔を見つけて安堵《あんど》のあまり涙が滲《にじ》んだ。しかしすぐに彼の顔に浮かぶ焦りを感じ、振り返ってしまった自分の失敗を悔《くや》んだ。

「振り返らずに走って」

そうレーヴィが叫んだ時には彼の背後の藪から銀色のお面が、不気味な姿を現していた。

「レーヴィさん。うしろ」

レーヴィが素早い動きで体を反転させるのと、お面の男がナイフを振りかざすのは、ほぼ同時だった。

「レーヴィさん！」

私の悲鳴に重なり、金属と金属が交差する耳障りな音が響く。レーヴィの死を予感させたお面男の一刀は、間一髪彼が左手に持って掲げた小さなナイフによって弾かれていた。

良かった。呼吸も忘れて凝視していた私はそっと息を吐き出した。だが安堵したのも束の間で、またすぐに息を呑む事となる。お面男がちらりとこちらを見たような気がしたのだ。銀色の面と暗さで確証はなかったが微《かす》かに傾けられた面の動きに体が強張る。お面男と対峙《たいじ》したまま、その視線を遮《さえぎ》るように、レーヴィはじわりと私の側へと後退を始めた。

勢いを増した雨の中、睨み合いが続いた。危うい均衡《きんこう》を先に破ったのは、お面男だった。ぬかるんだ土を蹴りナイフを突き出そうと腕を引く。レーヴィがさらに数歩うしろへ下がる。――今度こそ万事休すだ。お面男が勢い良くナイフを突き出すのを絶望的な気持ちで眺めた。しかし、そのナイフはレーヴィを襲うことなく突如引っ込められる。ナイフを繰り出そうとしたその動きでお面がずれ落ち、かろうじて男の眉下で止まっていたのだ。慌てて後方へ飛び退り面を押さえる男。如実に焦りを滲ませて、お面男は後ずさる。余程、顔を見られたくないらしい。今度はお面男が後退する番だった。今なら逃げられるかもしれない。うしろ手に私を庇《かば》うレーヴィの袖をわずかに引いて逃走を促そうとした時、鎧《よろい》が擦れる音と、掛けてくる重たい足音が聞こえた。耳を凝らすと「こっちだ。急げ」と話し声もする。先ほどからの騒ぎに兵士が気付いたのだろう。

雨の音に混じって微《かす》かに舌打ちの音がした。と同時にお面男が大きくうしろに飛び藪《やぶ》の中へと姿を消した。

助かった。極度の緊張が解けた私はその場にへたり込んだ。本当の恐怖というのは後からやって来るものらしい。もはや使い物にならないであろう力の抜けた足に手を置き、目を閉じて息を吐いた。足音が間近に迫り、すぐ側の藪が動く。

「大丈夫か？」

お面の男と入れ替わりにやってきたのは二人の兵士だった。

「賊が逃げました。早く追って下さい！　向こうです」

レーヴィはお面男が逃げた方向を指し示して兵士に訴える。兵士達は顔を見合わせ頷《うなず》き合うと、一人が示された方角へと進んだ。

「もう大丈夫です。ご安心を。お怪我は？」

残った兵に尋ねられてレーヴィが慌てて答える。

「この方が切り傷を。至急医術師を呼んできて下さい」

「しかし、あなた方を残しては……」

「何を言っているのですか！　一刻を争うのですよ。賊は先日の襲撃犯かもしれないのです。もし、剣に毒が塗られていては……早く行きなさい！」

レーヴィの剣幕に兵士は息を呑んで私を見た。そして「分かりました。ここを動かないで下さい」と言い残すと身を翻《ひるがえ》して駆けてゆく。

私はまじまじと腕を見つめた。毒って、まじですか。

「傷を見せて」

傍らに膝をついたレーヴィは、斬られた袖を裂き傷口を確かめるようにそっと腕をなぞった。

「うっ」

痛みに小さく呻《うめ》くと、レーヴィは悔《くや》しげに息を吐く。

「申し訳ありません。僕は、貴女をお守りできなかった」

「そんな事、ないです」

ちゃんと守ってくれたじゃないか。レーヴィは静かに首を振った。

「貴女を逃がしてあげられませんでした」

レーヴィの言葉に重い現実が伸し掛かってくる。そうだ。今は逃亡の途中だ。私はレーヴィの手を取った。

「逃げましょう！　今のうちに」

毒も気になるけれど捕まったら終わりだ。街にも医者はいるだろうし、そもそも毒が塗られていると決まったわけでもない。

「いいえ、無理です。すぐにこの二区も厳戒態勢が敷かれるでしょう。もう、逃げられません。それに傷の手当ても受けなければ」

そんな……逃げようとしたのがばれたらどうなるのだろうか。エイノ達に何と申し開きをすればいいのか。レーヴィはうろたえる私の肩を掴むと、眼鏡の奥から決意を込めた眼差しを向けた。

「僕に強引に連れ出されたと、そうおっしゃってください」

レーヴィの声は、わずかに震えていた。雨に打ちつけられて濃さを増した茶色い髪から水滴が滴《したた》り落ちる。その雫が濡れそぼった服に新たに染み込むのを目の端で捉え、慄《おのの》いた。自分の身に降りかかるだろう辛酸を覚悟しての言葉なのだと理解させられて。

そんな事はさせない。私はレーヴィの目を、力を込めて見つめ返した。

「私は、今の仮面の男に攫《さら》われた。それを偶然見かけたレーヴィさんが救ってくれたんです。そういう事にしましょう。大丈夫、私がレーヴィさんを守ります」

守られてばかりじゃ女がすたる。舌先三寸と涙で乗り切ってやろうじゃないか。

「サカキさん……」

苦しげに、けれどどこか愉悦《ゆえつ》の混じったつぶやきが零れて、肩を握る手に力が込められたかと思うと、きつく抱きしめられていた。

「サカキさん」

雨に濡れて冷たくなった髪にレーヴィの熱い吐息がかかる。唇が、髪から耳に、そして頬に熱をうつして、最後に息が絡まり合った。

はい？

優しく重ねられたそれは、すぐに強く押し付けられた。そして温かいものが唇を割って入る。

んん？　ん？

混乱する私をよそに、口の中を遠慮なく這《は》い回り始めたそれに、息を奪われ、さらに思考が遠のいた。息苦しさに、手近にあったレーヴィの服を握る。彼はその仕草を了解ととったらしい。強引に舌を絡めとり、軽く唇を噛む。私はわずかな隙に酸素を吸い込み、あがった息を整えた。

えーと、今さらだけど、キスされてますよね。レーヴィに。しかも舌まで入れられて。まあ、お互いいい歳だし、今さら初心《うぶ》を気取るつもりもないからいいか……。開き直った私は、酸欠でくらくらと揺れる頭を働かせ、おずおずと応えた。久しぶりなせいか、他人の舌が口内を這いずる感触が、やけに生々しく感じられる。

私はまたまた首を捻《ひね》った。やっと想いが通じた相手とのキスなのに気持ちよさは欠片《かけら》も無い。状況が状況なのだから仕方がないのだと思い込もうとした時、唐突に、忘れていた大事な事を思い出した。私は十三歳って事になっていなかったか⁉

当然、レーヴィも私は十三歳だと思っているはずで、十三歳の少女にこういう事をしちゃうってのは、つまり……いやいや、でも想いが通じ合ったわけだし、命懸けで逃がそうとするほど想ってくれていたんだし――うん、やっぱり無理。想うのは勝手だが欲望のままに手を出すのは駄目だ。バイでもマゾでもハゲでもいいけど、スカとロリは無理！

私はレーヴィの胸に腕をつっぱって押し返そうとした。が、背中に回された腕は力強くびくともしない。一層激しさを増す口付けに、息を継ぐのが精一杯で、どちらのものともつかない唾液が喉に流れ込む。

放せこのロリコン野郎。両腕とも胸の中に囚われているのが悔《くや》まれる。押しても押してても動かなかったレーヴィが、ようやく腕を緩めると遠くから兵士の声が聞こえてきた。

「こちらです！　お早く！」

どうやら医術師を連れてきたようだ。肩で息をしながらレーヴィから視線をそらして兵達の到着を待っていると、頭に妙な痺れが走った。それは瞬《またた》く間に体を駆け抜け、手足の感覚がおぼろげになる。やがて体が傾いた。

「サカキさん⁉」

手を伸ばして、私の体を支えたレーヴィが驚いた声をあげた。

「どうしたのです？　しっかりしてください！　まさか……本当に毒が」

嘘でしょ。もう少しで医術師も来るのに。死ぬのかな、私。

「サカキさん、しっかり！　喋《しゃべ》れますか？」

答えようと力を振り絞った。微《かす》かに唇は動いたが舌に力が入らない。視界から徐々に光が失われ、レーヴィの顔も分からなくなった。

意識がなくなる寸前にレーヴィの声を聞いた気がした。けど、きっと気のせいだろう。何故ならその声は「さようなら、可愛い人」と笑っていたのだから……。

夢を見ていた。浮き沈みする意識の中で、何度も何度も夢に出てきた人物にまた出会う。それは日本にいる家族でも、レーヴィでも、エイノでも、イサークやユハでもなくて、あの馬鹿だった。馬鹿は明るい青い瞳で、よく言えば人懐《ひとなつ》こい、悪く言えば軽薄な笑みを浮かべて私を見ていた。掴み掛かって殴ってやりたいのに体は動かなくて、歯軋《はぎし》りしながら睨み付けてやると、困ったように眉を寄せる。

「僕の力が足りず、ご苦労をおかけしたようですね」

「苦労だなんて簡単な言葉で表さないでくれる。見ての通り死にかけてるんだけど」

吐き捨てるように言うと賢者はまた眉を下げて微笑んだ。賢者の指が額に伸ばされる。指が触れた箇所がじんわりと温かくなった。

「少し時間がかかるかもしれませんが、もう大丈夫ですよ」

安心させるような笑み。その笑みに無性に腹が立った。澄ました表情を崩してやりたい一心で、根性を振り絞り上手く動かない舌と唇で罵《ののし》った。

「なーにが、もう大丈夫ですよ、よ！　この大馬鹿野郎。阿呆。薄情者。何が賢者だ、すっとこどっこい。しまった、って何よ。しまった、って！　おかげでもうちょっとで拷問《ごうもん》付きの牢屋行きだったかもしれないのよ。間抜け。とんま。おたんこなす。あんた大賢者なんでしょ？　怪しいけど。そもそも本当に賢者なの？　ルードヴィーグって本名？　どっちにしろ自分で賢者を名乗るんだったらもうちょっと考えて行動しなさいよ。何枚もメモを寄越して。あの矛盾したヒントはなによ」

賢者は首を傾《かし》げた。

「僕が書いたのは一枚だけですよ」

「何言ってんの。メモは三枚あったでしょ」

「いいえ、僕は『貴女の近くに』と書いたものしかお渡ししておりませんが。お恥ずかしい話ですが、今もこうして貴女の夢に干渉するだけで精一杯なのですよ。実は恵子さんを送り届けた後、あの場で力尽きてしまいまして、しばらく身動きもとれませんでしたから。いや、獣の餌になるかと思いましたよ」

ははは、と賢者は遠い目をして笑う。

「じゃあ……後の二枚は誰が？」

賢者は私の質問には答えなかった。

「今は体の回復が第一です。さあ、深くお眠りなさい」

「は？　ちょっと待って！」

慌てて声を上げるも、意識は暗い闇の中に囚われていく。

「探しモノはもう見えてきているはずです」

その声を最後に、賢者の姿は消えた。

長く眠っていたと思う。ふたたび覚醒《かくせい》した時には、ほんの少しではあるが、苦しさが軽減されていた。それでも、辛いことに変わりはなくて、痺れて動かぬ手足と息苦しさ、絶え間ない眩暈《めまい》に不安で恐ろしくて涙が滲《にじ》んだ。ずっとこのままだったらどうしよう。絶望を感じ始めた何度目かの覚醒の時、暗くぼやけた視界の隅で、傍らに佇《たたず》む人の姿を認める事ができた。誰なのかも分からないその人物に優しく髪を撫でられる。額に置かれた柔らかく冷たい掌の感触が心地良くて、手が離れていこうとすると涙が零れた。「行かないで」。多分、私はそうつぶやいたのだと思う。戻ってきた指先が戸惑いがちに涙を拭《ぬぐ》う。指はそのまま頬を撫で口元へと辿《たど》り着くと、優しく唇を割った。歯に爪が当たる。その瞬間、指先は驚くような速さで唇から離れた。冷たいのに不思議と温かい指先が、もう私に触れていないのだと思うと、例えようの無い悲しさが胸を占めた。ふたたび目尻に涙が溜まる。すると、ため息が聞こえて、額にひんやりとした掌が乗せられた。私は手の主が側にいてくれているのだという実感に安心して、また夢の中へと落ちていった。

軽やかな小鳥のさえずりと共に訪れた目覚めは、驚くほどすっきりしていた。少し前まで苦しくて仕方がなかったのに、この爽快感は何だろう？　夢の中で賢者に何かされた記憶はあるが、まさかね……と賢者の指が触れた額に手をやる。ひやりとした感触を額に感じた瞬間、誰かが、ずっとついていてくれていた事を思い出した。冷たいあの手の持ち主を探して、私は辺りを見回した。しかし締め切ったカーテンを通して降り注《そそ》ぐ、淡い光に満たされた部屋の中には誰もいない。

あれは夢だったのだろうか？　そう思い始めた時、ノックも無しに扉が開き、医術師が入ってきた。私が目を覚ましているのを見ると、医術師は目を見開いた。急ぎ足で近づくと、挟み込むように両手を私の耳のうしろに沿わせる。何をどう診たのか、医術師はほっとしたように息をつくと、「少しお待ち下さい」と言い置いて、廊下を駆けて行った。

ああ、あの手は医術師だったのか。切られた腕を見れば傷は跡形もなく消えている。この世界の不思議にはいつまで経っても馴染《なじ》めないが、医術だけは素晴らしいと痛感した。

日の光が気持ち良い。私は晴れ晴れとした気分でベッドの上に身を起こした。テーブルの上に置かれた水差しが目に入ると、無性に水が飲みたくなる。上掛けを剥《は》いで床に足をつけ……立とうとして崩れ落ちた。痺れは消えていたがまだ手足に上手く力が伝わらないようだ。手や足の切り傷が、ひりひりと痛む。シーツを掴み、起き上がろうともがいていると、扉が乱暴に開け放たれた。

「あ……おはようございます」

焦りを滲《にじ》ませた顔で入って来たエイノは、ベッドサイドで生まれたての小鹿のように、足をぷるぷると震わせる私と目が合うと、部屋の入り口に立ちつくした。

「何をしている」

「水を取りに行こうとしたら寝台から落ちて、戻ろうとしているところです」

見たら分かるでしょう。

エイノは俯《うつむ》き額に手を添えると、嫌味たらしく盛大にため息をついた。そして何かを吹っ切るように頭を振り、私の側へと歩み寄る。重たそうにベッドの上へと引っ張り上げられ、私は「ありがとうございます」と素直に感謝の気持ちを口にした。というのに、何故か冷たい視線が返って来る。

「お前は二日間生死の境を彷徨《さまよ》っていたのだ。つい先ほどまでな。それが目を覚ましたと連絡を受けて急ぎ来てみれば、寝台から降りようとしただと？」

「はあ、まあ。気分は良かったので動けるかな、と」

二日も寝込んでいたのか。どうりで力が入らないはずだ。得心する私の顔を見て、エイノは眉を吊り上げた。

「動けるかな、ではない。医術師の許可が下りるまでは絶対安静だ。寝台から動くことはまかりならぬ。良いな」

「分かりました」と、しおらしく頷《うなず》くが、神官長様の怒りは消えなかった。説法する僧侶のように、長々と病人の心得を説くエイノに辟易《へきえき》していると、ノックの音がしてリクハルドが顔を出した。私を見て微《かす》かに顔を綻《ほころ》ばせたリクハルドは、すぐに元の澄ました表情に戻ると、エイノに頭を下げる。

「エイノ様、レーヴィ様が見えられましたが、いかがなさいますか？」

出された名に私は縮み上がった。一連の顛末《てんまつ》をレーヴィはどう説明したのだろう。客人として屋敷を訪れているという事は、罪に問われている訳では無さそうだが、先に二人きりで口裏を合わせたかった。

席を外してくれる気はないだろうか。ちらりとエイノを窺《うかが》う。すると真っ直ぐにこちらを見つめるエイノと目が合った。

「え……あの？　エイノ、さん？」

底冷えのする茶色い瞳に射竦《いすく》められて声が上ずった。平素の二倍は冷たい視線に嫌な汗が出る。なにか感づいているのだろうか。リクハルドに「少し待たせておけ」と言い捨てると、エイノは私の座るベッドに腰掛けた。ぎしっと音が鳴る。重い沈黙が訪れた。

「申し訳ありません！」

じっと私を見たまま動こうとしないエイノに、たまらず音を上げた。

「何を謝る」

「その、ご迷惑をおかけして……」

先手必勝とばかりに謝罪の言葉を口にしてしまったが、エイノがどこまで感づいているかによって、謝る内容も違ってくる。私はもごもごと言葉を濁した。

「兵の一人が妙な場面を見たと、報告している」

目撃者がいるだなんて。私は頭を抱えたくなった。こうなったら、駄目元で泣いて誤魔化してみよう。今度のネタはいいなと思った相手がロリコンだった、だ。いける。これは泣ける。

「ごめんなさい」

じわりと涙が滲《にじ》み始めた眼の縁に、白い指が伸ばされる。

「お前が謝る必要はない。兵の報告が真実だとして、己《かえり》を省みるべきは、お前ではない」

濡れた指先が、するすると頬を辿《たど》り、下へと移動する。口元に辿り着くと、痛みを伴う力でもって、エイノは私の唇を拭《ぬぐ》った。

「レーヴィが倒れたお前に口付けていたと……。まことか？」

見られていたのはそこか。てっきり窓を乗り越えているところでも見られたのかと思っていた私は、胸を撫で下ろした。ごしごしと、しつこく私の唇をこするエイノの手に、自分のそれを重ねて止める。痛いわ。

「倒れる前の事はよく覚えていないのですが、人工呼吸をされたのでは？」

いくらロリコンでも、逃がしてくれようとした相手を突き出せない。

私の手を掻い潜《くぐ》り、白い指が顎を捉えた。上を向かせられ、薄く唇が開く。エイノの顔が近づき、金茶の髪がさらりと私の頬に落ちた。

「随分と激情的な救命処置だったようだが」

鼻先に、息がかかる。

「夜でしたから、視界は悪かったと思いますよ。兵士のかたの見間違いでしょう」

なに、この距離。油性マジックで落書きをしたくなるほど、嫌味なまでに美しい顔が目の前にあった。このポーズに、この台詞《セリフ》。このままでは多大な勘違いをしてしまいそうで、恐ろしい。

「あやつは気に食わぬ」

エイノはふっと視線を逸らすと、顎から手を離した。

「私は恋情を非難するつもりはない。時に思いも寄らぬ相手に心を奪われる事もあるだろう。だが、相手が未成熟であった場合、己を律し、身を引くのが年長者の務めというもの。みだりに手を出そうとする男には、それが誰であっても用心することだ」

何かを確かめるように、エイノはゆっくりと言葉を紡《つむ》いだ。

「お前は自分ではそう思っておらぬのかもしれぬが、まだまだ子供だ」

いいや、子供じゃないんだけど。そうとは言えない私は渋い顔で黙るしかない。

エイノは立ち上がると、振り返ること無く、部屋を出た。

しばらくして、きいと軽い音を立てて扉が開き、ふたたびエイノが顔を見せる。彼の背後からレーヴィが部屋へと入ってきた。私はごくりと唾を呑み込んだ。レーヴィとの話に齟齬《そご》が出ぬよう、気を引き締めてかからねばならない。

いつもと変わらぬ冴《さ》えない出で立ちに、沈痛な面持ち。眼鏡の奥の澄んだ青い瞳が私を捉えて驚きに見開かれる。

「……サカキさん」

レーヴィは呆然とつぶやくと、走り寄り、白い手袋に包まれた掌で私の手をすっぽりと覆《おお》う。続いて感極まったというように肩に額を擦《こす》り付けられたかと思うと「合わせて」と、聞き落としそうなほどに小さな声で素早くつぶやかれた。「話を合わせろ」という意味なのだろうと了承して、思わず頷《うなず》きそうになり、すんでの所でとどまった。

「良かった。サカキさん。良かった」

レーヴィの青い瞳に涙が滲《にじ》む。

「レーヴィ、サカキは昏睡状態から目覚めたばかりだ。何が負担になるか分からぬ。不用意に触れるのは控えよ」

レーヴィの後を追い側に来たエイノは、彼の肩を掴んで私から引き剥《は》がした。

エイノは私の言葉より兵士の報告を信じているらしい。

「ああ、これは申し訳ありませんでした。しかし、本当に良かった。これで一件落着ですね」

嫌悪感も露《あら》わな態度をとられても、レーヴィは嫌な顔一つ見せない。

目尻に溜まる涙を、眼鏡を押し上げた手で拭《ぬぐ》い、彼は朗《ほが》らかに告げた。

私は曖昧に微笑んだ。話を合わせようにもさっぱりついていけない。

「サカキさんを連れ去ろうとした犯人が見つかったのですよ。先ほど僕が確認してきました」

私は微笑んだまま、探るようにレーヴィを見つめた。自信たっぷりなレーヴィに強烈な違和感を覚える。

「今、城にはツィメンの使者団が逗留《とうりゅう》しているのですが、その一団に下男として潜り込んでいた男のようです。彼の荷物から様々な証拠の品が見つかりました。サカキさんもすっかり回復されたようだし、本当に良かった」

それは「良かった」と言っていいのだろうか？　いや良くない。良くないぞ。お面男はレーヴィとの逃亡中に出くわしたのだ。お面男が口を割れば、脱走しようとした事がばれてしまう。レーヴィも罪に問われかねない。目覚めた時の清々《すがすが》しい気分はどこへやら、私は暗澹《あんたん》たる気持ちで朗らかに笑うレーヴィを見た。彼は何故笑っていられるのだろう。私の視線に気付いたレーヴィが眼鏡の奥で細めていた瞳をうっすらと開けた。

「犯人が命を落としたのは残念ですが、これも神の思《おぼ》し召《め》しかもしれません。他人の命を奪おうなどと愚かな行為に手を染めたのですから」

私は息を呑んだ。

「死んだんですか？」

「ええ」

「本当に？」

信じられなかった。あの得体の知れないお面男が、こうもあっさりと死んでしまうなんて。得心のいかぬ私の表情に応えるようにエイノが頷《うなず》いた。

「未明に植え込みの陰で死体が見つかった。自ら毒を呷《あお》ったようだ」

毒と聞いて、思わず斬られた腕を掌で覆《おお》った。もう、傷跡もないというのに冷たい刃が滑っていく様《さま》が、その後に訪れた痺れるような熱い痛みが、ぬるりとした血の感触が、まざまざと思い起こされた。あの時は突然の事に驚いて、必死で、斬られた事に対する恐怖や痛みは感じなかったというのに、エイノの一言に体が過敏に反応する。過ぎ去った痛みを鋭く訴える腕に添えた掌は、いつの間にかきつく、服と共に肉を掴んでいた。

「お前に話すべきではなかった」

エイノがそっと私の手を腕から剥《は》がした。痛ましげな視線が別の意味で痛い。

いえ、気になっていましたから。話していただいてありがとうございました。ところでお二人とも、お仕事が滞《とどこお》っているのではありませんか？　ご心配をおかけしましたが、私はもう大丈夫ですから」

心臓に悪い面子《メンツ》なので、そろそろ解散してもらえないだろうか。仕事への復帰を促すと、エイノは能面顔でため息を吐いた。

「確かに城へ戻らねばならぬが……サカキ、今日はもう寝台から降りぬようにな」

心配しているのか憤《いきどお》っているのか分からないエイノの有難いお言葉に頷《うなず》く。

「リクハルドが控えておるゆえ、用がある時はこの鈴を鳴らせ」

袂《たもと》から取り出した銀色のベルを手渡すと、エイノはレーヴィと共に部屋を後にした。

足音が遠ざかるのを待って、私はベッドの上で体を動かし始めた。数分も経つと、正座をして痺れた足のように力が入らなかった手足が、徐々に元の感覚を取り戻し始める。この分なら、すぐにベッドから降りられるようになるかもしれない。エイノが帰って来る前に、歩けるようになりたかった。このままでは尿瓶《しびん》を用意されかねない。

体を動かしながら、私は夢の中に現れた賢者と、三通のメモの事を思い出していた。

賢者曰《いわ》く、彼が書いたメモは最後の一通だけだという。トゥーリに見られた事に慌てて失念していたが、先の二通は平仮名だけで、最後の一通は漢字を交えて書かれていた。なるほど、別人が書いたと言われればその通りだ。

やはり、あれは単なる夢ではなかったのかもしれない。しかし、だとすれば賢者以外に私の正体を知る人間がいるという事になる。それもメモを紛れ込ませる事ができるほど近くに――

メモを置いたのは誰だ？　私を街へ出し、エイノとユハへの警戒心を煽《あお》って何がしたい？

充分に体をほぐすと、私はそっと床に足をつけた。これはますます、悠長に寝てなどいられない。ぐっと足を踏ん張り、確かな手応えを得てから、ヘッドボードと窓枠に手をついて、立ち上がる。

窓の外の空は、逃げ出した夜とは違って青く澄み渡り、一羽の小鳥が暖かな陽光の中を忙しく飛び回っていた。どこかで見たような金色の小鳥を眺めながら足踏みする。その時、突然、背後から肩を叩かれた。大げさなほどに体が震える。振り返ると、穏やかな笑みを浮かべたレーヴィが、体が触れそうなほど近くに立っていた。また、足音に気付かなかった……

「城へ戻られたのではなかったのですか？」

尋ねた声は掠《かす》れていた。

「忘れ物をしてしまいまして」

レーヴィはベッド脇に置かれたチェストに目をやる。白い手袋が、花瓶の裏に挟むようにして置かれていた。

彼が手袋を取る姿を見ていない。花瓶の裏にそれを置く姿を見ていない。それに、小鳥に気を取られていたとはいえ、すぐ背後に迫るまで、足音に気付けないものだろうか。

「でも、良かった。これで二人きりでゆっくりと話ができます。どうやら僕はギルデン神官長に嫌われてしまったようです。遠まわしに、自分の同席なしに貴女に会うなと言われてしまいましたよ」

レーヴィは困ったように笑う。

「そう、なんですか……」

人のよい笑みが、以前のように心を和《なご》ませてくれないのは、レーヴィの特殊な性癖を知ってしまったからだろうか。

わざと手袋を忘れ、私に気付かれないよう足音を殺して近付いたのではないだろうか。弱った体で部屋にレーヴィと二人きり……。ぐっと窓枠を掴む手に力が入る。レーヴィは「ああ」と声を上げた。

「申し訳ありません、まだ体調が万全でないのに。さあ、横になってください」

ベッドへと促され、私は首を横に振った。

「いえ！　いえいえいいえ。大丈夫です。それより、あれからどうなったのか何も分からないんです。すみませんが説明してもらえませんか？　あ、そうだ。食堂に行きましょう。リクハルドさんにお茶と、つまめるものでも用意してもらいましょう」

助けようとしてくれた事に感謝はする。感謝はするけど引きもする。これからは距離をとらねばならないが、逆切れされて諸々を吹聴《ふいちょう》されては困るのだ。不興を買わず興も買わず、お前と親しくする気はない！　と少しずつ態度に滲《にじ》ませていこう。目指せ自然消滅。

返事を待たずに、ゆっくりと歩き出そうとすると、とん、と軽く肩を押された。

歩く事に全神経を集中させていたため、いとも容易《たやす》く体は傾《かし》ぎ、私は顔からベッドに倒れ込んだ。

「いけませんよ。サカキさん。今日は寝台から降りぬようにと言われていたではありませんか」

ぎゃあああああ。なにすんの、こいつ。私は慌てて、ベッドに手をついて、起き上がろうとした。しかし、背後から伸びた腕が、隣に降ろされる。背に当たる熱。私はレーヴィとベッドの間に閉じ込められていた。

首のうしろを私のものではない髪が滑る。レーヴィが顔を覗き込んできた。頬にあたる息を意識しながら、私はベッドの上にある自分の手に視線を固定した。

「貴女を歩かせたとギルデン様に知れたら、私がお叱りをうけます。それに――」

不自然に切られた言葉に、ほんの一瞬様子を窺《うかが》うつもりで視線だけをレーヴィに向けた。しかし、視界の端に映ったその姿に目を外せなくなって、気付けば顔を傾けて凝視していた。美しくも醜くも無いありふれた顔立ちに、ありふれた声音。今までと何も変わらないレーヴィ。

――なのに、何かが違う。街中《まちなか》ですれ違っても気付かない存在感が、すれ違ったその瞬間に駆け出して離れたくなるような不気味なものに取って代わっていた。絶句して身を竦《すく》ませる私に、レーヴィは唇を吊り上げて満足げに微笑んだ。

「説明なら、あんたが先にしてくれない。どうして死んでないの?」

眼鏡の奥の優しげな瞳はもうない。確かな狂気と底冷えのする非情さを宿した青い瞳が愉《たの》しげに私を見つめていた。

第六章

「レーヴィ……さん？」

「残念。レーヴィじゃないんだよ。僕の名は『無口』。よろしく」

よろしく、じゃないでしょう。無口って何!?　それって名前？　本当に名前なの？

少しどころではない変わった名前に、とてつもなく嫌な予感がする。私の耳が毒に冒《おか》されて幻聴が聞こえるようになってしまった、という事にしたい。

もう、ロリコンでいいです。ロリコンは無理などと狭量な事を思った私が悪かったです。平凡で小心で下心ありありのロリコンでいいから、お願いだからこれ以上混乱させないでくれ。いまだ視線を外せず、レーヴィ……もとい無口を見つめたまま心の中で懇《こん》願《がん》する私をあざ笑うように彼は口を開いた。

「僕、確かに致死量の毒を飲ませたはずなんだけど。傷口にだって染み込ませたしね」

もう駄目。両耳を掌で塞《ふさ》いで「あわわわわ」って叫びたい。聞きたくないのに、しっかり聞いてしまった。私は震える腕で必死に自分の体を支えながら考えた。飲ませたっていつの間に？　記憶を巻き戻せば答えはあっさり見つかる。あの時のキスだ。喉を通っていったのは毒だったのか。

野暮ったい眼鏡も、お洒落とは無縁な服装も、無造作にひっつめられた茶色い髪も、もはや私に安らぎを与えてはくれなかった。

「取っておきのやつを使ったんだよ。おかげで僕まであの後、具合が悪くなっちゃって。解毒剤を飲んだのに。何であんたぴんぴんしてんのさ。本当に人間？」

人間です、間違いなく。ただし世界は違いますが。少なくとも私の知る人間の定義の範疇《はんちゅう》に属していると思います。それにしても、毒を飲ませるのにご丁寧に口移しなんて方法をとらなくてもいいんじゃないか？　自分の体を危険に晒《さら》す必要性がまったく分からない。なんて悪趣味。なんて外道。

「意識を保ったまま末端から麻痺していくお気に入りだったのに、僕がお別れを言う前に気絶しちゃうから、どれだけ根性ないんだと思ったけど。生き残るんだからすごいよね」

失礼な。お別れ前は辛うじて意識を保っていたわ。あの笑い混じりの「さようなら」は聞き間違いなどではなかったのだ。

限界を訴えていた腕から力が抜ける。ぼすんと音を立ててベッドに体が埋まった。

すると膝の裏と、背中に腕が差し入れられた。何をするつもりなのかと恐怖に身を引きかける。と、無口は私を持ち上げ、ヘッドボードにもたれさせて座らせた。

「世話が焼けるねえ」

元はといえば、あんたのせいでしょうが。意外な気遣いに、思わず感謝の言葉が出そうになってしまったが、礼を言う必要などないとすぐに思い至る。

無口は私の座るベッドに自身も腰かけた。彼の一挙一動にびくつく私の様子などまったくお構い無しに、両手をうしろにつき、足を組んで実にお寛《くつろ》ぎだ。

「ちょっと僕、苛ついてたんだよね。あのオヤジときたら僕と契約しておきながら、他の奴も雇っててさ。弓で射るとか馬鹿じゃないの。大嫌いなんだよね、遠距離狙撃って。だってどうしても誤差が生じるでしょう。矢を放ってから標的に達するまでの周りの動きが完璧に読めるのかって言いたいよ」

黙るという文字が、彼の辞書にはないのだろうか。騙《だま》して殺そうとした私を相手に、無口は上機嫌で続けた。暗殺者に守秘義務はないのかもしれないが、そこまでぺらぺらと喋《しゃべ》らなくてもいいのに、と思ったところで彼の顔を見て、ぴんと来た。ああ、この後、私の口を塞《ふさ》ぐつもりだから冥土《めいど》の土産《みやげ》にって、企《たくら》みをすべて説明してしまうというあれか？　自分の行く末を悟り打ち沈みかけた私は、続く無口の言葉に息を詰めた。

「それにさ、的の顔も分からないような場所から狙ったって面白くもないでしょ？　あんな三流と同列に扱われたかと思うと腸《はらわた》が煮えくり返るよ」

ユハも言っていたように狙撃者から標的の顔は識別できなかったのだ。重い窓の開閉はいつもイサークが進んでやってくれていた。あの日はたまたま補習がなくて、私はいつも窓辺に立たぬ時間にあそこに……。なんてことだ。やはりあの矢はイサークを狙ったものだったのか。

「でも面白くなってきたな。失敗したのは癪《しゃく》に障るけど、まさか仲間がいたなんて思わなかった。あ、失敗したのはこれが初めてだからね。しくじった事がないのが売りだったんだから」

仲間？　私は、理解不能な変態に成り果ててしまった無口の顔を見た。仲間というのは誰を指しての言葉なのか。

「あの仮面の人、結構いい腕してたね。ちょっと頭は足りないみたいだけど」

雨の日にあの面はないでしょう、と無口は嘲笑《あざわら》う。どうやら、彼はお面男が私の仲間だと思っているらしい。だったら私が斬りつけられる訳がないと思うのだが。

私は震える声で無口に尋ねた。

「私を連れ出そうとしたのは、イサークを誘《おび》き出す囮《おとり》にするためですか」

イサークなら、私の命が惜しければ……なんてお定まりの誘い文句に危険を承知で身を投じかねない。無口は、甘言にのった私をまんまと屋敷から連れ出したが途中で邪魔が入り、計画を変更せざるを得なくなったのではないだろうか。

「口封じのために私に毒を？」

無口は無言で眉を上げ、それからにっと口角を吊り上げた。

「あんたが初めてなんだよね、僕の毒に耐えたの。うん、あんたやっぱり凄いわ。いいね、面白いよ」

褒められているのか貶《けな》されているのかまったく分からない。

「それで、あんた何なの？」

無口はずり下がった眼鏡の上から薄い青色の瞳を向ける。

「何って、迷子になって保護された、ただの小娘ですが」

質問の意図が掴めなかった。人かどうかを疑われたばかりだから、「ホモ・サピエンスです」とでも答えればいいのだろうか。

「小娘ねえ……」

無口は眼鏡を取ると、ベッドの上に身を乗り出して顔を近づけた。

「名前は？」

「榊恵子です」

「歳は？」

「十三歳」

何だこれは。突如始まった尋問に私は鼻白んだ。どこかの神官長に受けたものとそっくりの質問に淀みなく答えると、無口はふんと鼻で笑う。

「嘘だね」

間を置かずに断定されて、言葉を失った。私の話を信じる気がないというよりは、何かを知っているような口ぶりだ。

「あんた、十三歳なんて大嘘でしょ。二十代……もしかすると僕より年上なんじゃないの？」

ばれてしまった。よりによって、この危険極まりなさそうな変態に。顔から血の気が引いていく。気絶したいのにできない、中途半端に太い自分の神経を恨んだ。

「どうしてそう思うんですか？」

動揺を押し隠し、努めて冷静な声で尋ねると、無口はその質問を待ってましたとばかりに、嬉しそうに唇の端を吊り上げた。私は汗の滲《にじ》んだ掌を握り締める。彼は顔を傾けると、素早く私の腕を取って引き寄せた。

「なっ」

碌《ろく》に力の入らない体は、意のままに操られ、唇が軽く無口のそれに触れた。舌で突《つつ》くように口の端を舐められ、気付けば私は絶叫していた。

「ぬあああああああっ」

何をするんだ。この悪趣味腐れ暗殺者！　自由な腕で唇を擦《こす》ると、私は無口を睨みつけた。

「また毒でも飲ませる気ですか⁉　暗殺者なら暗殺者らしく、ひっそりこっそり夜の闇に紛《まぎ》れて活動したらどうなんです！」

怒髪天《どはつてん》を衝《つ》く私の怒りに対しても、無口にはどこ吹く風だった。「色気がないね」と軽口を叩くと、変態は私の顎を指で持ち上げる。

「結婚するまでは男の部屋にも入れない十三歳の小娘が、どこで口づけを覚えるわけ？」

私は目を見開いた。怒りと羞恥《しゅうち》で眩暈《めまい》がしそうだ。そう、あの雨の中でレーヴィのキスを受けた時、私は確かに彼に応えた。

「少女趣味の権力者は少なくないから、房事《ぼうじ》を仕込まれた同業者かと思ったけど、それにしては拙《つたな》い」

悪かったですね、拙くて。胸中で突っ込みを入れると、顔を背けて顎を支えていた指から逃れる。

「歳若い王子を手玉に取り、庇護《ひご》してくれたギルデン神官長を見捨て、知り合って日も浅い男からの口付けに平然と応えるなんて、初心《うぶ》な小娘にはできないよね。僕より年上っていうのは勘だけど、外れないんだよね、僕の勘」

どこの悪女だと言いたくなるような所業を並べ立てられて、私は撃沈した。どれ一つとっても反論できない。観念したと見て取ったのか、無口は悠然と足を組んだ。

「で？　あんた、年齢誤魔化して城に忍び込んだうえに王子をたらし込んで何をしようとしてたわけ？　目的はなに？」

組んだ足をぶらぶらさせながら、無口は興味津々といった様子で私の顔を覗き込む。私はびくつきながら青い瞳を見つめ返した。

「そちらは？　無口さん……でしたっけ？　貴方こそ目的は何なんですか？」

質問を質問で返されて気分を害するかと思いきや、はじめから答えが返ってくるとは思っていなかったのか、無口は不機嫌になる素振りもみせなかった。

「まあいいや。あんたが何者にしろ面白くなりそうだし。わざわざレーヴィ・カヤンに成り代わって潜り込んだかいがあったよ」

「……本物のレーヴィさんはどこにいるんですか？」

てっきり偽名を使い、架空の人物をでっち上げたのだと思っていた私は、驚いて尋ねてしまい後悔した。「土の中だよ」なんて答えが返ってきそうで恐ろしい。しかし、無口の返答は意外なものだった。

「さあね。今頃どっかの寒村で子供達相手に教鞭《きょうべん》をとってんじゃないの。貧しい子供達に学ぶ事の楽しさを伝えるのが夢だとかほざいていたから」

この良識の欠落していそうな男なら、さくっと殺《や》ってしまいそうなものなのに。少しは良心があると期待しても……いや、やっぱりやめておこう。

「何、その顔。僕は殺人鬼じゃないんだからね。依頼されてもいない奴をむやみに殺したりしないよ」

嘘くさい。物凄く嘘くさい。意識を保ったまま末端から麻痺していく毒がお気に入りだなんて堂々と言える人間は、殺人鬼と称して差し支えないと思う。

「信じてないって顔だね。本当だよ。僕さ、レーヴィみたいな奴、大嫌いなんだよね。表も裏もない自己犠牲が趣味の聖人君子みたいな奴でさ。気持ち悪いったらなかったよ。そんな面白味のない奴を殺しても、愉《たの》しくないじゃない？」

本物のレーヴィはいい人らしい。無口に取って代わられたのが悔《くや》まれる。

「その点あんたは結構好きだよ。周囲の人間を利用するだけしといて、不利になったらあっさり切って。本当にいい性格してるよね。人間やっぱり自分に正直に、貪欲に生きないと」

身を守るためとはいえ、我ながら酷い事をしてきたと思う。他人に改めて言われると応《こた》えた。無口に褒められれば褒められるほど自分が卑劣な人間に思えてくる。どっぷりと自己嫌悪に陥《おちい》った私に、彼はさらに追い討ちをかけた。

「そうそう、口付けもよかったしね」

「ごちそうさま」と言いながら舌なめずりする無口を睨み付けた。拙《つたな》いと貶《おとし》めたばかりじゃないか。さっきから何なんだ、こいつは。いたぶっていないで殺すならひと思いにやってくれ！

「私をどうするつもりなんですか？」

「どうって？」

羞恥《しゅうち》と後悔に堪《たま》りかねて聞けば、無口はきょとんとして首を傾《かし》げた。

「どうって……殺しに来たんじゃないんですか？」

「今？　まさか。そんな事したら僕がやったってばれちゃうじゃない。さっきも言ったけど、僕、今回の依頼人には本当に頭にきてるんだ。場合によっては、あんたについてもいいと思ってるよ。まあ、考えといてよ」

無口は弾みをつけてベッドから飛び降りる。そしてくるりと軽やかに私に向き直り、無邪気に微笑んだ。

「ああ、そうだ。逃げようとしないでね。殺しちゃうよ」

たわいない冗談を口にするような口調で、恐ろしい言葉を吐く。次の瞬間、狂気を帯びた瞳の無口が、一瞬で穏やかな笑みをたたえたレーヴィに変わった。

「筋書きはサカキさんの案通りになっています。貴女に傷を負わせた男が、貴女を攫《さら》おうと部屋から連れ出し、偶然見かけた僕が助けた。そして誘拐犯は、先日の襲撃者と同一人物。逃げ切れないと悟り、毒を呷《あお》って自害した。よろしいですか？　それではサカキさん。お大事に」

軽く一礼すると、優しい雰囲気をまとった冴《さ》えない家庭教師は部屋を出ていった。あまりの変貌ぶりについていけない。鳥の歌声が聞こえる部屋に一人残された私は、狐《きつね》につままれたような気分で無口が出ていった扉をいつまでも眺めていた。


意識を取り戻してから十日がたった。体はほぼ元通り、外を出歩いてもまったく問題はない。とは思うのだが、見目麗《うるわ》しいトカゲ神官長の許可がおりず、いまだ籠《かご》の鳥だ。お美しい後見人様の、涙が出るほど有難いお言葉には逆らえない。私はエイノの陰口に精を出しながら、退屈な屋敷の中をちょこまかと歩き回って筋力の回復に努めていた。

きっとエイノは始終くしゃみに悩まされている事だろう。

私が目を覚ました翌日に、息を切らせて会いに来たイサークは、それから毎日花束を抱えてやって来ては、ほんの数分とりとめもない話をして去っていく。何やら忙しそうだが、あの夜のように思いつめた様子はなく、私はほっとしていた。空元気《からげんき》というやつかもしれないが、案外気持ちの切り替えが早いのかもしれない。若いし。

そして、イサーク以外にも毎日顔を見せにくる人がいる。レーヴィこと無口だ。来なくていいのに。むしろ来られたら治りが遅くなりそうだというのに。毎日毎日毎日毎日。建て前が見舞いなものだから、彼もまた花束を持ってやってくる。

私は花に埋もれた部屋を見て、小さくため息をついた。

無口が持ってきた花束を花瓶に活けておいたら、イサークは翌日、それより少しだけ大きな花束を持ってきた。初めて花束をもらった時のような特大サイズを持ってこなかったのは、大きすぎるのは困ると訴えた私の言葉を覚えていたからだろう。しかし、それに気付いた無口が、面白がって翌日一回り大きな花束をもってくる……と、分かりやすく火花を散らしてくれたおかげで、部屋の中は色とりどりの花だらけ。今やちょっとした街角の花屋の様相を呈《てい》していた。

そして、今日も無口はやってきた。昨日イサークが持ってきた花束より心持ち大きな花束を携《たずさ》えて。案内してくれたマリヤッタの手前、引きつる口元を隠して礼を述べるが、彼女が姿を消すと、私は呆れて口を開いた。

「いい加減、飽きませんか？」

「どうして？　楽しいよ？」

あ、そう。心底不思議そうに首を傾《かし》げられては何も言い返せない。

「それよりさ、今日こそ教えてよ。あんたの目的」

無口は向かいのソファに腰掛け、マリヤッタが用意してくれた冷たいジュースを飲んだ。

またか。私はこめかみに指をあて、目を閉じる。見舞いと称してやってくる無口は、毎日同じ質問を繰り返していた。午前中はイサークとの授業が続いているようだが、午後は暇なのか、たっぷり一、二時間は居座っていく。その間、私の寿命はおろし金で削られていくかのようだ。

「だから、何もないって言っているじゃないですか」

「ふーん。教えてくれないんだ」

顎を上げて目を細め、無口は手に持ったコップを軽く左に揺らした。中の液体が零れ落ちる寸前で右に傾け、また左に戻す。そんな、子供じみた遊びを楽しんでいたが、何度も繰り返すうちに力加減を誤ったらしい。わずかに角度がきつくなったコップから波立ったジュースが一滴跳ねて、テーブルを濡らす。途端に顔をしかめ、面白くなさそうにコップを置いた。

「教えてくれないんじゃ仕方ないね」

口から出た声は低く、明らかに機嫌を損ねていた。

ジュースが零れたのは私のせいじゃないだろう。八つ当たりともとれる無口の言葉に、呆れと恐れが広がる。

「さーてと、やる事ができたから今日はもう帰ろうかな」

コップを人差し指で軽く弾くと、無口は腰をあげた。

来て早々に帰ってくれるのは有り難かったが、何を思いついたのかを考えると寒気がする。

「また来るから。じゃあね。サカキさん、お大事に。くれぐれも無理は禁物ですよ。では失礼します」

皺《しわ》の寄った上着の裾を伸ばして軽く頭を下げると、無口は帰っていった。

無口が正体を現して以来、風が吹いてカーテンが揺れれば花瓶を握り締めて構え、ノックの音が響けば窓を全開にして逃走の準備をし、びくびくと警戒しながら毎日を過ごしていた。備えあれば憂いなし、転ばぬ先の杖と思っての対策だが、無駄な努力に思えて仕方がない。

そんな私の異変を感じ取ったのか、ここ数日、エイノの帰宅が随分と早くなった。夕刻には屋敷に戻り、共に夕食をとると、私の体調をみながら、翻訳作業に励む。彼の仕事が一段落して時間ができた訳ではないのは、机の上に詰まれた書類の束が、高さを増していっている事からも分かる。

エイノの部屋でソファに身を沈めながら私はため息を吐いた。どうにも居心地が悪い。もっともそれはエイノを騙《だま》して逃げようとした罪悪感からで、自業自得《じごうじとく》なのは分かっている。仮面の男に襲われて命を落としかけたあの夜の出来事について、エイノは一度、簡単な聞き取りをしただけで、何も追及してこなかった。私とレーヴィの作り話を信じて、体調を案じてくれているのだと思うと気が重い。隣に座るエイノを覗き見ると、彼は殴りたくなるほど端整な顔を上げた。さらさらと絹糸のような金茶の髪が肩に零れる。

「疲れたか？」

「いえ、それほど」

嘘ではない。以前は深夜に及んでいた翻訳作業は、エイノの帰宅が早くなったせいで、終えるのも早くなった。睡眠時間は充分に足りており、一時は気になっていた肌の調子も整っている。

エイノは穏やかな瞳でじっと私を見た後、腰を上げた。

「一息いれるとしよう」

私の言葉を信じてはくれないらしい。これも子供だと思われているからだろうか。普段の態度に似合わぬ過保護っぷりに呆れながら、エイノが用意してくれた熱々のサルミに息を吹きかける。パロの香りはしなかった。

「サカキ……サカキ……」

低い声が私の名を呼んでいる。「何ですか?」と答えようとするが口が動かない。瞼《まぶた》が重い。自分では万全だと思っていた体調は、まだ不十分だったのか。私は必死に目を開けようとした。ここで眠ってしまっては、またトゥーリにいらぬ誤解を抱かせかねない。しかし、眠そうに目を瞬《しばたた》く私を映した、茶色い瞳を間近に見たのを最後に、私はとうとう目を開けることができなくなってしまった。

眠りに落ちようとする私の意識を揺り動かすように、頬がごく軽い力で叩かれた。二度、三度と繰り返されるそれに、エイノが私を起こそうとしているのだと分かったが、睡魔に抗《あらが》えなかった。霞《かす》む意識の端で、扉を開ける音がする。かと思うと、体がふわりと浮き、そこで意識は途切れた。

トゥーリが屋敷に来る前に目を覚まさなければ！　彼女の早合点が怖かった。眠りに落ちる間際に心配したせいか、上掛けを蹴飛ばすようにして飛び起きた時、空はまだ白んでもいなかった。おかしな体勢で寝てしまったのか、首が痛む。さすりながら自分の部屋へ戻ろうとして、私は目を疑った。そこはもう自分の部屋だったのだ。

着替えに袖を通す私の頭の中は、疑問で一杯だった。昨日は確かにエイノの部屋で寝てしまったはずだ。麗《うるわ》しの神官長様は、上背はあるし、それほど貧弱な体つきをしているわけではない。しかし、まかり間違ってもユハやイサークのような肉体派ではないのだ。

意識のない人間を運ぶのは大変だ。しがみ付いてもくれなければ、背負うのに協力もしてくれない。万一手が滑れば固い廊下に落とす危険性もある。だからこそ、以前パロ入りサルミを飲んで眠ってしまった時、エイノは自分の部屋に私を寝かせたのだと思った。私を運ぶ腕力があるのなら、何故前回は自室に寝かせたのだろう。

腑《ふ》に落ちない事が多すぎる。もやもやした気持ちを抱えたまま、朝食を取りに部屋を出た私は、食堂の扉を開けて固まった。

お茶を飲みながら書類に目を通しているエイノがいるのはいい。二日に一度は一緒に朝食をとっている今は、朝から彼の仏頂面を拝むのにも馴れた。

だが、どうしてレーヴィがここにいるのか。

「おはようございます」

レーヴィは人好きのする笑顔で頭を下げた。

「……おはようございます」

エイノの向かいという定位置を取られてしまった私は、レーヴィの二つ隣の席に目をつけた。しかし、レーヴィに「どうぞ」と椅子を引かれて、泣く泣く悪魔の隣へと腰を降ろした。トゥーリが運んで来てくれたスープに口をつける私の隣で、レーヴィはエイノに向かって近頃の授業内容を話し始めた。気分は三者面談だ。あまり朝に強くない神官長様は、気怠《けだる》そうに話を聞き流していたがレーヴィは気にする事無く朗《ほが》らかに語りかけていた。これが演技だというのだから実に惜しい。

胃が痛くなること請け合いなこの朝食の席からさっさと退散するべく私は流し込むようにして食事を終えた。急いで席を立とうとすると、ほんの一瞬レーヴィからぞっとするような無口としての視線が投げかけられる。『座っていてよ』という視線に含まれた指示に、私は強張った体を椅子に戻した。

「さて、サカキさん。食後のお茶を飲み終えたら行きましょうか」

どこへ？　と口にしかけた私にレーヴィが再度鋭い視線を飛ばす。

「え、ええ。そうですね。はい」

私は言葉を濁してつぶやくように言い、俯《うつむ》く。ああ、嫌な予感がする。今度は一体何をするつもりなんだ。

「兵は屋敷の前に待たせてある。気をつけていけ」

「もちろんです。良かったですね、サカキさん。許可がおりて」

心から嬉しそうに私に言葉をかけると、レーヴィは人のよい笑みを浮かべた。――何の話だ。どうやら、どこかへ出かけるつもりらしいが、何が何だかさっぱり見当がつかない。しかし一つだけはっきりしている事実がある。ついて行けばとんでもない面倒に巻き込まれる。これだけは確かだ。

「あ、あの、とっても楽しみにしていたのですが、なんだか急にお腹が……」

咄嗟《とっさ》に腹痛を訴えて外出を回避しようとする。しかしレーヴィは胸の前で組んだ手の中にすっぽりと収めた黒く鋭い小さな刃物を、エイノに見えぬようにちらつかせた。私は息を呑んで続く言葉を変えた。

「……いっぱいになりました。もう満腹です。食べられません。ごちそうさまです」

おかしな物言いにエイノが微《かす》かに眉を上げて私を見るが、曖昧に微笑んで誤魔化した。

「見頃に間に合って良かったです。なかなかお許しがいただけないものですから、散り始めるところでしたよ。ギルデン神官長は本当にサカキさんを大切に思われているのですね」

にこにこと笑みを浮かべるレーヴィを、エイノは眉根を寄せて見てから、おもむろに席を立った。「失礼する」と言い残して食堂を出て行ったエイノの足音が遠ざかる。

トゥーリとリクハルドが戻る気配がないのを確認してから、私は隣に座るレーヴィを見た。

「何の話ですか？」

「大変珍しいタピオの花が見頃なんです。城の近くに群生している場所を見つけたのですよ」

その花がどうした。無言で先を促すと、レーヴィは機嫌よく説明を続ける。

「植物学を修めた僕の話を聞いて、すっかり興味をもったサカキさんが、しきりにタピオの花を見たがっていると、かねてよりエイノ様に外出の許可をお願いしていたのです。サカキさんたっての望みということで、ね」

誰が、いつ、どこで、そんな願いを口にしたと？　タピオの花も植物学の話も何もかも今初めて耳にしたんですけど。

「何が狙いですか」

「単なる息抜きだよ。ずっと屋敷の中じゃ退屈だろうから。僕の好意」

いつの間にかレーヴィの仮面を脱いだ無口が笑う。その笑顔に潜むものに背筋がひやりとする。

「好意なら不意打ちにする必要なんてないでしょう……」

「僕が普通に誘っても来ないでしょ」

当然だ。どこまでも悪びれない無口に私の常識が追いつかない。

「やだなあ。誰もあんたに危害を加えようなんて思ってないよ。場合によってはあんたについてもいいと思ってるって言ったでしょ。そんなに警戒しないでよ」

「で？　——何が狙いなんですか？」

深いため息と共に問うと、無口はけらけらと笑った。

「信用ないなぁ、僕」

あると思うのか？　芝居がかった仕草で頬をかく無口の愉《たの》しげな瞳に、これから起こるであろう惨事《さんじ》を想像して身震いした。

馬車の外には、鬱蒼《うっそう》とした木々が生い茂っている。レーヴィとの補習で習ったとおり、城は森に囲まれているらしい。時折聞こえる小鳥のさえずり以外は静かなもので、標縄《しめなわ》をまいて拝み倒したくなるほどの大木が林立している。城近辺の森は人の手が入っているのか、適度に枝がはらってあり、陽の光が地表まで届いていた。しかし、今は、道の中央にまばらに木漏れ日が届く程度で、辺りは薄暗い。

地面を均《なら》しただけの道は馬車を揺らし、胃をかき混ぜる。吐く時は左隣に座るレーヴィのほうを向こうと私は密かに心に決めていた。朝食を控えめにすれば良かったと後悔している私より青い顔をしているのは、正面に座るランデル隊長だ。乗り物が苦手なのか、心持ち視線を上げたまま微動だにしない。すでに疲労困憊《ひろうこんばい》な私と、今にも倒れそうなランデル隊長、乗物酔いなど無縁そうなレーヴィを乗せて、馬車は快調に走っていた。

幸いにもランデル隊長が限界を迎える前に馬車は目的地に到着した。ゆっくりとスピードを落としてから動きが止まる。

「着いたようですね」

御者台に座っていたロニ先輩が外から扉を開けてくれると、私はレーヴィに手をとられ馬車を降りた。土に足をつけた途端にふらつき、不覚にもレーヴィの胸に寄りかかってしまう。遅れてやってきた腕にしっかりと抱え込まれて顔をあげると、上背のないレーヴィの顔がすぐ近くにあった。

「大丈夫ですか？　サカキさん」

心配そうな声音とは裏腹に、私にしか見えないその顔には小ばかにしたような意地の悪い笑みが浮かんでいた。本当に器用な奴だ。

「ここからは徒歩になります。足元に気をつけて下さいね」

紳士的な態度でレーヴィは私の手を取り、森の中へと分け入って行く。うしろに続くランデル隊長達に悟られぬように、レーヴィの腕から手を抜き取ろうと試みる。けれど、がっちりと強い力で挟まれて果たせなかった。外見からは想像できない力強さだ。

巨木の根に足を取られてすこぶる歩きづらいが、澄みきった空気が美味しい。どこからともなく聞こえてくる小川のせせらぎ。頭上を覆《おお》う木々の深い緑。苔《こけ》むした木の皮。枝に絡みつく蔦。日本にいた頃に憧れていた森林浴を満喫中だというのに、まったく安らがない。

レーヴィに手を引かれたまま歩き続け、緩やかな流れの小川が視界に入った時、どさっどさっ、と重たいものが二つ、地に落ちるような音がした。後方から聞こえたその音に、予感ではなく確信をもって振り返れば、力なく崩れ落ちたランデル隊長とロニ先輩の姿があった。

「やっぱり～!!」

私は思わず絶叫していた。もちろん、何かあると思ってた。楽しくお花見をして終わるだなんてこれっぽっちも思ってなかった。けれど、護衛がこうもあっさりと倒れてしまうのは正直予想外だ。

ここは視界の遮《さえぎ》られた深い森の中。護衛は倒れ、馬車からは離れ、隣にいるのは暗殺者。さて、どうしましょう?

どうもこうもあるか! 取りあえず逃げる!

いまだ絡めたままのレーヴィの腕を振り払おうと力を込めた時、私は信じられないものを見た。

驚愕に目を見張る私の前に、鈍く銀色に輝くお面が木の陰から姿を現す。

お面男が生きていた。植え込みの陰で毒を飲み、息絶えた状態で見つかったのではなかったのか。私は呆然とお面男を見つめた。

――スケープゴート。

唐突に脳内に踊った文字に、頭を殴られたような衝撃が走った。どうして気付かなかったのだろう。あの時抱いた強烈な違和感の正体に。無口はお面男の顔を見ていない。死んだのがお面男だと確認できるはずがない。植え込みの陰で死んだ男は身代わりだ。毒を呷《あお》って自殺したのではなく、無口に毒殺され、罪を着せられたのだ。

　ここは視界の遮られた深い森の中。護衛は倒れ、馬車からは離れ、隣にいるのは暗殺者。前にいるのは誘拐犯。もう、どうしろっていうんだ。

「何がやっぱりですか。走って！」

「ぎゃっ」

　呆然としていると唐突に腕を引かれた。木の根に足を取られて転びそうになるが、それすらも許さぬ力でひっぱり上げられ、走らされた。水しぶきを上げて小川を横切り一本、二本と太い木の枝を潜《くぐ》り抜けると、小さな黄色い花が地を覆《おお》う空間へと出る。この場だけ森が切り取られたようだった。頭上を覆う背の高い木も、光をさえぎる葉もなく、燦々《さんさん》と太陽の光が花々へ降り注《そそ》いでいる。これが、タピオの花なのだろうか。だが、今を盛りと咲き誇る可憐なその姿にうっとり……としている暇はなかった。

「ちょっと！　どういうつもりですか！」

　花畑の中央まで来て歩みを止めた無口の手を振り払い、私は抗議の声をあげた。レーヴィの仮面を脱ぎ捨てた無口は私の抗議など耳に入れるつもりもないらしい。いつの間に取り出したのか、朝食の席で見かけた黒い刃物を左手に持ち、右手を伸ばすと私の襟首をつかんでくるりと体を反転させる。無口に背を向けた状態になった私の首に右腕を巻きつけ、左手の刃物を首筋に突きつけた。

冷たい感触に私はごくりと喉を鳴らした。黒光りする小型の刃物はいかにも切れ味が良さそうだ。

「止まってくれる？」

無口の言葉に後を追って来たお面男が花畑の入り口で動きを止めた。

「やっぱり、現れたね」

「……その女を放せ」

「放せと言われて放す馬鹿がいると思う？」

そうだね。いるわけがないね。

「何が目的だ？」

お面越しのくぐもった声が無口に問いかける。

「目的は、もう達成できたよ。あんたをおびき出したかったんだ」

どうやら私は餌だったらしい。私を釣り針につけて、何故お面男が釣れるのかは分からないが、目的を達成できたのなら、放してもらえないだろうか。

「あんた達、何者なの？　狙いはなに？」

無口はまだ私とお面男が仲間であると考えていたようだ。

少しでも刃物から首を遠ざけようと、自然と顎をあげていた私は、否定しようとして口を開いた。拍子に、ぷつり、と肌を裂く音がして生暖かいぬるりとした液体が首を伝う。

「馬鹿、喋《しゃべ》るな！」

軽率な行動だったのは認めるが、誘拐犯に馬鹿と言われる謂《いわ》れはない。

「そいつを放せ」

じりじりと距離を詰めようとするお面男を威嚇《いかく》するためか、無口は喉元の刃物を食い込ませる。下を向けないから見えないが、流れ出る血の量が増えたのが肌を伝う感触でわかった。

「ねえ、あんた。どこの人間なの？」

「…………」

「狙いは王子様？　それとも別にあるのかな？」

「…………」

無口の問いに、お面男は否定も肯定もせず沈黙するばかり。

「答えてほしいなあ」

本当に、答えてほしいなあ。私の命がかかっているんですけど。無口なら「答えてくれないならいいや」とすぱっとやりかねない。首から滴《したた》る血が服の胸元を濡らしていく。

膠着状態《こうちゃく》に陥《おちい》った二人の睨み合いは、突然終わりを告げた。

いち早くそれに気付いたのはお面男だった。ぴくりと体を動かし後方に意識を向けたのが、私の目にも分かった。次いで無口が舌打ちをして私を突き飛ばし、うしろに下がる。突き飛ばされた勢いでお面男の前に倒れ込む私に、男の手が伸ばされた。しかしその手は、私に届く前に突如出現した光の壁によって阻《はば》まれた。

私は目を見張った。これって——

「サカキ!」

この場にいるはずのない人物に名を呼ばれ、私は顔を向けた。枝葉を掻き分け、あるいは剣で切り払い駆け寄るイサークとユハの姿が映る。そして、その後方に腕を掲げて歩くエイノの姿が見えた。あの小川を越えてきたのだろう。白い神官服の、くるぶしまである長い裾が水分を含んで足にまとわり付き、なんとも動き辛そうだ。

イサークはエイノの張った結界の前に立ち、私を背に庇《かば》った。さらにそのイサークの前にユハが身を置く。日の光を反射する鋭い切っ先をお面男に向けて。

……おい、こら君達。相手を間違ってないか?　いや、でもお面男が危険人物なのに変わりはないし。どうしよう?

私が対処に悩んでいる間にも、ユハは厚みのある長剣を、その重さを感じさせない動作で振り上げ、目にも留まらぬ速さでお面男に向かって振り下ろしていた。対するお面男は腰のうしろから小ぶりの剣を引き抜いて応戦する。その動きを見越していたかのように大きく右足を踏み出し間合いを詰めたユハが、お面男によって流されて下方にあった剣で一気に切り上げた。上体をそらして間一髪避けたお面男の髪が数本、宙に舞う。体勢を崩した彼にユハが、剣を振り下ろした。ギンッ。重く、鈍い音が響く。左手を刃にあて、両手でユハの剣を受けた男は、背を地につける。お面男は剣を押し戻そうとするが、ユハの力が勝っていた。見る間にお面男に剣が迫る。

「くっ」

お面男の口から苦しげな声が漏れる。彼は柄《つか》を持った右手に力を込め、ユハの剣を受け流し、自身の肩に剣の切っ先が触れる寸前に体を捻《ひね》って逃れた。しかしユハが後を追い、柄を強《したた》かにお面男の腹に打ち据えた。堪《たま》らず腹を抱えて蹲《うずくま》るお面男。その手から剣が零れ落ちる。勝敗は決した。お面男の背をユハが容赦《ようしゃ》なく膝で押さえつけ、さらに右の手の甲に剣を突き立て地に縫いとめる。

「うわあ」

間の抜けた声を出したのは、お面男ではなく私だった。あまりに痛そうなその情景に眉をひそめる。

押し殺した呻《うめ》き声を漏らすお面男はそれでも抵抗しようと、左手を剣に向かって伸ばすが、あえなくユハに捻《ひね》り上げられた。すっかり動きを封じられたお面男に、エイノが歩み寄る。男の前に片膝をついて屈《かが》み、銀色のお面に手をかけた。

栗色の髪を細く頼りない紐が滑り、面が剥《は》がされた。

お面の下から現れたその顔に、私は目を疑った。あまりにも見知った顔だったから。

シルヴァンティエにやってきた当初から、仕事とはいえ明るい笑顔を絶やすことなく世話を焼いてくれた。そそっかしさに呆れる事もあったが、それでも私はこの世界での数少ない知り合いである彼女を憎からず思っていた。

信じられなくて、食い入るように見つめるが、苦痛に歪むその顔は間違いなく――トゥーリだった。

男ものの衣服に身を包み、いつもは内巻きロールの髪を無造作にうしろでまとめ、化粧を施していないその姿は、中性的で一見では性別の判断がつかない。男装の麗人か女装した少年か。考えて思い至る。トゥーリがこれまでに犯していた天然とも思える失敗を。思い返せば着替え等で肌を見せる時に、いつもトゥーリはいなかった。

『反応するな』

お面男の正体に衝撃を受ける私の耳に、突如、懐かしい響きが飛び込んだ。

「は？」

言葉の意味を理解する前に、眉を寄せてトゥーリを注視してしまった。思わず漏れた声に、手で口を押さえる。『反応するな』。トゥーリは日本語でそう言ったのだ。

『馬鹿野郎。反応するなと言っただろうが。いいか、俺の言葉を理解していると悟らせるな』

早口に日本語でまくし立てるトゥーリ。今さら視線を外すのも不自然な気がして私はトゥーリの顔を見つめた。

『俺はお前の敵じゃねえ。あの夜、お前に傷をつけちまったのは故意じゃない。そこの変態を切るつもりが、お前を盾にしてかわしやがったんだ。もう分かっただろうが、そいつは教師でも男爵子息でもない。暗殺者だ。ちったあ男を見る目を養え。この阿呆』

私に対するメッセージと悟らせないためか、トゥーリは目の前のエイノを睨み付けながら一気に言葉を紡《つむ》いでいく。人が言い返せないのをいい事に、馬鹿だの阿呆だのと言いたい放題だ。

『死にたくなければ自分の身は自分で守れ。俺はもう手を貸してやれない』

私へのメッセージだと気付かせないためだろう、トゥーリは変わらずエイノに視線を合わせていた。

『ついた嘘はつき通せよ。王子の信をなくすな』

「……呪《まじない》か!?」

珍しく、どこかぼんやりとトゥーリを眺めていたエイノがはっとしたように口を開いた。押さえ込まれたトゥーリの額に、その白く細い指先を伸ばす。

『それから！　俺はこんななりでも餓鬼《ガキ》じゃねえからな。こう見えても上にいる馬鹿力の女たらしと同じ歳だ。そこんとこは絶対に間違えるなよ！』

すごくどうでもいいです。まったく関心の無い情報だった。それよりも今、気付いた。人目がなければ、私はきっと頭をかきむしって叫んでいただろう。一通目と二通目のメモの犯人はこいつだ。一通目のメモが置かれていたあの時、部屋の近くでトゥーリを見た。二通目は、私を抱えて街中《まちなか》を走りまわっていた最中にポケットにねじ込んだのだろう。

トゥーリは言いたい事を言うと強く唇を噛んだ。歯の間から鮮血が滴《したた》り落ち、タピオの花を赤く染める。

「我が名はトゥーロ。我の血は流された。契約に従い我が身を狭間へと導け」

エイノの手が触れる寸前、トゥーリの体が霞《かすみ》がかったように白み、――消えた。

背に膝をついていたユハがバランスを崩して前のめりになる。手を貫いていた剣に残されたのはべっとりと貼り付く赤い血のみ。

誰もが、動くこともできず呆然とトゥーリがいた場所を見つめていた。

空間の転移。千年前にルードヴィーグが自在に操ったという術。トゥーリはあの馬鹿賢者と繋がっているのだろうか。……ああ、そうか。夢うつつに会話をした時、賢者が何も言わなかったのはメモを置いた人物がトゥーリだと分かっていたからだ。

「消えたか。信じられぬな。転移の術をものにする人間が実在するとは。しかし、なぜ唇を噛んだのか」

誰に聞かせるでもなくエイノがつぶやいた。言われてみればそうだ。最後の台詞《セリフ》から術の発動に血を流す必要があったのは分かる。けれど唇を噛む意味が分からない。そんな事をしなくても、手からだくだくと血が流れていたのに。しかも、しょうもない捨て台詞《ゼリフ》をはいて行きやがって。お前の歳など、どうでもいい。他にもっと言うべき事があるだろうに。天然なのは素か！

第七章

エイノはゆっくり立ち上がると、手にした仮面を投げ捨てる。

一陣の風が吹き抜け、タピオの花弁が一斉に舞った。

はらはらと黄色い花びらが舞い落ちる中、立ち竦《すく》むユハやイサークの間をすり抜け、彼は私の前に立った。白い指が喉の傷に伸びる。長い睫毛《まつげ》が伏せられ、指が傷口を撫でた。温かな熱が冷たい指先を通りそそがれていく。と同時に傷の痛みが薄れ始めた。

「お前は何者だ」

「え？」

冷淡な声だった。

「お前は何のためにここにいる」

傷口が塞《ふさ》がったのを確認するように指先が喉を伝う。とても大事なものに接するような丁寧な指の動きとは反対に、茶色い瞳には憎しみにも似た冷ややかな光が浮かんでいた。

「何のためって……」

タピオの花を見に。だが、聞かれている意味が違う気がして、私は口ごもった。

「何故、トゥーリ……いや、トゥーロと共に去らぬ。正体が露見《ろけん》しておらぬと高を括《くく》っておるのか？」

私は虚をつかれて、エイノの顔を見つめた。

「『馬鹿野郎』『変態』『阿呆』」

完璧な造形美を誇るエイノの唇から、その美しさには到底似つかわしくない言葉の数々が吐き出される。

「先ほどトゥーロが口にしていたな。どれも知らぬ言葉だが、以前にも耳にしたことがある。お前が毒におかされた時、うわ言でつぶやいていた。これはお前達の言語なのではないのか？」

生死の境を彷徨《さまよ》って、苦しくて、恐ろしくて仕方がなかったあの時、夢の中に賢者が現れて、そして――あらん限りの罵《ののし》りをぶつけた。背中を冷たいものが伝う。まさか口に出していたのか。

「サカキ、お前達は何者だ」

違う。知らない。目的などなにも無い。どうにか取り繕《つくろ》おうといい訳を探したが、何も出てこない。私は藁《わら》にもすがる思いでイサークを見て愕然とした。イサークは悔《くや》しそうに唇を噛み締めていたのだ。内から溢れ出そうになる何かを必死に耐えるように。やがて彼は意を決したように口を開いた。

「お前に贈ったカッオ、あれを手土産《てみやげ》にと薦めたのはトゥーリだ。キノスで流行《はや》っているからと手渡されたが、流行るどころか、王都にあれを扱う店などなかった。サカキはどこにも売っていないあれを懐かしいと言ったな」

あの馬鹿。

「それに、以前夜半に俺がお前の部屋にいた事を覚えているか？　あの日、窓の鍵をあけて手引きしたのもトゥーリだ。お前がレーヴィに気持ちを寄せていると俺にささやいたのも」

大うつけ。

「まだあるよ」

今度はユハが口を開いた。

「君を気晴らしに街にだしてはどうかと涙ながらに訴えてきたのも彼女なんだよ。慣れぬ生活に参っている。このままでは命を絶ちかねない。精神がもたないのではないか、とね。その街で、奴は我々の手元から君を攫《さら》い、君は偶然にも殿下に出会ったわけだ」

もう言葉もなかった。天然恐るべし。私は深い深いため息をついた。

「お待ちください！」

援護は意外なところから来た。レーヴィが背後から私の肩に手を置く。

「何かの間違いではありませんか。私は仮面をつけた男が屋敷の周りをうろついているのを見かけて、ギルデン神官長に進言いたしましたが、まさか、サカキさんの仲間だな

ん て……」

お前のせいか！　おかしいと思っていたのだ。ずっと外出を渋っていたエイノが突然タピオの花を見に行くのを許可した事を。それも彼が嫌っているレーヴィと。私は無口のみならず、エイノ達にも仮面の男を誘き出す餌にされたというわけか。

「それに、どうしてあなた方がここにいらっしゃるのです。警護が二人だけでは心もとないと思われたのは分かりますが、私もサカキさんの身を案じて警戒しておりました。後をつけてくる馬などなかったはずですが」

ずっと私を捉えて放さなかった茶色い瞳が伏せられる。ちりりとしたむず痒《がゆ》いような痛みが首に走った気がした。

「エイノさん……また、私にサリの術を？」

疲れていたわけでもパロを飲んだわけでもないのに、エイノの部屋で急に訪れた眠気。翌朝の首の痛み。私は信じられない思いで眼の前の冷血漢を見つめた。

「そうだ」

緊張にごくりと唾を呑み込む間もなく、あっさりと肯定された。

こんの外道《げどう》神官。私を部屋に運んだのは腹黒女たらし近衛《このえ》か？　剣についた血を拭《ぬぐ》い腰の鞘《さや》に収めているユハを睨みつけると、緑の眼の男は肩を竦《すく》めた。

「悪く思わないでくれよ」

かっと頭に血が上った。

「シルヴァンティエの神官長は覗きがご趣味なんですか？」

「元はといえばお前の身を守るためにかけたのだがな」

反省も後悔も感じられないエイノの物言いに、屈辱《くつじょく》で頭がかき乱されるようだ。

「何から守るっていうんですか！」

「仮面の男からだ。はっ、笑える話であろう？　私はお前の身を、お前の仲間から守るためにサリの術をほどこしたのだ」

低い、低い声だった。感情も露《あら》わに吐き捨てたエイノにユハが驚いたように片眉をあげる。言い返そうとして、言葉に詰まった。怒りと悲しみに顔を歪ませるエイノなど、誰が想像できただろう。

イサークが一歩足を踏み出した。

「サカキ、話してくれ。本当の事を」

話して、信じてもらえるのだろうか。信じる気があるのだろうか。けれど、もう切り抜ける手段が思い浮かばない。

「トゥーロが語った言葉は、確かに私の国のものです」

私はため息をひとつ落とすと、肩に置かれたままの手をさりげなく払い落とした。

「けれど、彼は私の国の人間ではありません。彼と私では明らかに人種が違うでしょう？

私は彼の事など知りません」

「トゥーロはお前になんと伝えた？ 『馬鹿野郎』とはどういう意味だ？」

「『馬鹿野郎』は馬鹿野郎、『変態』は変態、『阿呆』は阿呆です。彼は私に言葉を理解していると気取られるな馬鹿野郎、と。あと自分の歳はユハさんと同じだと言って消えましたよ。私からすれば、トゥーロのほうがよっぽど馬鹿野郎ですけどね」

問うたエイノが呆れたように眉をひそめた。トゥーロと私の実のない会話に呆れているのか、この期《ご》に及んで嘘をついていると呆れているのかは知らないが。

「お前の国とはどこだ？」

「以前にもお話ししましたが日本ですよ。ただし、地図にはのっていませんが」

眉間に寄せた皺《しわ》を深くする美貌の神官長を見据え、私は疑問に答えた。

「世界が違うんです。私の祖国は今いるこの世界とは異なる場所にあります。私がいた世界にはシルヴァンティエなんて国はありません。そもそも理《ことわり》が違います。魔法も、聖獣も私の世界では御伽噺《おとぎばなし》の中にしか存在しない。そんな世界で私は暮らしていたんです」

辺りは水を打ったように静まり返っていた。それぞれに私の語った言葉の意味について思索しているのだろう。

「それは、術の確立していない他の大陸からきた。という事か？」

何とか自分なりに理解しうる範疇《はんちゅう》に置き換えたのだろうイサークの言葉に、私は首を横に振る。

「違います。私のいた世界、地球とでもいいましょうか。地球には複数の大陸が存在しましたが、飛行機……えーと、数百人の人間を乗せて空を飛ぶ乗り物の事です……や、船などで人々は大陸間を行き来していました。未知の大陸などありません。信じられないでしょう？　自分でも、いまだに頭がおかしくなってしまったんじゃないかと思うぐらいですから」

息も吐かずに一気に話し終えると、私は皆の顔を見回した。当然の事ながら皆の顔色は芳《かんば》しいとは言いがたい。

「世界はいくつも存在するそうですよ。平行して存在する世界は交わることなく独自の時を歩んできたと。私は本来、繋がるはずのない世界からこの世界にきたのです。分かりますか？　私はあの日、庭園に来たあの夜まで、この世界の事など何一つ知らなかったんです。イサークに近づく気も、ましてや命を脅《おびや》かす気も、さらさらありません」

「では、繋がるはずのない世界から、お前はなぜこの国に来た。いや来ることができた？」

「ルードヴィーグに無理やり連れて来られました」

そう、すべてはあの馬鹿のせいだ。私が答えた名前にエイノは瞠目《どうもく》すると「ルードヴィーグ……だと？」と小さくつぶやいたきり口を閉ざした。

「サカキちゃん、君はルードヴィーグがいつの時代の人物か知っているのか？」

エイノに代わって尋問の音頭をとったのはユハだった。

「千年前でしょう？　代替わりでもしてるんじゃないですか。それか名を騙《かた》ってでもいるのか。私を連れてきた人物が自分でそう名乗っただけですから、真偽のほどは知りませんよ」

愛想を振りまくのにも疲れてきた。というか、この男には最早《もはや》必要ない気がして、口調はつっけんどんなものになってしまう。

「そのルードヴィーグとやらの目的は何かな？　なぜ君を城の庭園に連れてきたんだ？」

「知りませんよ」

本当に。こっちが聞きたいぐらいだ。

「探しモノをしてほしいと言っていましたけどね。そのためにノルティアで使われている言語を与えると。私がシルヴァンティエの言葉を話せるのはそのためです」

「父親から学んだというのは作り話か」

ユハは腰に手をあて苦笑するが、その体から緊張が解ける事はない。いつでも抜刀できるように、身構えている。

黙り込んでいたエイノが顔を上げる。

「ルードヴィーグはお前の国の人間なのか？」

「違います。彼の容姿はシルヴァンティエの人々のそれに近かったですよ。長い金の髪を三つ編みにした、青い目の、胡散臭《うさんくさ》い笑顔が印象的な若い男性でした。上背はあるけど細身で……そういえば黒光りする重そうな長い杖を持っていました」

随分と重そうな杖を軽々と扱う賢者を見て、意外と細マッチョなのかもしれない、と思ったはずだ。私の説明に、イサークが目を見張り、口元を手で覆《おお》った。その表情を怪訝《けげん》に思っていると、今度は、くっと背後で喉を鳴らす音がする。他の三人は気付かなかったようだが、無口が笑ったらしい。思わず笑ってしまった気持ちは分からないでもない。胡散臭い笑顔の歳若い賢者なんて、どう考えても嘘くさい。いかにも物事を知っていそうな白い髭《ひげ》をたくわえた老人だとでも言っておけばよかった。

「俄《にわ》かには信じがたい話だ」

そうでしょうとも。

「だが信じよう」

正気ですか!?　エイノの言葉に私は耳を疑った。頭は大丈夫か？

「エイノ」

ユハがわずかばかりの非難を込めて呆れたように名を呼ぶ。

「嘘にしては稚拙に過ぎる。荒唐無稽《こうとうむけい》なだけに真実味があるではないか」

「俺も……俺も信じる」

賛同の声をあげたのはイサークだった。

「……殿下」と疲れたようにつぶやいて、ユハがため息をつく。

「俺は多分、そいつに会ったことがある。サカキの言うルードヴィーグに」

思いもかけない言葉に今度は私が目を見張る番だった。

「学院の中をふらついているのを見かけたんだ」

「もしかして、イサークが返り討ちにしたとかいう奇妙な男のことですか？」

シルヴァンティエにやって来たあの晩に聞いた、ロニ先輩の台詞《セリフ》を思い出して問えば、
イサークは首を振った。

「返り討ちにしたのではない。捕縛《ほばく》の術で取り押さえようとしたら、おかしなことになったんだ。上手く言えんが、力が引っ張られるような、反響するような感じがして、術の制御が利かなくなった。ただではすまんと思ったが、男が杖をかかげると力が収束しだ

して……気付いた時には、俺はかすり傷一つ負っておらず、男は消えていた。おそらくだが、あの男が暴走した俺の力を封じ込めたんだと思う」

「殿下、術を使用したとも、制御に失敗したとも、報告を受けておりませんでしたが」

「すまん」

エイノの冷たい突っ込みにイサークは目を伏せる。

「あの男が何者なのかは分からんが、サカキは奴に利用されているだけではないのか？　俺にはどうしてもサカキに悪意があるとは思えない」

苦しげに眉を寄せて語る様子は、王太子としての責務と自身の感情の間で苛《さいな》まれているようだった。

信じたいと悲痛な色をのせて私を見つめるイサークを見て、年齢詐称については黙っておこうと心にきめた。十三歳には許されても、二十五歳には許されない事は多いだろう。

分が悪くなったユハは腕を組み、ため息と共に私を見た。

「サカキちゃんの話を全面的に信じるとして、では誰が何のためにサカキちゃんを射、攫《さら》い、毒を塗った剣で斬りつけた？　すべてツィメンの仕業《しわざ》だとでも？」

誘拐・毒殺はうしろの変態が犯人です！　と突き出してしまいたいが、エイノを見捨てて逃げようとしたと暴露されては困る。

「待って下さい。弓矢の件は私ではなくイサークが狙われたのではないのですか？　ユハさんも言っていたじゃありませんか。暗い室内にいた私をイサークと間違えて襲撃した可能性があると。それに私が来る前からイサークの身の回りでは不審な事件が相次いでいたのでしょう？　その件にツィメンの姫君との婚約が絡んでいると噂を耳にしました」

イサークは怪訝《けげん》そうに顔をしかめた。

「あるにはあったが、かなり性質が違う。学院に現れた男の件を除けば、今までのものは、寝室に蜂が入り込んでいたり、厩舎の前を通りかかった時に馬が暴れて出てきたり、椅子の足が折れたりといった程度で命を脅《おびや》かすものではなかった。つまらんものでは、つま先をひっかけて転ぶように下草が結ばれていたというのもあったか」

それはとてつもなくつまらない。

私が来るまでは子供騙《こどもだま》しだった事件が、私が来てから一気に危険なものへと変化した。

ということは……命を狙われたのは私だけだった？

これは一体どういうことなんだ。振り返り無口の胸倉を掴んで問いただしたい気持ちをぐっと堪《こら》えた。イサークの件と矢からこちらの事件は無関係なのだろうか？　と考えて頭を振る。いや、違う。無関係ではない。イサークの身の回りで嫌がらせじみた不審な出来事が始まったのはツィメンとの縁談話が持ち上がってからだ。そして私はイサークの想い人……

「イサークの周りから縁談を遠ざけたい人間がいる？」

ぽつりと零れた言葉に、イサークがはっと顔を上げた。

そう、例えば自分の娘を王太子であるる彼にあてがいたいと願う貴族がいるとする。その貴族は小さな事件を起こし神罰と噂を流してツィメンとの話を壊そうとしていた真っ最中だった。ところが、肝心の王太子はぽっと現れた身元不明な女に心を寄せる。さて、どうする？　簡単だ。女を排除すればいい。女にはなんのうしろ盾もない。殺しても大した問題にはならないだろう。さらに女を殺した罪をツィメン側の落ち度にできれば一石二鳥だ。

「なるほど。充分に考えられるね。だが、殿下のお心を自分の娘に向けたい貴族などごまんといる。鍋に入れられた豆の中から、腐った豆をどうやって見つけ出す？　先日の狙撃でサカキちゃんには悪い意味で注目が集まっている。仮面の男を誘《おび》き出すなんて危険な賭けに出たのは、一刻も早く黒幕を暴《あば》く必要があったからなんだよ」

私やエイノの立場は、やはりかなり危ういのだろうか。

「いくら殿下でも、お偉方を抑えるのはもう限界でしょう？」

ユハはイサークに鋭い目を向ける。歳若い王子は押し黙り手を握り締めた。それが答えだった。

湿っぽい地下牢にエイノと二人で繋がれている場面を想像して身震いした。薄暗く不衛生な檻《おり》の中に延々と響く水滴の音とエイノの嫌味っぽい説教。なんて絶望的な光景だろう。私は己の体を抱きしめて目を瞑《つむ》る。何かないか。手がかりが。考えろ、思い出せ。無口は依頼人について何か漏らしてはいなかったか。何でもいい、手がかりを……

――リトヴァ。

見つけた。

思い出したぞ！　私は快哉《かいさい》を叫びたい気分で大きく息を吸い込んだ。大通りから一本それた道沿いにあるという食堂リトヴァ。レーヴィの友人ハンネスが営むというリトヴァ。私を匿《かくま》ってくれる場所と言っていたリトヴァだ。嘘をつく時は少しの真実を混ぜると、信憑性《しんぴょうせい》が増すと聞いた事がある。あの時はすっかり失念していたが、レーヴィの話を訝《いぶか》しんでリトヴァなる食堂があるかどうか、誰かに尋ねないとも限らなかったのだ。リトヴァもハンネスも作り話だとばかり思っていたが、リトヴァは本当にあるのではないだろうか。いや、ある。あるはずだ。お喋《しゃべ》りな無口。どうせ殺してしまう相手だと、嘲《あざけ》り半分、重要なキーワードを喋っていても不思議はない。彼は依頼主と連絡をとるために使う店の名を出したのではないだろうか。

「サカキちゃん……」とユハが口を開きかけた時、「ケーコ様!」と唐突にしわがれた声が飛び込んできた。見やれば息を切らしたロニ先輩が、足元の覚束《おぼつか》ないランデル隊長に肩を貸して立っている。

私は二人の無事な姿にほっと息を吐いた。今の今までうっかり忘れていたけど……

「話はここまでだ。二人の手当てを優先せよ」

「医学の心得がございますので、微力ですがお手伝いさせて頂きます」

二人に向かって歩きながらイサークが命《めい》を出すと、レーヴィが駆け出し、エイノが後に続いた。三人がランデル隊長達の側に寄ったのを見届けてから、私は側に残った男の紺色の裾を引いた。

「ユハさん、取引をしましょう」

笑みをかたどっているのに、威圧的に私を射抜く緑の瞳に怯《ひる》みそうになる。が、私は震える指を握り締めて長身の近衛《このえ》を見上げた。

「食堂リトヴァを調べてください。大通り近辺にあるはずです。ここ一、二ヶ月の間に秘密裏にリトヴァに出入りしている者を洗ってください。その人物が黒幕です」

「リトヴァ……ね。それで、俺の利益は? 取引というからにはこちらにも利得がなければね」

「すべてをユハさんの手柄になさってはいかがです。向上心溢れるユハさんにはいい話だと思いますけど」

目を見開いたユハは、「ははっ」と声を上げて笑った。

「情報の出所も俺に押し付けるつもりかい？」

ユハの顔から擬態にも似た笑みが消える。

「いいだろう。その話、のってやる」

ぞくりとした。甘さの消えた声はユハの本性を伝えるに充分な凄みを含んでいる。私がごくりと唾を呑み込むと、ユハはふっと笑顔に戻った。

「リトヴァのことをどこで知ったのかは聞かないでおくよ。……今はね」


馬車に戻ると、側には葦毛《あしげ》と栗毛と青毛の三頭の馬が繋がれていた。イサーク達が乗って来た馬らしい。

ランデル隊長とロニ先輩を馬車に乗せ、嘘か真か医学の心得があるというレーヴィが同乗する。ロニ先輩よりも重症なランデル隊長を馬車の座席に寝かせるために、あぶれた私は馬で帰る事になった。

誰の馬に乗れば良いのか。三頭の馬を見回していると、葦毛の馬の手綱を引いたエイノに手招きされる。一番乗馬に縁がなさそうだが、大丈夫なのか。

意外にもエイノは軽やかに馬に跨《また》がり、私を馬上に引き上げた。

「操りにくい。力を抜かぬか」

初めての乗馬に緊張する私の体を、エイノは自分の胸に押し付ける。

馬車が走り出す。ユハが馬車を先導し、イサークが馬車のうしろについた。エイノはイサークの馬から少し距離をとり、手綱を握っていた。私を乗せているせいか、馬の歩みはすこぶる遅い。どんどん引き離されていく。

「エイノさんは、どうして私の話を信じてくれるんですか？」

馬の背に揺られるのに幾分馴れた頃、私はエイノに尋ねた。実際に賢者らしき人物に会ったイサークはともかく、彼が御伽噺《おとぎばなし》のような私の話を何故信じたのか、不思議で仕方がない。ぱかぱかとリズミカルな蹄《ひづめ》の音が五、六回聞こえてから、エイノは口を開いた。

「昔、会った事がある」

私は鞍《くら》を掴んで振り返った。

「エイノさんもですか!?」

「そうだ」

エイノの顔を振り仰ぐ私に、エイノは眉をひそめて、「前を向かぬか」と窘《たしな》める。

「いつ？　いつ会ったんです？」

「まだ、孤児院にいた子供の頃だ。当時は何の力も持たぬ非力な子供だった」

エイノが孤児院に。ちょっと想像がつかない。苦労して育ったのに、どうしてこんな尊大な性格になってしまったのだろう。

「私の父は公爵の地位にあるが、母は平民だった。酒場で歌うのを生業《なりわい》としていたと聞いている」

公爵と歌姫。シンデレラストーリーの見本のような組み合わせだ。ただし物語と違ってハッピーエンドではなかったようだが。

「母の死後、私は父の正妻に疎《うと》まれてな。父の遠縁の子として、孤児院に預けられたのだ。私のような立場の子供ばかりが集められた孤児院で、随分とまともな方ではあったが、幾度か危うい目にもあった」

ユハの言葉が思い出される。エイノのような美貌の子供がいれば、たとえ男児でも目をつける輩《やから》は出るのだろう。私は後悔し始めていた。エイノの過酷な過去をこんなかたちで聞いてしまっていいのだろうか。

「ユハに出会ったのもその頃であったな。不本意ではあるが奴にも数度、助けられた」

私は馬の鬣《たてがみ》に視線を固定して、口を噤《つぐ》むしかなかった。淡々としたエイノの口調は自分の身の上を話しているとは到底思えない。

「辛くも恥辱《ちじょく》を逃れておったが、所詮は子供の浅知恵だ。とうとう追い詰められた時に現れたのが、ルードヴィーグと名乗る男だった。ルードヴィーグは私の中に眠る術者としての資質を見出し、力を引き出した。やがて、力の発現を知った父によって、私は神官に引き上げられた。言うなれば私はルードヴィーグに救われたのだ」

重い。重すぎる。同情の言葉をかけるにはエイノの事を知りすぎているし、激励の言葉をかけるには知らなすぎる。頭上でエイノが苦笑する気配がした。

「哀れみはいらぬぞ。もう過去の話だ」

「すみません」

気まずい。日本人の性《さが》でとりあえず謝ってしまったが、言葉選びを間違った気がする。心地良いとは言えない空気に耐え切れず、私は新しい話題を探した。

「あの、エイノさん」

「なんだ」

「ルードヴィーグの探しモノに心当たりはありませんか？　あたたかくて、近くにある、と賢者は言っていたのですが」

こんな身近に賢者の関係者がいたのは果たして偶然だろうか？　ひょっとしたら、探しモノはエイノに関係しているのかもしれない。昔助けた少年に大切なものを託していたとか。

「ない」

残念。いい線をいっていると思ったのに。しかし、エイノが持っているのだとしたら、私でないと見つけられないには当てはまらないか。いや、待てよ。

「エイノさんに秘密の宝物ってあります？」

もしや、ルードヴィーグは女で子供に見えるという私の容姿を利用し、エイノの屋敷に送り込んで、それを盗ってこさせるつもりだったのでは。

「とても大切にしていて、人には見せたくないような。教えたくないような」

賢者に引き出された能力を用いて、美貌を保つために超高性能の美顔器を開発、使用しているとか。ぐっ、とエイノの喉が鳴る音を聞いた。

「……ある。と言えば、どうするつもりだ」

「貸していただけると助かります」

背後でエイノがため息をついた。

「返す気などないであろう」

それは賢者次第だ。私はただ又貸しをするだけなのだから。

「お前の考えは分からぬではないが見当違いだ。大賢者とまで言われた男が、別世界の人間であるお前の手を借りねば探し出せぬような物が、私の手元にあるわけがなかろう」

本当だろうか。ならどうして、さっき一瞬言葉に詰まったのだろう。体を捻《ひね》ってエイノを見る。私が疑っているのを察したのか、エイノは口を開いた。

「秘しておきたいものはあるが、賢者の探しモノではありえぬ」

「秘しておきたいもの……ですか」

目が合う。薄い唇が柔らかく弧を描いた。

「そうだ。だが、これが一筋縄ではいかぬものでな。私の腕の中に隠しおおせるものではないようだ」

匂い立つような色香を発する笑みだった。目にしていると、脳内が何かに汚染されそうで、私は慌てて前を向く。

「エイノさんも色々と大変なんですね」

よく分かりませんが、何ややこしい秘密の品をお持ちのようで。

「そうだな」

そう答えたエイノの声が、苦しげなのに優しくて、まるで着ぐるみの中身を覗いてし

まった時のように……見てはいけないものを見てしまったようなうしろめたい気持ちになった。

木漏れ日が馬の鬣《たてがみ》に落ちるたびに、灰色の光が煌《きらめ》く。随分と遠くなってしまった馬車を見ながら、自嘲《じちょう》めいた笑声《しょうせい》が漏れた。

ルードヴィーグについて当たり前のように会話をしている……

「私が最初から正直にルードヴィーグの話をしていたら、エイノさんは信じていたかもしれないんですね」

「信じたであろうな」

なんて遠回りをしてしまったのだろう。保身のためについた嘘のせいで、嘘を重ねなければならなくなり、自らの首を絞める結果になってしまった。

エイノは馬の足を速めた。体が上下に揺れる。前のめりになる私の体を、背後から伸びた腕が引き戻す。頭が彼の胸板についた。

一旦は遠ざかっていたイサークの背中が近づく。

「私の記憶に残る母は、いつも悲しげな顔をしていた」

微《かす》かに乱れた息と共に、低く響く声が、耳朶《じだ》にかかる。

「サカキ、殿下は……ならぬ」

唐突な言葉に思わず背後を振り返りそうになるのをぐっと耐えた。皆の前では話さなかった過去をわざわざ持ち出したのは、それが言いたかったからか。身分違いの恋は不幸をもたらすと。

「ご心配なく。イサークに対して特別な感情は持っていません」

おもしろくない。この男は私がイサークに好意を抱いているとでも思っているのか？

「そうか」

短く答えたエイノの声は、相変わらず感情が読めないもので、私の胸には苛立ちが薄く降り積もった。

そもそも、探しモノが見つかれば、私は日本に帰るのだ。

それきりエイノは口を閉ざし、城へ着くまで私達は口をきかなかった。

――フロステル伯爵が捕らえられた。

一報が伝えられたのは、ユハと取り引きを交わしたわずか三日後の事だった。

一応の決着を見たことに私は安堵《あんど》しきっていた。これで枕を高くして寝られると思っていたのに……

「ねえ」

うるさいなあ。眠いんだから寝かせてよ。

「ねえ、そろそろ起きたら？」

機嫌の悪さを滲《にじ》ませた軽薄な声音に、飛び跳ねるようにして体を起こす。ベッドがきしきしと音を立てて弾んだ。

「やっと起きたね」

寝起きの呆《ほう》けた頭に、うんざりしたような声が響いた。

「なに？　寝ぼけてるの？　あんたって、いい年して寝穢《いぎたな》いね」

頭はいつまでもぼけたままではいてくれない。活動を始めた脳は、今度ははっきりと声の出所を把握する。ごく間近で発せられた言葉に、私は上掛けの下で伸ばしていた足を勢いよく縮めて、恐る恐る声のしたほうに顔を向けた。

「よく寝てたね。色々と試したのに、ちっとも起きないんだから」

にいと口角をあげる無口。獲物を狙うように眇《すが》めた目に見つめられて、冷たいものが背筋を伝う。私は縮めた足を胸へと引き寄せた。今の台詞《セリフ》は聞かなかったことにしよう。精神衛生のために。忘却は人間にとって実に大切な機能だ。

「おはようございます。無口さん、随分とお待たせしてしまったようで」

室内は真っ暗だった。カーテンを通す光もない。にじりにじりとお尻と足を交互に動かして、無口とは反対方向へと移動する。何とか端にたどり着くと、素早くベッドから這《は》い出た。

「おはよう、目は覚めたみたいだね」

「ええ、おかげさまで」

これ以上はないほどの最悪な寝覚めですが。

ベッドから降りた私は、さらに無口から距離をとるべくじわじわと後退を続けた。

そんな私を見て、無口の眉が面白そうに持ち上がる。

「よっ」

軽い声を発して、無口はベッドへと飛び乗った。泥のついた編み上げ靴でベッドの上を横切ると、すとっと私の眼前へと着地する。

あああ、マリヤッタが干してくれたばかりのふかふかの布団に泥が！　無残に残る靴跡に目を奪われていた私は、次に目の前に立つ無口へと視線を移し……

「なに、それ」

そうつぶやいたきり言葉を失った。冴《さ》えない教師・レーヴィの、純朴な田舎《いなか》青年そのものの地味な服には、どす黒い染みがいくつも浮かんでいた。

「ああ、これ？」

無口が服の裾を引っ張ると、ふわりと風にのって生臭さが鼻をつく。

「大丈夫。返り血だよ」

ちっとも大丈夫じゃないわ！　誰？　誰？　誰のなの？　知ってる名前は口にしないでよ。

「王子様の」

ひい。顔から血の気が一気に失《う》せる。

「ではないから安心して」

にんまりと笑う無口。からかわれたのだと分かり、引いたばかりの血が逆流する。私は無口を睨みつけた。

「ぷっ、あはははは。面白い顔」

「なにがっ」

無口は愉《たの》しそうに声を上げて笑う。

けれど次の瞬間、怒りのままに罵《ののし》ろうと口を開いた私の足元に、がくりと膝をついた。

「……え」

力なく伸びた腕が私の腰を捉えて、強く巻きつく。

「もう、最悪。自己嫌悪でどうにかなりそう」

私のお腹の辺りに顔をうずめると、無口は唸《うな》るようにつぶやいた。

「あの馬鹿が、のこのことリトヴァに現れたせいで、火消しに奔走《ほんそう》してたんだよ。仕方なく何人か手にかけてきた」

泣いて、いるのだろうか。腰に回った腕にますます力が込められる。私の体に顔を押し付けたまま、無口は、はあと苦しげなため息を落とした。

依頼されてもいない無益な殺しはしないと言っていたのは、本当の事だったのだろうか。本人の言うように、真実殺人鬼ではないのかもしれない。生きるために、茨《いばら》の道を選ばなければならなかっただけなのかもしれない。

「あんな、あんな……」

伏せたまま、か細く震える無口の頭に、そっと指を伸ばした。暖かな色味の髪を撫でると、思ったよりも柔らかな感触がする。

「最低な殺《や》り方！」

は？

「ああ、もう信じられないよ。時間がないとはいえ、あんな殺し方。おまけに返り血まで浴びちゃってさ」

信じられないのはこっちだよ！　わけのわからぬ思いの丈を思う存分吐き出す無口に、深い怒りを感じても誰も私を責められないだろう。髪に触れていた手を丸め、硬く拳を作る。せめて一発殴ってやらないと気がすまない。

「でも、まあ仕方ないよね。こっちに火の粉がかかったらまずいし」

ぱっと顔を上げた無口は、今にも振り下ろさんとしている私の拳を見つめ、にやりと笑みを浮かべた。

「なに、この手」

手首をつかみ、立ち上がる無口。

「異界の女って、どんな味がするんだろうね」

それは、性的な意味でですか!?　それとも猟奇的な意味でですか!?

屋敷の外に立っているはずのランデル隊長とロニに聞こえるように悲鳴を上げようと、私は大きく息を吸い込んだ。

「――っ!?」

声を発する寸前に、柔らかなものが口を塞《ふさ》ぐ。空気を取り入れるために開けた口の中に容赦《ようしゃ》なく舌が差し込まれた。こいつは！　二度ならず三度までも！

ロマンのかけらもないキスから逃れようとして身を引いた勢いを利用して、無口は私を押さえ込んだ。

衝撃に息がつまる。すかさずもう片方の手首も掴み、背後の壁に縫い留めると、無口の舌が忙《せわ》しく口内を這《は》い回る。掴まれた手首に指が食い込み、骨がきしきしと悲鳴をあげる。目に溜まる涙は痛みのせいだろうか、息苦しさのためだろうか、それとも、悔《くや》し涙だろうか。息をすることもままならない激しいキスに意識が遠のきかけた時、舌の付け根に妙なものが触れた。小さなおはじきのような、つるりと固い感触。

毒薬!?　嫌だ。離せ！

一気に高まる恐怖に、死に物狂いで足をばたつかせた。しかし、すぐに足と足の間に膝を割り入れられ、押さえつけられてしまう。

すでに口内の奥深くにあったそれは、無口の舌に押され、唾液に流されて、するりと喉を通っていった。

ようやく顔を離した無口は、薄い色の瞳を嬉しそうに輝かせ、濡れた唇をぺろりと舐める。

「あんたのその顔、好きだな。ぞくぞくするよ」

うるさいわ！

「何を飲ませたんですか!?」

吐かなければ。指を喉に突っ込もうとするが、無口の掌で口を塞《ふさ》がれる。

「もう、遅いよ。もう、ここで溶け始めてる」

無口はとろけるような笑みを浮かべ、胸の中心を指先で軽く撫でた。

「依頼人は捕まったんでしょう。なら、なぜ、こんな事……」

「なぜって、まあ意趣返しかな。リトヴァの情報を漏らしたでしょ。あんたとは仲良くやれると思ってたのにな」

どういう思考回路があればそう思えるんだ……

「でも、僕も鬼じゃないし、ちょっとお仕置きをしたかっただけだから。僕が逃げるまでの間、護衛を呼ばないでいてくれたら、解毒剤を分けてあげるよ。そうだな。今から目を瞑《つむ》ってゆっくりと百数えて。それから窓辺に来てくれたら、薬を結んだ矢を部屋の中に射てあげる」

「信じられない」

「でも、信じるしかないでしょ」

ぐっ、と言葉に詰まる私に、無口は満面の笑みを浮かべる。喜びに満ちた危険な笑顔につい見入ってしまった自分に気付いて、心底落ち込んだ。

「百数えればいいんですね」

もう、なるようになれ。

「そう、目を瞑って」

あきらめとやけくそ混じりのため息をつくと、私はそっと目をとじた。と、その瞬間を待っていたかのように、ふわりと何かが唇に触れる。

「じゃあね。楽しかったよ。さようなら」

足音はしなかった。ただ、離れていく微《かす》かな衣擦れの音に、無口が去っていくのが分かった。

さようなら――か。安堵《あんど》と共に感じる一抹《いちまつ》の寂しさはきっと気の迷いだろう。ほら、なんだっけ。確かそう、ストックホルム症候群だったか。この気持ちはすぐに消えるはず。

私は頭を振ると、「いち」と小さな声でカウントを始めた。

ゆっくりと時間をかけて声に出して数えていた数字は、五十を過ぎたあたりから、やや速くなり、七十を数える頃には駆け足ペースになり、八十を越える頃には、早口言葉と化していた。毒を飲まされているのに悠長に百まで数えられるほど肝《きも》の据わった人間ではない。息を切らして百の数字を口にすると、こけつまろびつ窓辺に駆け寄った。焦りからぎりりと窓枠に爪をたて、辺りを見渡す。が、それらしき姿はない。困り果ててふと、視線を落とすと窓枠に付いた墨に気付いた。毎日アイラ達が綺麗に掃除してくれているのに。この汚れは？

逸《はや》る心のままに、ばっと両手を上げてみれば、流れるような筆跡で書かれた短い言葉がそこにあった。

『それ、たんなる胃薬だから。またね』

「は、ははははは」

渇いた笑いが喉から漏れる。胃薬だと？　袖でこすって文字を消すと、私はへなへなとその場に座り込んだ。最後の最後まで人を振り回しやがって！　あのどSめ！

——ところで、またねって、なに……

フロステル伯爵は捕まり、無口は去った。今度こそ危機は去ったのだ。シャンパンを開けて祝いたい気分になっていた私は、窓の外に紺色の制服に身を包んだ人物の姿を認めて、腰を上げた。柄にもなくその人物を玄関まで出迎えに行く。すると男は爽やかな笑顔を見せた。

「話がしたいんだが、サカキちゃんの部屋に案内してくれるかい」

いいともいいとも。フロステル伯捕縛《ほばく》の顛末《てんまつ》を聞かせてくれるのだろう。私は何の警戒心も抱かずに、ユハを自室に招き入れた。

「フロステル伯爵が死んだよ。ツィメンの下男と同じ毒を使った自殺だ」

部屋に入ってすぐに、静かな声で告げられた。いつの間にか両手の手袋を外していたユハは、それを、ベッド脇の小机に向かって投げる。大きな革の手袋が、ぱさりと軽い音を立てて机の上におさまるのを目で追ってから、私はユハに視線を戻した。

「死んだ？」

「そうだ。自分の娘を殿下にあてがいたかったという主旨の遺書を残してね」

この世界に来てから、死は随分と身近になった。私の命を奪おうとした男だ、これで安心じゃないか、と自分に言い聞かせてみても、やはり、人が死ぬ事には抵抗を感じる。

「サカキちゃんに教えられた『リトヴァ』に行ってみて正解だったよ。張り付いてすぐにフロステル伯爵が現れたんだ。頭巾で顔を隠して、いかにも疑ってくださいと言わんばかりの不審者ぶりでね……」

「さて」と、ユハは緑の瞳をゆっくりと瞬《またた》いた。

「答えてもらおうか、サカキちゃん。君はリトヴァの話をどこで得た？」

私は余裕を持って微笑んだ。この三日間でいい訳はちゃんと考えた。

「侍女さん達の噂話を耳に挟んだんです。最初はまさかと思いましたが、ベルイマン卿が失脚されたのも侍女さん達の噂話がきっかけだったのでしょう？」

「さすがサカキちゃん。耳聡《みみざと》いね——と言いたいところだが惜しいな。ベルイマン卿の噂を侍女に流したのは俺なんだよ。卿は神殿へ納める寄付金を横流ししていてね。なかなか証拠を掴めなかったものだから、侍女達にそれとなく噂を流したのさ。焦ったベルイマン卿が尻尾を出すようにね」

皮肉げに歪んだ唇が紡《つむ》いだ言葉に、私は目を見開いてユハの顔を見る。それと同時に、彼の腕が素早く伸びて私の手首を掴む。捻《ひね》り上げながら腕を引かれ、抗《あらが》うこともままならない。私はユハの腕が導くままに、ベッドの上へと身を投げ出していた。

一瞬、何が起きたか分からず呆《ほう》けていると、直近でドサリと重い音がした。続いて、ギギッと木のしなる音が聞こえる。私の上にかぶさる赤い影。冷徹な光を放つ一対の緑の眼。掴まれた手首から、射抜くように見つめられた目から、息のかかる首筋から、どっと恐怖が湧き出る。震える体は一切の抵抗を忘れ、あっという間に彼の左手一本で両手を頭上に縫い留められた。

「貴殿の目的をお聞かせ願おう」

そう言うとユハは、腰のうしろに右手をまわした。次にその手が私の視界に現れた時、そこには抜き身の短刀が握られていた。

ユハは手にした刃物を見せ付けるように目線まで上げると、ゆっくりとした動きで私の喉元に添わせた。しかし、痛みもなければ、刃物の冷たい感触もしない。刃を皮膚に密着はさせていないようだ。無口の時とは違う。脅すように刃をちらつかせたくせに、ユハの手つきはやけに丁寧に感じた。ひょっとして、私に傷をつけるのを恐れているのではないだろうか？　もしそうなら、なんとかなるかもしれない。

「話したじゃありませんか。私は違う世界から連れてこられた。目的なんて何もありません」

必死に絞りだした声は、滑稽《こっけい》なほどに震えていた。

「ではリトヴァの名をどこで聞いたというんだ？」

笑顔の奥に潜んでいた獣が、鋭い牙を剥《む》き出しにしている。冷たい緑の瞳は、目を合わせるだけで、恐ろしく精神を消耗した。

レーヴィが暗殺者であったと打ち明けるべきだろうか。いや、駄目だ。レーヴィの話をすれば、私がエイノを見捨てて逃げ出そうとした事まで露見《ろけん》する恐れがある。

「フロステル伯爵にお会いした事があるんです。その時に、イサークの寵《ちょう》を得続けたければリトヴァに来いと言われました。お前を妃にしてやると。でもフロステル伯爵の口調からは蔑《さげす》みしか感じなくて、ひょっとしたらリトヴァは私を快《こころよ》く思わない人間達の溜まり場になっているのではないかと考えたんです」

私は必死にいい訳を考えた。

「フロステル伯か。彼にできるのは、せいぜい下草を結ぶぐらいだよ。言え、誰がついている」

ユハは唇の端を吊り上げて笑みを浮かべる。爽やかさをどこに落としてきたのかと、問い詰めたくなるようなその表情に目を疑った。恐ろしさから涙が溢れそうになる。けれど、こいつの前で絶対に泣くものかと唇を噛み締めて耐えた。そんな私の耳元に、ユハは首を傾けてゆっくりと唇を近づける。

「見事な手腕だったね」

ぞっとするような冷たい声だった。

「さあ、話してもらおうか。君を動かしているのは誰だ？　何を欲している？」

「違うって言ってるじゃないですか！」

緑の瞳から視線をはずして俯《うつむ》くと、私は叫んだ。顎をひいた瞬間に、冷たい刃物が皮膚を掠《かす》める。しかしそれは素早く退けられて、また一定の距離を保って添えられた。やっぱり……。私は確信した。ユハは私を傷つける事を恐れている。

「いい加減にしてください。大の男が女子供に刃物をちらつかせて。それでも軍人なんですか。無抵抗の人間を組み敷いて、丸腰の相手に刃を向けるなんて恥ずかしくないいんですか!?」

言いたい事を言うと、私は顔を上げてふたたびユハを見た。俯いたまま捲《まく》し立てたのは、顔を見たまま告げる勇気がなかったからだ。

少し驚いたように片眉を上げて、けれど静かに私を見つめたままのユハに、私は笑みを向ける。

「こんな事をして、イサークに知られたら困るのはどっちでしょうね」

一転して強気に出た私に、ユハは目を細めてふっと鼻で笑う。

「どうやら、俺はこの剣を使う気がないと思われているらしい」

え？　違うんですか？　頬が一気に引きつった。

「使わせないようにしてもらえると、ありがたいがね」

そう言うとユハは首元から剣を離し、私の頭の横へと置いた。鈍い光を放つ鋭い刃をチラリと見やってごくりと唾を呑む。

「少し趣向をかえようか」

ユハの言葉に、短剣に向けていた視線を戻した時には、緑の瞳が間近に迫っていた。

その目に吸い込まれそうになる。ゆっくりと近づいてくる瞳の中に、惚《ほう》けたように薄く唇を開けた自分の姿を見つけた時、ハッとして首を捻《ひね》った。間一髪、頬を掠《かす》る唇の感触に、ほうと息を吐く。危なかった……

「おや、随分と嫌われたものだ」

くっくっと喉を鳴らしたユハの息が耳をくすぐったかと思うと、柔らかいものが耳朶《じだ》を食《は》む。

背筋に震えが走った。

小さく濡れた音を立てながら首筋に下りてきたユハの唇が、鎖骨の上の窪《くぼ》みに埋まる。温かい舌が肌を這《は》う感触に、嫌悪と屈辱《くつじょく》を覚えると同時に、ほんのわずかに快楽を得た気がして、それを否定するために私は激しく頭を振った。ぐるぐると視界が回る。

「……っう」

繰り返し首筋を上下する唇が耳の付け根の辺りを強く吸った。思わず小さく声が出る。音もなくユハが漏らした笑みが吐息となって耳にかかり、顔に血が昇る。恐らく真っ赤になっているだろう私の耳をかじり、それからユハはほんの少し距離をとった。けれどホッとしたのも束の間、ユハは自身の体重を支えるために使っていた腕を、私の胸元へと移動させた。骨ばった長い指が躊躇《ためら》いも見せずに私の服のボタンをはずしていく。瞬《また》く間に臍《へそ》の上までボタンをはずし終えたユハの指が、無遠慮にシャツの内側に潜り込んだ。

「あのっ」

硬い指先が胸の膨らみをなぞる。私は咄嗟《とっさ》に声をあげた。

ユハは胸元に落としていた視線を、乱れて額にかかった赤茶の髪越しに私に向ける。

それから小さく顎を上げて先を促した。

「私は何も知りません。何と言われても、何をされても、答えは同じです。このシルヴァンティエに、なんの興味もない。ただ自分の元いた場所に帰りたい、そう願うだけの力のない人間です」

声が掠《かす》れる。大きな声を出しているわけでもないのに喉が痛い。私を見つめるユハの顔には表情らしい表情もなく、彼が何を考えているのか、読み取る事はできなかった。

「言いたい事はそれだけです。抱きたいならお好きにどうぞ。けれど、ことを終えた後も気を抜かないでください。隙を見せたら、この――」

私は顔の横に置かれたままの短剣を見た。

「剣で首をかき切ってやる」

「勇ましいね。しかし、震えながら言う台詞《セリフ》じゃないな」

感情を消していたユハの顔に、笑みが戻る。ふうと息を吐いて、困ったように首を竦《すく》めるその様子に、いつもの胡散臭い爽やかなお兄さん面《づら》を思い出して泣きたくなった。

「君の話を信じるにしても、辻褄《つじつま》が合わない。君は真実を話しているのか？」

ユハはその緑の瞳で私を見据える。

「俺に君を信じさせてくれ。手遅れになる前に」

睦言《むつごと》をささやくような甘い声だった。自分の容姿と、声と、瞳がもたらす効果を熟知している男だ。本性を知っていても、立ち昇る色香にくらりとさせられる。

シャツの中で指が動く。ユハが顔を寄せるのを見て、私は目を閉じた。唇に柔らかいものが触れる。その時――

ドンッという鈍い音と共に振動が部屋に伝わり、私は驚いて目を開けた。ユハが素早く離れる。そこには、蝶番《ちょうつがい》が壊れたのか、おかしな角度でグラグラ揺れる扉と、能面のように無表情なエイノの姿。その隣で目を丸くしてエイノを見つめていたイサークは、ベッドの上の私に気付くなり、ユハを睨み付けた。

「何をした」

床に跪《ひざまず》いて臣下の礼をとるユハに、イサークが怒号を上げる。

「サカキに何をしたと聞いている！」

「フロステル伯の最期を伝えましたところ、彼女の具合が悪くなってしまいまして。そこで衣服を緩め、寝台に寝かせたまでにございます」

あらかじめ用意していたかのように、とうとうと嘘八百を並べ立てるユハ。それから彼は顔を上げ、頬を引きつらせる私に微笑んだ。

「サカキちゃんからも口添えしてくれないか。介抱していただけだと」

リトヴァの件は胸の内に納めてやる。だから話を合わせろ。そう言いたいのだろう。

「あの、これは」

口を開きかけた私は、身を焼くような視線を感じてイサークの背後を見た。茶色い双眸が静かに私に注《そそ》がれている。

「あ……」

喉がひきつれる。「ユハさんの言うとおりです」。そう口に出してしまえば終わりなのに、何故か声が出なかった。

エイノの靴が、こつこつと音を立ててベッドに近づく。側に立つと、白い手が伸ばされた。額の髪を払った冷たい指にぞくりとした。滑らかな感触が、そう遠くない記憶を呼び覚ます。毒におかされ苦しんでいる時にずっと側にいてくれたあの指だ。医術師のものではなかったのか。指は耳の縁をかすめ、首筋へと移動する。エイノの指先から光が生まれ、彼の呼吸が微《かす》かに速くなる。エイノに触れられ熱を持ち始めた箇所が、ユハに口付けられた場所だと気付き、私は助けを求めるように視線を彷徨《さまよ》わせた。すると逃げ道を断つように、エイノは右手を首筋に当てたまま、親指の腹で私の顎を持ち上げる。

「まずは詫びを。これの狼藉《ろうぜき》は私の手抜かりだ」

思わず「これ」呼ばわりされたユハに顔を向ける。赤茶の髪の間から覗いた緑の瞳が、不敵に細められた。いくらエイノに詫びられても、当の本人が微塵《みじん》も悪いと思っていないんだけど。ふてぶてしい近衛《このえ》を半眼になって見ていると、すぐさま冷たい指が後を追ってきて、ふたたび正面に顔を固定された。

「治療中だ。動くな」

茶色い瞳に込められた感情は、間違いなく怒りだ。

「ユハには厳罰を科す。しかし、理由もなく、蛮行《ばんこう》に及ぶ男ではない。何があった」

心の中を見透かすようなエイノの瞳から、目を逸らす事ができなかった。背中を幾筋もの冷たい汗が流れていく。

「何も、ありません」

口から漏れた固い声に、深いため息がかぶさる。

「私では信じるに足りぬか」

信じていないわけではない。エイノはルードヴィーグの話を信じてくれた。身分違いの恋に溺れて辛い道を歩む事がないようにと、私の身を案じてくれた。ただ冷たいだけの人間ではないと知った。けれど、エイノが不利な立場になるのが分かっているのに、逃げようとしたなんて言えば、きっと彼は私の事を信じてくれなくなるだろう。我ながら酷い事をしたという自覚はある。でも身勝手にも、エイノに幻滅されたくなかった。

「違うんです。そうではなくて」

この場を取り繕《つくろ》う言い訳さえ出てこない。本当に十三歳の子供になってしまったようだった。言葉を探して、エイノを見上げる私の頬に、治療を終えたらしい掌《てのひら》が添えられる。

「そのような顔をするな」

驚いて瞬《まばた》きをする間に、険しかった顔がみるみる柔らかく変化する。

「大人しく腕の中に納まっておればよいものを。まったく、一筋縄ではいかぬな」

それって……。顔が熱くなる。エイノと二人で、馬の背に揺られて聞いたあの話は、私の事だったのだろうか。

「よい。ユハから聞くとしよう」

いや、それも困るんだけど。

ユハに向けられようとした視線を、エイノの白い袖を引っ張り阻《はば》んだ。「どうした」と、かけられた声はどこまでも優しい。

自惚《うぬぼ》れてもいいのだろうか？　私はエイノが治療を施した喉に触れた。レーヴィにつけられた手形と傷。ユハにつけられた口づけの跡。本分ではないという、癒しの術をエイノが使う時の共通点を見つけて、体の奥が震える。と、同時に胸に巣くっていた鉛《なまり》の正体を捉えて愕然とした。信じられないし、気持ちを認めたくはなかったけれど、もう誤魔化しはきかない。降参だ。

白い床と茶色いソファ。床の上に跪《ひざまず》くユハ、真剣な眼差しのイサーク、見慣れぬ意匠の衣をまとったトゥーリ。そして、私を見つめるエイノ。周囲に視線を彷徨《さまよ》わせてから、私は最後に真っ直ぐにエイノを見つめ返し、口を開いた。

——あれ？

「トゥーリ!?」

エイノの名を呼ぼうと開けた口から、調子外れの声が出る。危うく見落とすところだった。

「トゥーロ」

トゥーリ……いや、トゥーロは嫌そうな顔で訂正する。

皆の視線が一斉にトゥーロに向けられた。

「お前ら何やってんだ？」

四対の瞳に晒《さら》されたトゥーロは暢気《のんき》に問いかけて、不思議そうに首を傾《かし》げた。次の瞬間、ユハが剣を抜いてトゥーロに迫る。しかし、切っ先がトゥーロの喉元を捉える前に、眩《まばゆ》い光が迸《ほとばし》る。熱した石に水をかけたような音がし……ユハの剣は切っ先からなかばまでが、どろどろに溶けていた。

静まり返った室内に小鳥の鳴き声が微《かす》かに届いた。目の前で起こった出来事から目を背けるように鳴き声がした方を見ると、独りでに窓が開き、金の小鳥がするりと、室内へ入って来た。小鳥は私の目の前で、見る間に形を変える。

「やれやれ。軍人さんは手が早くていけませんねえ」

大きく長く伸びた小鳥は、杖を持ち、濃緑の衣服に身を包んだ懐かしい男の姿になっていた。

「……ルードヴィーグ」

エイノがつぶやいた。

「お久しぶりです。恵子さん。お邪魔してしまったようで、申し訳ありません。それにしてもお元気そうでなによりです」

金色の長い髪を垂らした柔和な笑顔の優男《やさおとこ》。あの日ビルで出会った賢者ルードヴィーグは頬を緩めた。ふつふつと湧き上がる憤《いきどお》りが、つい今しがたまで胸を占めていた甘酸っぱい気持ちを呑み込んでいく。私はとびきりの笑顔で頭を下げた。

「ご無沙汰しております。ルードヴィーグさん。おかげさまで何とか生き延びていますよ」

「冗談がお上手ですねえ」

賢者は手にした杖でこつんと床を叩いた。

「さて皆さん。立ち話もなんですから、お茶でもいかがです？」

掌《てのひら》で示され、部屋の中央に置かれたテーブルの上を見ると、陶器のポットと人数分のカップが用意されていた。賢者はソファへ腰掛けると、ポットから琥珀色《こはくいろ》の液体をカップにそそいでいく。白い湯気が昇りふわりと室内にお茶の香りが広がった。

「お前らな。警戒を解けって。言っても無駄なんだろうけどよ。こいつはお前らの敵じゃねえよ」

張り詰めた空気を引き裂くように、トゥーロがどかりとソファに腰掛けた。

「まあ、長く生きてるだけの化け物で、正義の味方みたいないいもんでもないけどな」

「化け物って、人より千年ばかり長生きしているだけではありませんか。それに僕としては十分に正義の味方のつもりなんですけど……」

心外だというように口を尖らせる賢者。お前は子供か。

トゥーロはずずっと音をたててお茶をすすったかと思えば、顔をしかめて舌を出した。猫舌らしい。

脱力を誘うトゥーロと賢者の会話に、シルヴァンティエ人は皆一様に面食らったようだ。私は衣服を整えてベッドから降りると、トゥーロの斜め前のソファへと腰掛けた。

賢者は信用ならないし、その底の見えない力は怖い。だからこそさっさと終わらせたい。終わらせて、すっきりしたい。

「傷の具合はいかがですか?」

「おかげさまで。まだ万全とは言えませんが、こうしてあなた方の前に姿を現せる程度には回復いたしました。いやあ、殿下ときたら力がお強くて、無理矢理収束を図ってみたものの、危うく命を落とすところでしたよ」

「じゃあ、賢者さんの胸の傷って……」

「はい。お察しの通り、力を暴走させた殿下をお救いしようとして、負ったものです。あ、お礼は結構ですよ。殿下に見つかった私にも落ち度がありましたからね」

苦虫を噛み潰したような顔のイサークに、賢者はへらりと笑いかける。

「恵子さんにはご迷惑をおかけしました。さあ、お茶をどうぞ。やだなあ、そんなあからさまに嫌そうな顔をしなくてもいいじゃないですか。今度は何も仕込んでいませんよ。安心してお召し上がりください」

飲めるか！　頬を引きつらせる私におかまいなしに、すべてのカップを茶で満たすと賢者は皆の顔を見回した。

「女性である恵子さんお一人を僕の前に座らせる気ですか？」

凍りついたように動かない面々を見て、賢者はくすりと馬鹿にしたような笑みを漏らす。さすがに沽券《こけん》に関わると思ったのか、三人が動いた。

まずエイノが私の右隣に腰掛けた。袖が膝に触れる。むず痒《がゆ》いような感触に指を握って耐えていると、反対隣に誰かが腰を下ろす気配がする。見ればイサークがお茶を凝視していた。

待て。ステイだ。それに口をつけるな。警戒心より好奇心が勝るのではないかと心配したが、さすがにそこまで無鉄砲ではないらしい。イサークは気味が悪そうに眉をひそめた。

イサークの斜め前方。賢者とイサークに挟まれた角にユハが立つ。あえて椅子のない位置に陣取ったという事は座る気がないとの意思表示なのだろう。

トゥーロが同情するような視線を、ユハに向ける。

「こいつをどうこうしようなんて考えは捨てろよ。そんな事ができたら俺がとっくに殺《や》っちまってるよ」

「仲間ではないのか？」

物騒なトゥーロの言いようにイサークが首を捻《ひね》る。私は手下その一だと思っていました。

「仲間ですよ」

「違う。借りを返すために手を貸しているだけだ」

二人の見解には大きな相違があるらしい。天然対自己中、どっちもどっちな気がする。

「借り？」

「お前らには関係のない話だけどよ。ちょっとばかり世話をやいてもらったんだよ」

「トゥーロ」

トゥーロの言葉を遮《さえぎ》るようにして賢者が名を呼んだ。

「貴方が口を挟むと、どうも話が脱線するような気がするのですが……」

「わーるかったな。もう何も言わねえよ」

眉を上げてちらりと賢者を見ると、この場の話など、どうでもいいというようにトゥーロはお茶を冷ます行為に没頭し始めた。静かな部屋にトゥーロがカップに向かってふうふうと息を吹きかける音がする。

「探しモノは見つかりませんでしたよ」

私は賢者に告げた。

「当然ですよね。何を探せばいいのかも分からなかったんですから」

賢者はカップを手に取ると口をつける。

「いいえ」

一口、お茶を飲むと賢者は私を見て意味ありげな笑みを浮かべた。

「いいえ、恵子さん。貴女は探しモノを見つけられましたよ」

「え？」

私は目を見開いて、賢者の顔を凝視した。

「今、共にいる方々を見てごらんなさい。貴女を信じ、貴女の身を案じてくれる、かけがえのない人々です。僕は貴女に、この世界で居場所を見つけて欲しかった。共に長い時を過ごす相手を見つけて欲しかったのです」

指先が冷えていく。探しモノが私の居場所？　長い時を過ごす相手？　ずっと考えないようにしてきた。探しモノさえ見つければ、日本に帰してもらえると自分に言いきかせてきた。でも賢者は一言も、そんな約束など口にしていなかったのだ。賢者は私を帰す気などない……。もう日本には帰れないのだと察した私は、深く息を吐いた。日本に帰りたいと願う自分の気持ちを吐き出すように。

「日本で……元の世界で私は誰にも迷惑をかけずに生きてきたつもりです。何故この世界に居場所を見つけないといけないのですか」

賢者は微笑んだ。それは長い時を生き、すべてを悟った者の、いつくしみに溢れた笑みに見えた。

「だからですよ。貴女は日本で誰にも迷惑をかけずに、逆を言えば誰とも深く交わらずに生きてきた。違いますか？」

だから僕は貴女を選んだのです。賢者はそう言ってカップをソーサーに戻し、労《いた》わるように私を見た。

そうかもしれない。ずっと日本に帰りたかった。でも、ここでの生活や、立場を苦しいものに変えてまで帰還手段を模索しようと思わなかったのは、きっと賢者の言う通りだったからだろう。

「おっしゃる通りです」

認めると、賢者は満足気に頷《うなず》いた。その賢者の顔に「で？」と、言葉を投げつける。

「だからなんだっていうんです。そんな話ではぐらかせると思わないで下さいよ。私の生き方がどうだろうと、世界を跨《また》いで引っ越さなければならない理由にはならないでしょう。笑顔で誤魔化さないでくれませんか」

人と深く交わってこなかったからどうだというのだ。阿呆らしい。彼の言い分にけちをつけたというのに、賢者は嬉しそうに手を叩いた。

「それです。異界渡りには恵子さんの、その、良く言えば冷淡な、悪く言えば非情な性質も必要なのですよ」

いや、それどっちも良く言ってないから。

「僕が異界渡りをさせる人間には五つの条件があります。一つ目は異界渡りに耐えうる体質である事。実はこれが大変厳しい。異界渡りは心身に多大な負荷を与えますからね。二つ目は一定の年齢に達している事。三つ目は子を生せる事。そして四つ目は割り切りの良い人間である事です。せっかくこれらの条件を満たす人間を探し出して連れてきても、心を壊して命を絶たれては元も子もありません。だから、気の置けない友人を、仲間を見つけてほしかった」

そのほうが充実した生活を送れますしね、と微笑む賢者に、私は胡乱《うろん》な目を向ける。

「気の置けない仲間を見つけた程度の理由で元の世界への未練を捨てられると。私はそんな軽薄な人間だと思われたわけですか」

それに、友人でも仲間でも、私の事を信じてくれたわけでもない人が、この場に一名混じっているんだけど。

「第一、私が異界渡りに耐えうる体質であると、どうやって分かったんですか？　精密検査をしたとでも？」

「ええ、そうです」

皮肉をさらりと肯定されて、私は目を瞬《しばた》いた。

「貴女が面接を受けに来た我が社の事業を思い出してください」

「……血液検査の受託」

つぶやきに、賢者はくすりと声を零した。

「以前お勤めされていた会社で健康診断を受けられていましたよね？」

個人情報の流用もいいところだ。私は痛む頭を押さえた。

「私が貴方の言う条件に当てはまるのは分かりました。でも日本に会社を設立してまで、私をここに連れて来たのは――こちらに連れて来れる人を探さなくてはいけないのは何故なんです」

賢者は一度目を伏せると、少しの間を置いてから顔を上げた。その視線はイサークに向けられている。

「ノルティアの平和、シルヴァンティエの未来と、何よりイサーク殿下のために」

「俺？」

ぽかんとして己を指差したイサークは、続く賢者の言葉に息を呑んだ。

「はい。殿下の血に流れるお力を弱めるためです」

「……俺の力を、サカキは弱めることができるのか？」

力。そういえば王家の血筋は特別だと言っていた。神官の術など容易《たやす》く解除できると。

そして、こうも聞いた。イサークは力が強すぎるせいで術が使えないと。

「どうやって。どうやって力を弱めるのだ」

イサークが食い入るように賢者を見つめた。

「ただ、側にいるだけでいいのです。恵子さんの世界の人間には、殿下に流れる血の力への耐性があり、その呼吸には殿下の力を吸収、浄化する作用があります」

私はCO_2を吸収する植物か！

「恵子さんが側にいると体が楽だと感じられた事はありませんか？」

イサークは驚いた様子で私を見た。

「……ある」

そういえば、「気持ち良い」と言っていたっけ。あれは私がイサークの過剰な力を吸収していたせいなのか？

「そうでしょう。つまり、殿下と恵子さんが共にあればあるほど、殿下のお力は弱まり、殿下と恵子さんの間に産まれる子は、生まれつき力への耐性を持つ。ということになります」

　ぴきんと音がしそうな勢いでイサークは急速冷凍された。かと思えば湯気が出そうなほど顔が真っ赤に染まる。

「あ？　えぇ？　こ、子供？」

「ええ、お二人の子です。きっと可愛いですよ。何よりその子は殿下のように大きすぎる力の扱いに悩む事はありません」

「いや、そんな事は、まず本人の意思があってだな」

「おや、彼女はお気に召しませんでしたか？」

「そんなことはない！」

「では、お気に召しました？」

「え、そのまあ」

「なら、問題ありませんね。ぜひ彼女をお嫁さんにしてみては」

「あるだろうが！　いやっ、俺はない……こともないが」

「周囲の声を心配されているのですか？　その辺りは次期国王としての腕の見せ所というものでしょう」

「それはっ、そうかもしれんが」

「ちょっと、トゥーロさん。この馬鹿は何をふざけた事を言ってるんですか？　まさか本気じゃないですよね？」

真っ赤な顔で首と手を振って狼狽《ろうばい》するイサークと、縁談を持ち込むお節介なおばちゃんと化した賢者を横目に、私は声を潜めてトゥーロに話しかけた。ようやくぬるくなったらしいお茶を口に含むとトゥーロは上目遣いに私を見る。

「残念ながら本気だ。目をつけられたのが運の尽きと思って諦めるこったな。同情するぜ」

トゥーロが街で私を攫《さら》いイサークに向かって投げたのも、私がレーヴィに好意を寄せていると吹き込んだのも、家の鍵を開けて手引きしたのも、すべて私とイサークをくっつけるためだったのだろうか……

「この人、本当に賢者なんですか？　私の平穏のためにも世界平和のためにも、賢者は廃業して喫茶店でも始められてはどうかと思うのですが」

「ほとほと残念だが、ルードヴィーグ本人だ。俺だって殺《や》れるもんなら、殺ってるっつったろ」

「喫茶店なら営んでますよ。あちらの世界で」

どうやらイサークを言い負かしてしまったらしい賢者がひょこりと会話に割り込んだ。

「本来であれば、恵子さんは殿下のお部屋に送り込むはずだったんですよねえ。それが傷を押して世界を繋げたものですから、無理が祟《たた》りまして、庭園にずれてしまったのです。そのたった一つの失敗のおかげで、すべての予定が狂ってしまいましたよ」

やはり、送り込む先をミスっていたのか。いや、でも待ってよ。

「それが成功していたら、私の命は無かったんじゃないですか!?　いきなり王太子の部屋に現れた正体不明の人間なんて、暗殺者としか思われないでしょう?」

シルヴァンティエ到着後、ものの数秒で切り捨てられていたかもしれない自分を想像してぞっとする。

「大丈夫ですよ。殿下が恵子さんに無条件に惹かれるのは分かっていましたから」

ああ、例のCO_2吸収的な意味で。

「たとえ就寝中の寝台の上に突然現れたとしても、殿下は恵子さんを庇《かば》われたでしょう。そうしたら、恵子さんだって、殿下になびかれたはずなんですよ。頼れる者のいない未知の世界で唯一庇ってくれる準最高権力者ですよ。我ながら完璧な計画だったんですけどねえ」

なびくというか、なびかざるを得ない状況ですよね、それ。

賢者はいじけたように口を尖らせた。見た目年齢二十代なかばでやるべき行為では決してない。

「誰もが羨《うらや》む、超のつく玉の輿《こし》じゃありませんか。何がご不満なんですか」

恩着せがましい賢者の言いようと、鬱陶《うっとう》しい仕草に堪忍袋の緒が切れた。私は勢いよくソファから立ち上がり、賢者に指をつきつける。

「不満も何も、歳の差を考えて下さいよ。殿下の嫁だあ？　殿下を何歳だと思ってるのよ！　まだ思春期真っ盛りの子供でしょうが」

黙っていようと思っていたけれど、もういいや。

茶と、青と、緑、三色の瞳が一斉に私に向けられるのが分かった。

「たかだか十歳程度の差でぐだぐだ言うような狭量な人間は僕が一発殴って更生させますよ。それに殿下は貴女にぞっこんではありませんか。十歳ぐらいどうってことありませんよ」

「黙れ、ひょっとこ。どうってことないわけないでしょう！　今だけ見て判断しないでください！　十年後にどうなっていると思うんですか。イサークが二十五歳の凛々《りり》しい青年の時に、こっちは鏡と睨めっこしてシミや小皺《こじわ》と戦う日々を送ってるんですよ。二十年後はもっとひどい。イサークは正に男盛りの三十五歳。対して私は白髪を染めるのに躍起《やっき》になっている腹の出たおばちゃんです。三十年後はどうです。四十五歳。男として自信がつき、脂ののりまくる時期ですよね。渋い良い男になったイサークが、閉経して更年期障害に苦しむ私を相手にすると思いますか？」

　私が二十五歳だと分かればイサークの熱も冷めよう。私は唖然としているイサークに向き直り、勢いよく頭を下げる。

「イサーク、今言った通り、本当は二十五歳なんです。今まで騙《だま》していて申し訳ありませんでした」

「は、はは……。俺は思春期の子供扱いか」

　力の抜けた声がした。そっと頭を上げれば、顔を覆《おお》ってうな垂れるイサークの姿が目に入る。

「困りましたねえ」

　うな垂れるイサークを見て、賢者は腕を組んだ。

「殿下と子を生すのは無理でも貴女には殿下の側にあってほしいのですが……。あ！　では、ユハ・サリオラさんはいかがです？　出世頭の近衛《このえ》ですよ。鍛えられた肉体美に、美しい瞳。強靭で強《したた》かな精神。生涯の伴侶にはぴったりではありませんか？」

　賢者は名案を得たとばかりに手を叩いた。

　イサークへのフォローは無しだった。この鬼畜。

「嫌ですよ。こんな来るもの拒まぬ異性ほいほい。病気でもうつされたらどうしてくれるんですか――ちょっとユハさん。ソファを叩きながら笑いをこらえるのやめてもらえませんか」

「すまない。二十五ね。歳を疑った事はあったが、まさか十二もサバを読んでいるとは思わなかったよ。それにしても、殿下を振るのに閉経まで持ち出すとは。さすがに殿下が不憫《ふびん》になるよ……くっ」

苦しそうに身を捩《よじ》ったユハは、耐え切れぬというようにとうとう腹を抱えて笑い出す。不敬罪だ。

「うーん、では、ギルデン神官長は？」

問われて、私は言葉に詰まった。ぽすんとソファに腰をかける。

賢者の思惑にのせられるなんて冗談じゃない。ただイサークの側にいれば良いのなら、一人身のまま城で働いて過ごせばいいのだ。だけど、拒絶の言葉は出てこなかった。ついさっき自覚したばかりの気持ちが邪魔をする。日本に帰れないのなら、ここで一生を終えなければならないのなら、せめて……。

でもエイノの気持ちは、私が彼に対して抱いているものとは違うだろう。膝の上に置かれた手を見て、沈黙する私の耳に低い声が届いた。

「私にしておけ」

空耳か？　と、エイノに向き直る。隣り合っているため、エイノは流し目で私を見ていた。常でさえフェロモン過多なのに、その角度はいけない。

「子供にしか見えぬ二十五歳の女に需要があると思うか？　悪いことは言わぬ。私で手をうっておくのだな」

エイノがほんの少し首を傾《かし》げると、長い金茶の髪がさらりと揺れて、肩から零れ落ちた。艶《つや》のある、けれど甘さを感じさせない感情の見えない声だった。

「翻訳作業が進まなくなったら困るから……ですか」

エイノはくっと喉をならす。

「お前のそういうところを好ましく思っておるのだ」

「でも……」

分かり辛いエイノの茶色い瞳を探るように見る。

「信じられぬか」

「だって、ずっと十三歳だと思っていたはずでしょう？」

エイノは息を吐いて自嘲《じちょう》めいた笑みを浮かべた。

「我ながら安堵《あんど》している」

すっと耳元に顔を寄せると、隣に座るイサークに聞こえぬように、彼は小さな声でささやいた。

「お前を子供と思いながら、惑っておったゆえな」

私は耳を押さえて仰《の》け反《ぞ》った。背中がイサークの肩にあたる。

急に息が苦しくなった。しかし、いくら空気を吸い込んでも、上手く酸素が取り込めない。まるで陸に投げ出された魚にでもなったようだ。

エイノがふっと口元を緩める。もういい歳の男性に、このような表現を当てはめるのはおかしいかもしれないが、花が綻《ほころ》んだような笑顔だった。

「お前が望めば、良い夫になろう。だから、お前は私の腕の中で大人しくしておれ」

頭の芯が痺れて、エイノから目が離せなくなる。ただ見惚《みと》れている私に、エイノは「返答は」と答えを促した。

張子《はりこ》の虎のようにこくこくと頷《うなず》く私の背後で、「明日は嵐だろうね」と、つぶやくユハの声が聞こえた。

エピローグ

「いやあ、良かった！　大団円ですね。フロステル伯は捕まり、恵子さんは伴侶を得た」

濡れてもいない目元を袖で押さえて、賢者は大げさに喜んだ。

「殿下、この度《たび》はまことに残念でしたが、力を抑制するため、これからも時折恵子さんと一緒に過ごして下さいね」

「分かっちゃいたが、お前、鬼だな」

トゥーロが思いっきり体を引いて賢者を見やる。

「そもそも俺は、王子以外でもいいなんて聞いてねえぞ。せっかく色々と骨を折ってやったってのに」

連絡がとれなくてどれだけ苦労したか。と、ぶちぶちと不満を並べ立てる。そんなトゥーロを華麗に無視して、賢者はエイノを見た。

「そうそう、ギルデン神官長に一つご忠告を。随分と薄いですが、貴方にも殿下と同じ血が流れております。平素は影響がないと思いますが、恵子さんに干渉する術をかける時はお気をつけなさい。恐らく他の者にかける時より多く力を持っていかれるはずです」

心当たりがあるのか、エイノは神妙な顔で頷《うなず》いた。

「では恵子さん、どうかお幸せに。帰りたいと言われたら苦労が水の泡になるところでした。いや、待ったかいがありました。そうそう、時々でよろしければ里帰りにお連れ致しますので」

え？　私はぎこちない動作でエイノから目を離し、賢者の顔を見る。

「帰してくれるんですか？」

「もちろんです」

賢者は微笑を浮かべて頷いた。

もう帰れないのだと思っていた。ここでずっと暮らさなければならないのだと。帰してくれる気があったと分かった瞬間、今となっては懐かしい日本の光景が次々に脳裏に閃《ひらめ》いては消えていく。騒々しい電車が走る音、眩《まぶ》しすぎるネオンの光、耳障りな携帯の着信音、雨に濡れたアスファルトの匂い。金茶の髪が頭の片隅をよぎったが、すぐに白米と秋刀魚《さんま》のコンビに駆逐《くちく》される。やっぱりやめた。

「じゃあ、帰ります」

賢者が目をむく。

「え？　ええと、今のは里帰りという意味で……」

「帰りたいと言ったら、帰してくれる気があったのでしょう？」

「ええ、まあ。どうしても帰りたいと言うなら、帰して差し上げるつもりでしたが。あの、恵子さん？　たった今、ギルデン神官長と愛を確かめ合われたのでは？」

「それとこれとは別です。一生を左右される決断に愛や恋を挟む余地はありません。帰してくれるなら帰りますよ。当然でしょう」

「いえ、ですが、もう一度よく考えてですね」

「か・え・り・ま・す」

「ですが、職もないのですよ？　どうやって生きていくおつもりですか」

私は賢者を睨みつけた。まともな職に在り付けていないのはこちらでも同じだ。

「しつこいわ、このすっとこどっこい。帰るったら帰る！　こちとら年老いた両親を残してあっさり蒸発できるほど薄情な娘じゃないんですよ！」

「その辺は僕が責任をもって対処いたします。アフターフォローも万全ですよ」

日本で会社まで立ち上げている賢者のことだ。あちらでの私の周囲に対するケアも問題ないのだろう。ならばここに残るのもありかもしれないと心が揺れる。傾国の美女も恥じらう美貌が目の奥にちらついた。が、秋刀魚定食の味噌汁から昇る湯気にあっけなく霞《かす》んでいく。うん、やっぱりないわ。

私は頭を一つ振ると、賢者を見据える。

「冗談じゃないですよ。そりゃ、ここでエイノさんと一緒に歳をとるのもちょっといいなと思ったりもしましたが、それは貴方に帰してくれる気がないと思ったからです。誰が好き好んで、暗殺者や魔法使いが跋扈《ばっこ》する世界になんて残りますか。何より私は日本の暮らしが好きなんです。恋がさらさらべたつかない快適な生理用品の代わりになりますか？　愛が二十四時間営業のコンビニの役割を果たしてくれますか？　そもそも、エイノさんの美貌はごくたまーに、遠くから眺めるのが良いのであって、毎日顔を突き合わせていたら、間違いなく苛々しますよ。それにね、もしも、エイノさんと一緒になって、産まれた子供が私似だったら、絶対陰口たたかれますから。かわいそうに、母親に似ちゃったのねって。そんな生活真っ平御免です。条件さえ合えば私じゃなくてもいいんでしょ!?　だったらさっさと日本へ戻って次のターゲットを探してくださいよ」

「えええ、そんなあ。簡単におっしゃいますけど、貴女を探し出すのにも数年かかったのですよ。次の適合者が見つかるのは一体何年先になるか」

「大丈夫ですよ。イサークはまだまだ若いんですから」

涙目で懇願《こんがん》する賢者をばさりと切り捨てる。賢者は顔を両手で覆《おお》って俯《うつむ》いた。わざと

がましい、しくしくという泣き声が聞こえる。

「はあ、僕としたことが失敗しました。余計な事を言うのではなかった。せっかく見つけた条件ばっちりの適合者だったのに。まさかここまで非情な方だったなんて。便利な生活環境のために愛する男性を捨てるなんて」

「ちょっと、人聞きの悪い言い方をしないでくれませんか。エイノさんを捨てたのではなくて、故郷を捨てられないだけですから」

私は慌てて弁解を口にする。右隣は怖くて見られない。文句はおろか、衣擦れの音一つしないのがかえって恐ろしかった。

「同じではありませんか。恵子さんがこれでは、たとえ次のかたが見つかっても、こちらの皆さんの心に壁ができるのは必至ですよ。どうして下さるんです」

さめざめとした口調で責められて、いい加減面倒になる。それに、とっても居辛いから、ここ。

「それはルードヴィーグさんのリサーチ不足でしょう。私を連れて来てしまったことは、ご自分の失敗として重く反省して次に繋げられれば良いと思います。さあ、そういうことで帰りましょう」

さっさと撤収を促すと、賢者は渋々、顔を上げた。その顔には涙の跡などもちろんない。

「仕方ありませんねえ。分かりました。では半年後にお迎えにあがります」

賢者は立ち上がると、私の顔を見て爽やかに言い放った。

「は？　はん……と……し？」

やれやれとうなだれる賢者の放った強烈なカウンターに頭から血の気がひいていく。

「はい。半年後です。頻繁な異界渡りはそれこそ心身に異常をきたしますので、いくら体質が合うといっても限度がありますからねえ。恵子さんの場合は最低でもあと半年は間をあけなくては」

つまり、半年間私は……。右隣からかかる圧力に冷たい汗が背筋をすべり落ちた。

「それでは恵子さん。半年後までお健《すこ》やかに。次にお会いする時までに気が変わられていることを祈っています。殿下、良かったですね。割り込むすきはまだまだ残されているようですよ」

頬杖をついて黄昏《たそがれ》ていたイサークが弾かれたように顔を上げた。

賢者が指を鳴らす。と、テーブルの上を占めていた茶器が消えた。

「さあ、いきましょうか、トゥーロ」

「まあ、その、なんだ。頑張れよ」

白い霧が賢者の足元に立ち込め始める。にこやかに手を振る賢者と、哀れみの視線を私に向けたトゥーロの姿を霧が覆《おお》い隠した。

「ちょっと待っ……」

立ち上がり手を伸ばした時には、霧は晴れ、賢者達は消えていた。

逃げるように姿を消した二人がいた空間を見つめて、私は呆然と立ち竦《すく》んだ。

どうすんのこれ。どうすりゃいいの、これから。

隣で白い影が動いた。麗《うるわ》しの神官長様が立ち上がった気配に体が硬直する。

「サカキ。じっくりと話し合う必要があるようだな。幸い時間はたっぷりある」

地獄の底の大魔王でさえ土下座して許しを請いそうな冷酷無比な声と共に、冷たいのに温かい不思議な感触を持つ手が肩にかかった。

「えーと、あの……」

無理。とてもではないが顔を向けられない。

「どうした？　なぜ私を見ぬ。ああ、もう私の顔を見ると苛立たしくなるようになったのか？」

「あれは、その、故郷に帰りたいがために出た言葉のあやです。エイノさんの麗しいお顔を拝見して、腹が立つなんて、滅相《めっそう》もありません」

「そうか、以前にも似たようなことを口にしておったので、てっきりな」

怖い。普段穏やかな人が怒ると怖いとはよく聞くが、普段冷たい人が怒ると、腹きりでも腹踊りでも、何をしてでも許しを請いたくなるほどの怖さだ。

「ははははは、そんな昔のお話を。記憶力まで優れているだなんて、さすが歳若くして神官長の地位に昇り詰められたお方ですね」

「私の微々たる力など、お前の言語能力には遠く及ばぬ。ゴルドベルグの言葉を解するなら、それだけで相応の地位に昇れるであろうよ。望む望まずにかかわらずな」

ひぃと小さく悲鳴が漏れる。忘れていた。エイノは、いつあれが翻訳してある事に気付いたのだろう。

「私のもとにおれば隠してやれたものを、残念なことだ」

明確な脅迫だった。半年したら帰るのにこれ以上ややこしいことに首を突っ込みたくはない。

私は助けを求めるべく左隣のイサークに懇願《こんがん》の視線を送った。

ところが、目が合うと、イサークは不敵な笑みを浮かべる。ぽんと左肩に掌《てのひら》が乗せられた。

「そうだな。時間はたっぷりある。サカキ、俺は凡庸《ぼんよう》で腑抜《ふぬ》けで後世に語り継がれる筋肉馬鹿かもしれんが、高々十の歳の差で気持ちを変えるような男ではない」

どこかで聞いた台詞《セリフ》だ。実は根に持っていたのか。

イサークは笑みを浮かべたまま、顎を上げて、睥睨《へいげい》するように見下ろす。

「だが、少々、強引な手段に出ても許せよ。なにせ思春期のガキだからな。何をするか分からん」

こちらも駄目だった。黄昏《たそがれ》ワンコはいつの間にか立ち直り、狼に化けていた。

最後の頼みの綱と、ユハを探す。

肩を震わせて必死に笑いを堪えていたエロ狸近衛《たぬきごのえ》は、緑の瞳で私を捉えるなり「悪いけど二人を敵に回せる立場じゃないのは分かっているだろう。それでなくても厳罰が待っているんだから。ああ、サカキちゃんほど酷くはならないだろうから、気にしないで」と言い、ソファに突っ伏した。それでもなお盛大な笑い声が、ソファの隙間から漏れ聞こえてくる。使えない。

日付が変わっても、左右の肩に置かれた手が降ろされることはなく、あと半年は続くシルヴァンティエでの生活に、私は早くも疲れきっていた。

早く日本に帰りたい……

書き下ろし番外編

火の無い所に煙は立たぬ

それは賢者が去り、一人シルヴァンティエに取り残されて間もないある日のことだった。

眠気を誘う麗《うら》らかな午後の一時《ひととき》に、一人の男がエイノの屋敷にいる私のもとを訪ねてきた。招かれざる客である男は、お茶を飲みながら休憩中だった私を見付けるなり、甘い笑みを浮かべてこう言った。

「サカキちゃん、肝試しに行かないかい？　俺と二人で」

「行きません」

私はちらりと長身の男を見やって告げる。

精悍《せいかん》な顔に苦笑を浮かべた男――ユハは、勧めてもいないのに優雅にソファに腰をおろした。

「そう言わずに。エイノの手伝いばかりだと、退屈だろう？」

二十五歳という私の実年齢を知ったエイノは、以前にも増して遠慮なく、翻訳の仕事を持ってくるようになった。エイノを見捨ててレーヴィと逃げようとした負い目や、日本に戻る事を選んだ罪悪感から、私は日々、黙々と彼の持ち込む仕事をこなしている。

「べつに退屈じゃないですよ。こちらの世界の書物を読むのは、それなりに興味深くて楽しいですし」

半年後に帰れると思えば、心に余裕も生まれる。そうなると、魔法や魔物が存在する、この摩訶《まか》不思議な世界に、ちょっとは興味が湧いてくるのだ。

「それなりに……ね。どうせなら、もっと興味を持ってもらいたいな。ここに根を下ろしてもいいと思うぐらいに」

そう言うとユハは器用に片目を瞑《つむ》りウィンクをしてみせた。お前はどこぞのアイドルか。

「そのためには、部屋に籠もって書物と睨めっこしてばかりじゃ駄目だ」

「いえ、半年後に帰りますので。なんならそれまで机に噛り付いていても全く問題ないです」

「まだ半年あるんだ。結論を急ぐ必要はないよ。どうせなら旅行にでも来たと思って、もっと気楽に楽しんだらどうだい？　心配しないで。サカキちゃんの後見人であるエイノにはちゃんと許可を得ておくから。気分転換に出るくらい、あいつも反対しないさ。なに、そう遠くに行くわけじゃないんだ。城を囲む森の中に古い見張り塔があってね。少し前から幽霊が出ると噂になっているんだよ。どうだい、面白そうだろう?」

「いえ、ですから私は……」

うんざりして、再度お断りしようとした私にユハはにやりと笑った。その笑顔は爽やか近衛《このえ》の下に潜む、本性が覗いたもので……

「ああ、それとも、幽霊が怖いのかい? 可愛らしいところがあるじゃないか」

小馬鹿にするような口調。いささかむっとするものの、ここでむきになっては負けだ。私は努めて素っ気ない調子で答えた。

「生憎《あいにく》と、もう幽霊を信じてきゃーきゃー騒いで楽しめるような歳ではありません。でも肝試しは怖いですよ。別の意味で」

肝試しの何が怖いって、人気のない暗がりに無防備に踏み込む、その行為が怖いのだ。その手の噂話が出る場所には、ひょっとしたら、やばい系の人が出入りしているのかもしれないのだから。

そう、実体のない幽霊よりも、悪意ある人間のほうがよっぽど怖い。例えば目の前にいる腹黒エロ狸《だぬき》のような。

「なら問題ないね」

大ありだ！

「大丈夫だよ。サカキちゃんのことは俺が必ず守るから」

そのあなたが一番信用ならないんですけど。

「それじゃあ、今夜迎えに来るよ」

相変わらず、私に選択権はないらしい。ユハは言いたいことだけ言うと立ち上がり、さっさと帰ってしまった。

こうなったらエイノに直談判《じかだんぱん》しよう。幽霊より何より、あの腹黒男と二人きりが一番怖いと。ユハの女たらし加減を知るエイノならきっと耳を傾けてくれるだろう。


——そう思っていたのに。

「ユハさん、まだ着かないんですか」

私は結局ユハに連れ出されて森の中に来ていた。エイノは帰ってこなかったのだ。彼の帰りを今か今かと待ち侘《わ》びる私の前に現れたのは、緑の瞳をした男だった。

「エイノの許可はとったよ。さあ、行こうか」と笑顔で言われた時の、やり切れなさと言ったら……

そりゃあね、結果的に袖《そで》にした形になりましたよ。さんざん騙《だま》していた私を許してくれて、あまつさえ告白めいた言葉を口にしたエイノを。

だからって、この好色漢に、人気《ひとけ》のない場所に連れ出す許可を与えることもないでしょうに！　あんの冷血神官め！

胸中で幾度目ともしれない悪態をついた時だった。私の手を引いて、半歩前を歩くユハが足を止める。

「ついたよ。ああ、なるほど。いかにも……って感じで、良いね」

何が良いんだか……

感嘆の声をあげるユハに釣られて前方を見上げて、私は「うっ」と呻《うめ》いた。

鬱蒼《うっそう》とした森の中、月明かりに浮かび上がる、石造りの見張り塔。長い間手入れもせず放置してあるらしく、びっしりと蔦《つた》が蔓延《はびこ》っている。塔の先端は所々崩れ、窓の木枠は腐り、なんとも無残なありさまだ。だが、その荒廃具合が、ある種の迫力を与えていた。

「噂が立つのもわかりますね」

幽霊など信じていないはずなのに、背筋が寒くなってくる。思わずごくりと喉を鳴らすと、ユハが振り返った。

「大丈夫かい？　足が竦《すく》んで動けなくなったら、いつでも言ってくれ。抱き上げて運んであげるから——出会った夜のように」

てっきり、また馬鹿にされたのだと思った。しかし、ユハの瞳に浮かぶ色は思いのほか甘くて、どきりとさせられる。

ユハは塔の入り口へ向かって再び歩き出す。その背中を見つめながら、私は尋ねた。

「あの、ユハさん」

「なんだい？」

「どうしてまた肝試しなんですか」

「言っただろう、もっと興味を持ってもらいたいと」

意味が分からない。興味を持たせたいなら、他にもっといい方法があるだろうに。美しい景色とか、美味しい食べ物とか……

「これでも俺だってサカキちゃんに故郷へ帰ってほしくないと思っているんだよ」

言いながら、ユハは繋いだ手をするりと撫でた。剣を握り慣れた、硬い指先の感触に、全身の肌が粟立《あわだ》つ。反射的に振り払おうとするも、一瞬早く力を込められ叶わない。

「駄目だよ。月の光だけでは、足元が覚束《おぼつか》なくて危ない。サカキちゃんに怪我をさせては、それこそ本当に二度と戻れぬ僻地《へきち》に飛ばされてしまうよ」

森に入った当初から、私は何度もユハの手を振り払おうと試みていた。しかし、その度に繰り返された言葉に、またまた阻《はば》まれる。

だったら、松明《たいまつ》の一本も用意しておいてほしい。

「さて、行こうか」

錆《さ》びついた扉の前に来ると、ユハは乱暴にそれを蹴って開けた。ギイイイと耳障《みみざわ》りな音が森の中に木霊《こだま》する。

塔の中は外から想像していた通りの惨状だった。土や木の根が入り込み、石の床が見えないほどだ。

窓から入り込む僅《わず》かな光を頼りに、目を凝らしていると、隣でユハが軽く息を呑んだのに気付いた。

彼の気配が急に張り詰める。ユハは手を放すと、さっと跪《ひざまず》き、地面を調べ始めた。

「予定外だな」

何が!?

嫌な予感がひしひしする。ユハは身を固くする私を見上げて首を傾《かし》げた。

「サカキちゃん、幽霊には足があると思うかい？」

それは、つまり……

「……誰かが出入りしている形跡があるんですね」

ほらね！　だから嫌なんだよ。肝試しなんて！

「帰りましょう。出直すべきです」

ユハ一人で。

「いや、前回出入りがあってから、時間が経っているようだし、見たところ人数も多くなさそうだ。一人か、二人といったところか。――少し調べてからでも大丈夫だろう」

断固反対です。

言うなりユハは上へ向かう階段に歩きかけ……、しかし付いて来ない私に気付いて、振り返ると、くすりと笑声《しょうせい》を零した。

私の顔が、強張っているのに気付いたらしい。だってしょうがないでしょう。正体の分からない何者かが出入りしている廃墟だなんて怖いに決まっている。

「お手をどうぞ。お嬢さん」

ユハに引き返す気はなさそうだ。一人で夜の森の中を戻る気には、到底なれない。私は渋々、差し出された手を取った。

ユハが強いのは分かっている。アイラの話では、彼の剣の腕はこの国で五本の指に入るとか。

それでも、やはり緊張はするもので、私の心臓は絶えず早鐘を打ち続けていた。

恐れていた事態が起こったのは、二階に上がる、最後の段に足をかけた時だった。

ギイイイと重たい音が、塔の中に響き渡った。

私は息を詰めて、ユハの手を握り締める。誰かが塔の扉を開けたのだ。

二階の踊り場へ出ると、ユハは素早く私を引き上げて背に庇《かば》い、階下へ向かって剣を構えた。不本意だが、鍛え抜かれた大きな背中が頼もしい。

カツン、コツン、と階段を上る音が聞こえると同時に、白い光が塔の中を照らす。松明《たいまつ》とは違う、その光には覚えがあった。エイノの屋敷で夜間に解読作業をするときに、彼が灯す不思議な灯りだ。

すっかり慣れ親しんだその白い光に、これは、もしやひょっとして……？　と私が希望的観測を抱《いだ》き始めた頃、ユハが剣を鞘《さや》へ戻した。

そして、肩を竦《すく》めてため息を一つ落とす。

「やれやれ、随分早かったな」

そうユハが告げた先には、不機嫌な顔で光を放つ玉を掲げるエイノがいた。

「どういうつもりだ」

エイノの声には如実に怒りが滲《にじ》んでいる。

「ちゃんと、書置きはしておいただろう？」

「その書置きが、書類の一番下から見つかったのは偶然か。サカキを迎えに行く時刻が遅く記されていたのも」

……どうやら、エイノの許可を得ていたわけではなかったらしい。ほっとする自分に気付いて、私は複雑な気持ちになった。

「怒るなよ。お前にこき使われる哀れなサカキちゃんを、気分転換に連れ出しただけだよ」

おどけた口調のユハ。エイノはつかつかと歩み寄ると、ユハの背中から、私を引きはがした。

「ぬかせ。落としたい女を怖がらせる。お前の手管《てくだ》の一つだったな?」

——ああ、そうか。

エイノの言葉を聞いて、ようやく腑《ふ》に落ちた。ユハがわざわざ肝試しに私を連れ出したのは、スリリングな体験を共にしたドキドキ感を恋と錯覚するという、吊り橋効果を狙ってのことだったのだ。古典的だが、くやしいことに効果は確かにある。一時の気の迷いでも、ユハが頼もしく思えたのだから……

「……って!　どうして、私を手管にかけなきゃならないんですか⁉」

「それは、もちろん以前にも言ったように」

ユハはにやりと笑って続けた。

「一介の近衛《このえ》に過ぎない俺にとっちゃ、殿下の弱みを握るのは、この上なく魅力的なことだからさ」

下種《げす》いわ！

「エイノさん、いくら剣の腕が立つといっても、こんなに性格に難がある人間が近衛で大丈夫なんですか？」

エイノは深々とため息を吐いた。

「それが本心であれば、まだよいが……」

いやいや、まったくよくないでしょう。

「深読みしすぎさ」

ユハは眉間に皺《しわ》を刻むエイノを見てくっくっと喉を鳴らしてから、三階へ続く階段に目を止めた。

「ところでエイノ、ここに出入りしている人間がいるようだが……。何か報告は受けているのか？」

ユハは一転して真面目な顔付きになると、階段に指を這《は》わせる。

「なに？」

エイノは眉を顰《ひそ》めて、ユハの隣に立った。

「やはり、一人だな。男物の靴跡だが、それにしては小さい」

「子供か？」

昼間であれば秘密基地ごっこに打って付けかもしれない。

幽霊の正体は枯れ尾花ならぬ、子供なのだろうか。

二人の間から階段を覗き見ると、積もった砂の上に、うっすらと足跡が付いているのが分かった。それはユハの言うように成人男性のものには見えない。私の足と同じぐらいの大きさだった
「どうだろうな。この上に答えがあるといいんだが」

そう言ってユハが階段を上り始めた。その後にエイノが、最後尾には私が続く。

階段を上りきると、人がいた痕跡はさらに明らかになった。食べ散らかした食料に、毛布、蝋燭《ろうそく》などが雑多に置いてあったのだ。

「やっぱり、子供ですかね？」

私は何とはなしに毛布を手に取った。すると埃《ほこり》に混じって、一枚の紙がはらりと落ちた。

……………………………………………ああ。

その紙を見た瞬間、私は幽霊の正体が分かった。

「サカキ、どうした?」

毛布を手に持ったまま、床に落ちた紙を凝視する私の様子を不審に思ったのか、エイノが尋ねる。

エイノは、私の視線の先にある紙を手に取り驚愕に目を見開いた。

「なんだ、この紙は。薄さといい手触りといい……。信じられぬ。素晴らしい製紙技術ではないか」

エイノが驚くのも無理もない。シルヴァンティエの紙はもっと厚くてごわごわしているのだ。

私は眩暈《めまい》を堪《こら》えてエイノに告げた。

「それ、私の世界の紙です。ルーズリーフです……」

等間隔に空いた綺麗な穴。真っ直ぐな罫線《けいせん》。そして、そこには拙《つたな》い日本語で大きく『らあめんくいてえ』と書かれていた。

「ここにいたのは、多分――というか絶対に、トゥーロですね……」

賢者と共に消えた後まで、お騒がせとは、天然恐るべし!!

新感覚ファンタジー

レジーナ文庫

無敵の発明少女、異世界に参上!

レジーナブックス Regina

異界の魔術士1～2

ヘロー天気 イラスト：miogrobin

価格：本体 640 円＋税

機械弄《いじ》りと武道を嗜《たしな》む、ちょっとお茶目（?）な女子高生・朔耶《さくや》。そんな彼女が突然、山中で異世界トリップ！　あれよあれよと事態に巻き込まれ、持ち前のバイタリティと発明力で生き抜くうちに、なんとこの世界の「魔術士様」に！　だがその間にも、この世界ではある皇帝の治める国が不穏な動きを始めていた――

詳しくは公式サイトにてご確認ください

http://www.regina-books.com/

携帯サイトはこちらから！

Regina COMICS
異世界で婚活はじめました
待望のコミカライズ！
婚約者に浮気され、別れを告げられたＯＬの結花《ゆか》。帰り道、階段を踏み外したら── なぜか異世界にいた。こうなったら、異世界《こっち》で玉の輿に乗ってやる！と決意し、婚活をスタートするけど……？
好評発売中！
＊Ｂ6判 ＊定価：本体680円＋税
＊ISBN978-4-434-21159-1
異世界で婚活はじめました
原作 雨宮茉莉
漫画 吉川やま
失恋直後になぜか異世界トリップ…!?
目指すは、ファンタジー世界で玉の輿!?
アルファポリス 漫画
検索

本書は、2013年4月当社より単行本として刊行されたものに書き下ろしを加えて文庫化したものです。

レジーナ文庫

賢者《けんじゃ》の失敗《しっぱい》1

小声奏《こごえそう》

2015年12月20日初版発行

文庫編集－橋本奈美子・羽藤瞳
編集長－塙綾子
発行者－梶本雄介
発行所－株式会社アルファポリス
〒150-6005 東京都渋谷区恵比寿4-20-3 恵比寿ｶﾞｰﾃﾞﾝﾌﾟﾚｲｽﾀﾜｰ5階
TEL 03-6277-1601（営業） 03-6277-1602（編集）
URL http://www.alphapolis.co.jp/
発売元－株式会社星雲社
〒112-0012東京都文京区大塚3-21-10
TEL 03-3947-1021
装丁・本文イラスト－吉良悠
装丁デザイン－ansyyqdesign
印刷－株式会社暁印刷

価格はカバーに表示されてあります。
落丁乱丁の場合はアルファポリスまでご連絡ください。
送料は小社負担でお取り替えします。

ISBN978-4-434-21310-6 C0193